U0044322

風雲時代

權力巔峰

SUPREME POWER

卷15 權力巔峰

夢入洪荒 著

目錄
Contents

第一章

財神爺

陳文韜越說越興奮：「柳主任，您知道老百姓給我起的綽號叫什麼嗎，老百姓認為我把路給修好了，老百姓們有了路，致富就更加方便了，所以給我起了個綽號叫『財神爺』！我認為這是老百姓對我最大的褒獎！」

趙志強臉上露出傲然之色。

柳擎宇聽到趙志強這樣說，心中便是一凜，對於趙志強，他還是有所瞭解的，這人做事一向很穩妥，如果沒有充分的把握，是不會輕易說話的，他竟然當著自己第九監察室所有同事的面說出這番話來，看來他已經做好充足的準備了。

不過柳擎宇並不在意，因為對他而言，不管對手有多強，不管對手有多狡猾，他都有辦法、有信心戰勝對方。

想到此處，柳擎宇直截了當的說道：「趙志強，我們這次主要是針對你們青峰縣公車拍賣的事情來的。」

柳擎宇說完，現場氣氛一下子緊張起來。誰都沒有想到，柳擎宇竟然會大咧咧地把事情給挑明了。

不過趙志強並不懼怕，只是淡淡一笑，說道：「哦？公車拍賣的事情？這件事有什麼問題嗎？」

「我們從網上看到新聞報導，說是你們青峰縣在公車拍賣的過程中存在嚴重問題，價值一百多萬的寶馬車竟然被人用一萬八千元就給拍走了，價值四十多萬的日本車也是用兩千五百塊就給拍走，這麼大的弊案已經引起了公憤，我們身為巡視組的成員，必須要過來調查一下，把事情的真相給弄清楚，向老百姓有個交代。趙書記，你身為青峰縣的縣委書記，對這件事不可能一點都不知道吧？」

柳擎宇用話來套趙志強，趙志強自然也不傻，淡然笑道：「當然，這件事我怎麼可能不清楚呢！這還是我親自吩咐下去的呢。」

趙志強說話時，臉上充滿了自信和淡定，沒有絲毫的慌亂之色。

看到趙志強這種表情，柳擎宇立刻意識到這件事恐怕有些不簡單，否則的話，一般人面對紀委的突然調查，多少會表現出一絲不滿甚至搪塞之詞，最少也要撇清自己與事情之間的關係，尤其是**某些領導，有了好事他們肯定據理力爭；一旦有什麼壞事，絕對立馬撇清關係，推出替死鬼來**。

現在，趙志強竟然主動把事情往自己身上攬，裡面八成有鬼。

柳擎宇看向趙志強道：「哦？這件事是你親自吩咐的？趙同志，根據我的瞭解，你應該不是那種為了些許利益就去侵犯老百姓或國家利益的人啊，怎麼會在你們青峰縣發生這種事情呢？」

趙志強不以為意地說：「其實這只不過是一次模擬拍賣罷了！不過雖然是演習，但是所有的流程都是按照正規流程在走，可能也正是因為如此，才吸引一些媒體的關注，當競拍結果出來之後，很快就見報了。

「我們之所以沒有讓宣傳部門去平息輿論，是因為舉辦這次模擬拍賣的目的，就是為了提前檢視在公車改革的過程中可能會出現的種種問題，為未來的公車改革提供參考，確保以後在真正改革的時候能夠做到有的放矢，順利進行。」

「模擬拍賣？」柳擎宇還是第一次聽到這個新鮮的詞彙。

趙志強得意地道：「沒錯，就是模擬拍賣，這是我們青峰縣首創的，並且，我們早已將這次模擬拍賣的原因、目標以及過程做成了報告，向南華市市委市政府進行了彙報，也得到市委領導的讚許和支持，還說如果這次效果良好的話，準備向全市推行呢。」

柳擎宇千算萬算，沒有算到趙志強竟然給出這麼一個奇葩卻無法反駁的天才理由，不禁傻眼。

等眾人走進會議室後，趙志強從桌上拿起一份資料，遞給柳擎宇道：「你看，這是我們向市裡彙報的影本，所有的問題，上面全都寫得十分清楚。在拍賣會之前，我們也曾經向新聞媒體交代過整個過程，但是有些媒體為了吸引眼球，還是肆意瞎寫，敗壞我們的名譽，所以我們青峰縣準備向這些媒體進行交涉，要求他們要恢復我們的名譽！」

看到柳擎宇表現出震驚、錯愕卻又無可奈何的表情，趙志強心中別提有多爽快了，這大概是他和柳擎宇交手以來，在柳擎宇面前最露臉的一次。

趙志強以一種居高臨下、勝利者的角度看向柳擎宇道：「歡迎省紀委巡視組到我們青峰縣巡視、指導工作，希望你們巡視組多為我們提出寶貴意見，我們會虛心接受的！」

其他常委們看書記都這樣說了，立刻跟進道：「是啊，柳主任，歡迎你到我們青峰縣來巡視指導工作啊！」

跟在柳擎宇身邊的孟歡、沈弘文全都感覺到臉上火辣辣的，沒想到他們還沒有正式展開調查呢，便徹底被打臉了。

然而，柳擎宇卻是面色如常地說道：「指導工作倒是談不上，不過這個巡視工作嘛，我們還是要進行到底的，畢竟我們是省紀委監察室嘛，這次下來的主要任務就是巡視，所以，我打算和小組成員在青峰縣暫時待個十天半個月，到處溜達溜達；至於我們的住處，就在縣委招待所吧，麻煩趙書記你安排一下，給我們幾間乾淨、清淨的房間。」

聽到柳擎宇說要在青峰縣待上十幾天，趙志強和青峰縣的縣委常委們臉色一下子沉了下來。

他們之所以如此隆重的迎接柳擎宇，就是想透過公車拍賣這件事羞辱柳擎宇，讓他知難而退，畢竟，這個第九監察室可是在向東市掀起了滔天巨浪，誰都不希望他們在自己的地盤上多作停留。

哪曉得柳擎宇在被趙志強用言語擠兌了一番之後，不僅沒有灰溜溜的離開，還說要在青峰縣多停留十幾天，這簡直是跟他們對上了啊！

一般來說，紀委巡視組的人員在某地停留超過三五天，就說明這個縣是有問題的；如果超過十天，代表問題肯定十分嚴重，現在，柳擎宇竟然要停留這麼久，怎能不讓這些領導們心驚膽戰呢。

此刻，趙志強的臉色也變成了豬肝色，柳擎宇看了，故意調侃道：「哎呦，趙書記，我看你的臉色不太好啊，怎麼，難道你剛才說什麼歡迎我們巡視指導工作的話是假的嗎？難道你不歡迎我們在你們青峰縣稍作停留啊？」

這一次，輪到柳擎宇反擊了。

趙志強心中那叫一個怒啊，暗道：奶奶的，你要真是稍作停留的話，我舉五肢歡迎，但問題是你要在這裡待上十天半個月的，誰也不喜歡總是有人在背後窺視，那種如芒在背的感覺，誰會樂意啊！

心中雖然這樣想，嘴上卻不能那樣說，趙志強只能勉強擠出一絲笑容說道：「怎麼可能不歡迎呢，我們青峰縣保證做好後勤工作，有什麼需要，可以直接找縣委辦副主任韓立波同志，今後，由他來配合你們。」

柳擎宇微笑道：「那可真是太好了，非常感謝趙書記和青峰縣同志們的熱情款待啊，那你們先忙，我們就不打擾了，我們先安頓一下，隨後會立刻展開巡視工作，同時還麻煩趙書記通知下去，接下來這段時間，我們會逐個和各個單位的一二把手進行談話，至於各個單位的其他人員，我們會隨機抽查進行談話的。」

聽到柳擎宇的話之後，趙志強的臉色再次劇變！這柳擎宇怎麼突然間要逐個進行談話啊，這事情可就麻煩了！

趙志強非常清楚個別談話的危險性，因為當初柳擎宇在向東市就是通過不斷的個人談話，才發現線索的！雖然趙志強認為自己在這裡一言九鼎，但問題是並不是所有人都對他那麼服氣。

他是空降到青峰縣的，之所以能夠在青峰縣一言九鼎，最根本的原因在於他到了當地之後，很快便和本地派打成一片，獲得本地派的強力支持。

但是，即便是本地派也分為不同的派系，他只取得了最強那一派的支持，還是有一部分本地勢力由於種種原因，並沒有完全站在他這邊。這兩派人便是青峰縣縣長陳正河為首的陳派，和以縣委副書記王吉利為首的王派。

陳姓和王姓恰恰是青峰縣內勢力最為龐大的兩個宗族，自古以來，在青峰縣這個地方，陳姓和王姓之間就一直鬥爭不斷，但是誰也無法佔據絕對優勢，因為陳家和王軍都是人才輩出，加上陳家和王家通婚之人很多，所以兩大家族不可能把對方置於死地，只能相互角力。

現在，趙志強最為擔心的，便是王家因為對自己不滿，而向省紀委的人胡說八道，那麼青峰縣的局勢就十分危險了。

不過，趙志強非常清楚，柳擎宇既然這樣說，就肯定會這樣做，他根本無法阻止，所以柳擎宇說完後，他便殷勤的說道：「好的，沒問題，柳主任，你儘管放心，我會開會傳達你的意思的，保證讓各個單位的人都全力配合你們的工作。」

柳擎宇點點頭，帶著孟歡、沈弘文等人離開現場。

趙志強交代縣委辦副主任韓立波：「你跟著去把柳主任他們安頓一下，然後派輛車待命，隨時配合柳主任他們行動。」

韓立波領命，快步跟了出去。

對於趙志強的安排，柳擎宇並沒有說什麼。

一行人在縣委招待所安頓下來後，聚集在柳擎宇的房間內閒聊。

孟歡抱怨道：「柳主任，這個青峰縣縣委書記很是刺頭啊，他給我們安排汽車和司機，明顯是想要監視我們的意思，以後我們的行動都沒辦法保密了。」

柳擎宇聳聳肩道：「就算我們不接受他們派的車和司機，他們也會想別的辦法來監視我們的，既然如此，何不讓他們明目張膽的監視我們呢？同樣是監視，這種監視方法他們更加放心，而且……」

柳擎宇的臉上不由得露出一絲冷笑：

「很多時候，就算是你**明知道對方要收拾你，你卻無法反抗，因為對方玩的是陽謀**，而且能夠找出合法的理由。我們可是省紀委巡視組的人員，只需要光明正大的展開行動就可以了。趙志強雖然在青峰縣一手遮天，但卻並非令行禁止，如果趙志強是一個用心為老百姓辦事之人，那我們可能找不到什麼證據；但是，如果趙志強借著一手遮天的機會涉嫌腐敗行為，那我相信，一旦我們在進行多方談話之後，肯定會找到一絲線索的。」

眾人聽了紛紛點頭。

此刻，青峰縣縣委書記辦公室內。

趙志強給市委書記黃立海打了個電話：「黃書記，柳擎宇帶著第九巡視組準備在我們縣長住下來了。」

「長住？他準備待多久啊？」黃立海驚問。

他本以為柳擎宇巡視的重點是瑞源縣，畢竟他是從瑞源縣出來的，而且魏宏林是他的老對頭，卻沒想到柳擎宇會把第一站放在了青峰縣。

趙志強苦笑道：「柳擎宇說要待上十天半個月的，而且還放話說要和各個單位的一二把手都進行談話，其他人員則是用隨機抽查的方式談話。」

黃立海眉頭緊皺道：「這麼說，柳擎宇是下定決心真的要在你們青峰縣駐紮下去啦？他會不會在玩明修棧道、暗渡陳倉，或者聲東擊西的把戲呢？這種手段他之前在向東市的時候可是玩過好幾次啊。」

趙志強沉思了一下，否決道：「我看不像，他可能這一次被我給刺激到了，早知如此，我就不拿話刺激他了，這小子的個性太要強了。」

趙志強把自己和柳擎宇的對話複述了一遍。黃立海不由得苦笑道：

「我看你這次恐怕真的是搬起石頭砸自己的腳了，柳擎宇這個人的個性我很瞭解，他的確非常要強，而且絕不服輸，壓力越大，他的反彈也就越大。哎，這小子放在哪裡都是定時炸彈，而且手法花樣繁多，防不勝防，你千萬不要著了他的道。」

趙志強心領神會地說：「黃書記，您放心，我會時刻盯緊柳擎宇的，倒是模擬拍賣那件事還請您協調市宣傳部那邊，讓他們多費費心。」

黃立海說道：「這是一定的，模擬拍賣這個想法很有創意，我們可以嘗試一下嘛！」

掛斷電話，趙志強又給縣委副書記王吉利打了個電話，把他給喊到自己辦公室內。

落座之後，王吉利問：「趙書記，您找我有什麼指示？」

趙志強親自給王吉利倒了杯茶，這才說道：

「吉利同志，我找你來，主要是想和你溝通一下，你們王家和陳家一直不怎麼對盤，爭鬥不止，現在省紀委的人下來巡視，我擔心你們因為彼此之間看對方不順眼，就相互拆臺，去省紀委那邊舉報，那樣的話，你們兩家的矛盾會越結越深，很不利咱們青峰縣的團結，而且極容易讓柳擎宇漁翁得利。

「所以，我希望你們王家能夠暫時放下和陳家的成見，大家團結一心，先把眼前的局面應付過去，等省紀委的人離開之後，你們愛怎麼鬥都無所謂。你看怎麼樣？」

王吉利微微笑道：「趙書記，你多慮了，我也不是官場新人，非常清楚官場上這些事的運作，我們兩家的矛盾的確存在，但是，我個人和陳正河並沒有私怨，所以你儘管放心，我會盡力維護好咱們青峰縣團結穩定的局面的。不過，我比較擔心的是陳家，我認為你應該找陳正河好好聊聊，希望他們陳家人不要捅出什麼簍子出來！」

「嗯，這您放心，我也會做一做陳正河同志的工作的。只有咱們青峰縣上下一心，才能度過任何困難！」趙志強道。

王吉利離開後，陳正河很快便出現在趙志強的辦公室內。

「趙書記，王吉利怎麼說？」

趙志強說道：「他倒是看我很清楚眼前的形勢，說是會約束王家人不到處亂咬，還說讓我做做你這邊的工作。」

陳正河正色道：「我比他看得更清楚，省紀委巡視組就是**一顆定時炸彈，不管這顆炸彈由誰引爆，最終炸傷的肯定是我們青峰縣的人！**」

趙志強十分滿意，只要陳正河和王吉利這兩派勢力能夠同仇敵愾，團結一致，就能夠抵制柳擎宇的巡視小組了。

對於趙志強所做的這些，柳擎宇自然不知情；就算知情，柳擎宇也不在乎，因為他有自己的一套做法。

從第二天開始，柳擎宇便將巡視小組分成三組，他一組，孟歡一組，沈弘文一組，每個人帶著一名工作人員分別前往青峰縣不同的單位與不同的人進行談話。

前面三天，談話進展的速度並不快，每天的談話對象也就是三四人左右，但是談話的時間卻很長，從最短的一個小時到最長的高達三個小時。

柳擎宇這種做法立即引起了趙志強等人的警覺。

趙志強馬上派人與被談話的人進行了解，探詢他們談話的內容，每個人都信誓旦旦的表示自己以青峰縣的大局為重，絕對沒有向柳擎宇他們透露任何不利的訊息。

就在這時候，白雲省電視台、南華市電視台和青峰縣電視台同步播出了柳擎宇和第九監察室、第二監察室進駐青峰縣、南華市的消息，同時公佈兩個監察室駐地和舉報信箱的網址等等。

隨著這個消息的公佈，南華市和青峰縣的領導們再次緊張起來。

很快，第九監察室、第二監察室的駐地附近便密密麻麻的部署了很多員警，美其名曰保護監察室工作人員的安全，其實，真正目的就是為了防止有人前往駐地進行實名制舉報。

柳擎宇第一時間便得到了這個消息，是孟歡告訴他的。

孟歡臉色凝重的說：「老大，如果青峰縣一直派員警保護我們的話，那些想要舉報的人肯定不敢直接來進行舉報啊，這青峰縣簡直是在瞎胡鬧嘛！每一個來的人都要登記身分證，誰要是舉報了肯定會遭到報復的啊！他們這一招可真是夠狠的。」

柳擎宇聽完只是淡淡一笑說道：「無所謂，讓他們去折騰吧，反正我們不是還有快遞舉報以及電子郵件舉報嗎？」

就聽孟歡忿忿不平地說：「說到這個，才是我最為憤怒的，現在，青峰縣竟然對每一個送到我們巡視組的快遞都要審查，雖然沒有拆開看裡面的內容，但是每一封郵件的發送地址他們都明確的記錄下來，如此一來，老百姓也不敢用快遞來進行舉報了。

「更過分的是，我在偶然的機會聽到招待所兩個服務員聊天的時候，說最近千萬不要在網路上聊天。因為青峰縣安裝了主機監控系統，如此一來，所有群組的談話內容、私人聊天訊息以及郵件往來資訊都會處於他們的嚴密監視之下！」

柳擎宇臉色刷的一下沉了下來，馬上拿起手機撥通青峰縣縣委書記趙志強的電話：「趙同志，你不覺得你們青峰縣最近做的事有些過分嗎？」

趙志強心頭一凜，卻仍是鎮定地說道：「柳主任，怎麼了？聽你說話的語氣似乎很憤怒啊！」

柳擎宇語氣強硬地說道：「趙同志，我現在以省紀委第九監察室主任的名義向你提出嚴重抗議，第一，你們以保護我們安全的名義派出大量員警包圍了我們的駐地，並且對每個前來舉報的人進行身分驗證，還對送來的快遞進行審核登記，這嚴重影響到百姓舉報的意願；更離譜的是，還對招待所的網路進行監控，實在太過分了！現在給你們兩個小時的時間，立刻改掉所有的問題，並且要確保我們巡視組的安全，否則，我會上報省紀委，對你們的這種行為進行全省通報批評！」

柳擎宇**不動則已，動必雷霆萬鈞，勢不可擋！**

趙志強聽到柳擎宇的最後通牒，徹底鬱悶了。

本來他認為除了第一項措施他們做的比較明顯以外，另外兩個措施十分隱密，沒想到這麼快就被發現了，只好裝糊塗地說：「哦？還有這種事？柳主任，你放心，我立刻派人去查明此事，有了消息，再及時向你通報。」

柳擎宇冷冷說道：「如果兩個小時後，我發現問題依然存在，到時候可別怪我一點面子都不給你們留！」說完，直接掛斷了電話。

聽到電話裡傳來嘟嘟嘟的忙音，趙志強氣得狠狠一拍桌子，怒聲道：「柳擎宇，你竟然到我們青峰縣還這麼囂張，好大的膽子！」

然而發怒過後，趙志強卻不得不通知手下趕快把所有的監控措施全部撤掉。他雖然不爽柳擎宇的強勢態度，又不敢真的得罪柳擎宇。

不過，趙志強很有心機，他指示手下把檢查登記快遞郵件的人給撤離，也把監控主機從機房裡搬了出來，卻是將這台監控主機搬到另一個網路環境更好的房間內，企圖混淆柳擎宇的視聽。然後再打給柳擎宇回報道：

「柳主任，我調查後，的確有一些人員擅自做主，對你們採取了不當的手段，我已經嚴厲批評他們了，現在所有的監控措施都撤銷了，你放心，有什麼問題你儘管批評，我們一定會立即改正的。」

「趙書記，你真的確定已經把所有的監控措施都撤除了嗎？」柳擎宇反問道。

「是啊，全部撤掉了。」趙志強小心翼翼地說道。

沒想到柳擎宇接下來的話令他冷汗直冒：

「趙書記，我不知道你到底有沒有親自去核實，但是我要告訴你的是，你們的監控主機根本就沒有撤掉，網路裡的檔案資料依然會被監控主機進行抓取。當然，你說的也沒錯，你們的的確確是把主機從機房搬走了，但是，只是把監控主機換了個地方而已。趙書記，我忘了告訴你，我可是電腦系畢業的，對於網路技術，我十分熟悉！」

柳擎宇又提高了幾分聲調說道：「趙書記，我看你們明顯對我們巡視組的人不放心啊，要不這樣，你們派人隨時隨地跟著我們好了，這樣一來，我們說什麼做什麼，你們就能第一時間知道了。」

趙志強頓時老臉一紅，他耍的小手段竟然被柳擎宇識破了，還被當面揭穿，無奈，只好硬著頭皮說道：「柳主任，對不起啊，我真的不知道還有這種事啊，你放心，我會再次調查的。」

柳擎宇卻沒有給他再次推脫的機會，直言不諱的說：「趙書記，我最後警告你一次，不要再玩什麼手段了，否則的話，我柳擎宇的脾氣你是知道的！」

再次聽到柳擎宇掛斷電話的聲音，趙志強氣得把電話摔在了地上。奶奶的，這個柳擎宇簡直就是個妖孽，怎麼可能會知道監控主機還存在呢？

趙志強哪裡知道，柳擎宇在網路系統方面是頂尖高手，也是網路安全軟體的編寫者，跟他玩網路手段，那和找死沒有什麼兩樣！柳擎宇只需要輕輕敲入一段原始程式碼，編譯一下，很快就能夠搞清楚網路中的很多事情。

過了一會兒，柳擎宇打開筆電上的一個軟體，測試了一下，確定監控主機已經撤掉了，這才滿意地說道：「好了，現在大家可以安全上網了。」

孟歡對柳擎宇所表現出來的舉動早已見怪不怪，發出另一個疑問道：「老大，這段時間我們雖然找了很多人談話，但是這些人說的話翻來覆去總是那麼幾句，顯然受過嚴格的訓練。」

柳擎宇老神在在地說：「不礙事，我們需要的只是和他們談話而已，你難道沒有注意到，我給大家選定的談話目標都是屬於王家這一派的嗎？」

孟歡不禁一愣。拿到談話名單之後，他便按照順序和這些人進行談話，並沒有多想，此刻聽柳擎宇這麼一說，才發現柳擎宇早就做了安排。

柳擎宇笑道：「你們這幾天的談話其實並沒有白白浪費時間，至少通過談話，你們對這幾個單位內部彼此間的矛盾有所掌握，這就是我們最大的收穫。接下來我們要做的，就是和屬於陳正河那一派的勢力進行談話了，在談話的時候，你們可以……」

接著，柳擎宇面授機宜，眾人聽了皆是眼前一亮，頻頻點頭。

青峰縣交通局會議室內。

柳擎宇和包凌飛坐在辦公桌一側，另外一側則是坐著交通局局長陳文韜。

柳擎宇目光落在陳文韜的臉上，表情十分嚴肅，身上散發著一股強烈的氣勢，令陳文韜不敢直視，微微低著頭。

「陳文韜，你認為你在交通局局長任上工作稱職嗎？」柳擎宇質問道。

陳文韜聽柳擎宇問這個問題，立刻挺直了腰桿，毫不猶豫的說道：「柳主任，我認為我絕對稱職，如果要我給自己打分數的話，我給自己打八十五分！」

柳擎宇挑了挑眉毛，說道：「哦？八十五分？這可不低啊，為什麼打這麼高分，你有什麼政績嗎？」

陳文韜一股自信油然而生，說道：「在我擔任交通局局長期間，我們青峰縣的高速公路里程從二十公里增加到了現在的一百五十公里，省道里程從以前的十公里，增加到了現在的三百公里……」

陳文韜越說越興奮：「柳主任，您知道老百姓們給我起的綽號叫什麼嗎，我相信你絕對猜不到——是『財神爺』！老百姓認為我這個交通局局長把路給修好了，老百姓們有了路，致富就更加方便了，所以給我起了個綽號叫『財神爺』！我認為這是老百姓對我最大的褒獎！」

柳擎宇冷哼一聲道：「財神爺？這個綽號聽起來倒是不錯，不過，據我和別人談話的結果，你這個綽號可不是這樣解釋的啊。有人告訴我，老百姓給你起這個綽號，是因為你特別善於借著建設高速公路、省道的時機，大肆聚斂錢財，據說你們家用的碗筷都是銀的，在道路建設期間去你們家送禮的人，還得排隊領號碼牌啊。」

柳擎宇目光緊盯著陳文韜。其實，這些事都是他從網路上看到的，是網民爆的料，柳擎宇拿來借用一下，想試探陳文韜的反應。

不料陳文韜聽了之後，臉色頓時就是一變。

他很清楚，柳擎宇在交通局一共和三個人談過話，一個是交通局的常務副局長王平康，另外一個是辦公室副主任王建新，這兩個都是王家的人。

尤其是王平康，雖然是二把手，卻一直和他這個一把手合不來，總想把自己給擠下去，好坐上一把手的位置，背後更是小動作不斷，所以他最擔心的就是王平康在這次省紀委巡視的時候在背後給自己捅刀子。

前兩天，陳正河曾經告訴他，說已經和王家達成了協議，在省紀委巡視期間不相互揭短，這樣你好我好，確保大家都可以平平安安。

所以王平康和王建新被喊去談話回來後，都信誓旦旦表示絕對沒有說任何敏感話題。雖然他不免心有存疑，但是他相信兩人應該懂得分寸，便沒有多想。

現在聽到柳擎宇所說的，便直覺地認為這肯定是王家兄弟洩露出去的，尤其是他家裡的碗筷是銀製的，這種事只有對他十分瞭解的人才會知道，至少是去過他家的人才曉得，而王家兄弟恰恰去過他家。

想到此處，陳文韜的臉色黑了下來，心中暗道：他奶奶的，王平康和王建新，你們兄弟倆也太陰險了吧，當著我的面，說什麼都沒有跟柳擎宇講，如果你們沒有交代的話，柳擎宇怎麼會知道這些呢？

柳擎宇看到陳文韜臉色的變化，便意識到網路上那些舉報的事可信度非常高，不過由於沒有任何證據，他只能繼續採取虛張聲勢的方式來和陳文韜進行較量了。

柳擎宇鐵青著臉說道：「陳同志，我們省紀委的工作原則你應該清楚吧？抗拒從嚴，坦白從寬！有些事，或許你認為自己做得十分隱蔽，但是，這個世界上的眼睛太多了，不一定哪個地方盯著你的眼睛，就把你的事給暴露了。

「現在我給你一個立功贖罪的機會，看你要不要交代一下自己的問題，我給你五分鐘的思考時間！五分鐘後，如果你的表現不盡人意的話，我們會對你採取一些措施！希望你能夠好好想一想。」

柳擎宇說完，便和包凌飛轉過臉去，看向窗外，只留下陳文韜一個人傻呆呆的坐在那裡。

陳文韜心臟飛快的跳動起來，柳擎宇最後一句「採取措施」是什麼意思？難道是要雙規自己嗎？陳文韜是個生性多疑的人，又懷疑柳擎宇是在故弄玄虛，對自己使詐，一時間，思緒波瀾起伏，心裡開始了激烈的天人交戰。

就在這時候，他聽到柳擎宇對包凌飛說悄悄話，立即豎起耳朵仔細傾聽。

柳擎宇把說話的聲音壓得極低，但是房間實在是太安靜了，所以他的聲音還是斷斷續續地傳到了陳文韜的耳朵中：

「去喊人……實施雙規……暫時放過王平康……他立功贖罪……當局長。」

柳擎宇這邊說著，包凌飛那邊使勁的點頭，同時拿出手機發出一條簡訊，得到回覆後，包凌飛把手機遞給柳擎宇，道：「柳主任，王平康的簡訊。」絲毫沒有注意到身後的陳文韜在偷聽他們的對話。

從兩人的話中，他聽出了一絲端倪，看來是王平康兩兄弟暗中向柳擎宇舉報自己，所以柳擎宇決定暫時放過王平康；尤其是當他聽到包凌飛說王平康回覆簡訊的時候，一股無名大火從他內心深處升騰而起！**自己很有可能被王平康給出賣了！**

陳文韜不由得破口大罵：「奶奶的，王平康，你太陰險了，明明說好雙方齊心協力抗衡省紀委的，現在你竟然舉報老子來換取高位，老子偏偏不讓你如意！」

陳文韜憤怒地大聲說道：「柳主任，我要舉報！」

但是，柳擎宇只是冷冷說道：「我看你還是想清楚一點好，我可不想浪費時間。」

陳文韜連忙說道：「柳主任，我已經想清楚了，我雖然有些問題，但是問題並不嚴重，我希望能夠通過舉報，讓省紀委免於對我採取措施。」

柳擎宇和包凌飛心中狂喜，他們只是**略施小計**，竟然真的讓陳文韜被這種心理戰給搞定了。

不過，兩人的臉上仍是顯得十分平靜，柳擎宇淡定地道：「說吧，你到底想如何立功？我可要提醒你，立功也是要看你所提供的內容而定。」

陳文韜點點頭：「我明白，您放心，我保證提供的內容絕對夠分量。」

陳文韜便開始一五一十地陳述王平康的不法行為：

「三年前，建設二〇三省道的時候，由王平康負責招標，他利用職務之便，收取建商賄賂的一百八十萬，讓南華一建得標；兩年前，高速公路的工程，王平康負責第三標段的驗收，建商偷工減料，導致標段工程品質問題重重，但是由於他收了對方六百萬的賄賂，最終瞞天過海，讓這個標段順利通過驗收……」

隨著陳文韜吐實的內容，柳擎宇的心也逐漸地下沉，王平康的受賄金額已經高達一千五百多萬了，這還只是一個小小的縣交通局常務局長，而王建新的受賄金額也超過兩百多萬。

包凌飛在旁邊飛快的打著字，等他講完，包凌飛將陳文韜的講話記錄列印出來，讓陳文韜簽字按手印，之後，柳擎宇這才看向陳文韜道：

「陳文韜，說說你自己的問題吧。」

「柳主任，是這樣的，兩年前高速公路建設的項目中，有一個建商在給我送酒的時候，偷偷在酒盒裡塞了一張銀行卡，裡面有三百多萬元，我當時並不知道，直到前幾天喝酒的時候打開酒盒才看到，這張銀行卡我就帶在身上，我準備將它上繳省紀委，還請柳主任幫忙轉交。」

說著，陳文韜從口袋拿出一張銀行卡遞給柳擎宇。

柳擎宇看到陳文韜的動作，就猜到他應該是早有準備，這三百多萬根本就不是要上繳省紀委，而是打算送給自己的意思，現場就只有他們三個，只要自己不承認，沒有誰會去查，自己要做的只是對陳文韜稍微高抬貴手就行了。

真是精明啊！如果是一般人，在三百萬的誘惑下，是否能夠經受得住考驗呢？

柳擎宇笑道：「這張銀行卡你先收起來吧，別給我，自己直接上繳到廉政帳戶，再把收據交給我就成了。你還有其他的問題嗎？」

「沒有了！沒有了！柳主任，我陳文韜別的不敢說，但是廉潔奉公還是可以做到的。從進入仕途那天開始，廉潔自律便是我的座右銘，我保證我絕對沒有其他問題了。」陳文韜連連說道。

柳擎宇滿意地說：「非常好，我就欣賞你這種自信的幹部！你先回去吧，不過，記得今天我們談話的內容不要透露出去，一定要嚴格保密。」

「一定，一定！」

其實不用柳擎宇叮囑，陳文韜也絕對不會把談話內容說出去的。

走出會議室，陳文韜感覺到自己渾身發熱，也快虛脫了。剛才和柳擎宇的談話實在是太耗費心神了。

回到自己的辦公室，打開空調，一股涼風襲來，陳文韜的頭腦漸漸冷靜下來。回想剛才在會議室的情景，他突然臉色一變，意識到事情有些不太對勁。

照理說，如果柳擎宇和包凌飛要說什麼私密的話，應該避開自己才對，但是他們卻像是故意說給自己聽似的，我該不會被柳擎宇和包凌飛這兩個傢伙合夥給騙了吧？

然而他又轉念一想，知道自己家裡碗筷都是銀的的人可不多啊，尤其是對財神爺的解釋知道的人就更少了，如此一分析，舉報自己的人百分之百是王家兄弟沒錯了！

不管是誰，此人的目標一定是這個局長寶座，如果自己不出手反擊的話，最終受到傷害的肯定是自己。

想到這兒，陳文韜又釋然了，咬著牙道：「王平康啊王平康，既然你不仁，就休怪我不義，哪怕是我錯怪你了，你也認了吧！老子寧可錯殺千人，絕不放過一個，誰敢對我的局長位置構成威脅，我就先收拾誰！」

第二章

危機公關

當柳擎宇看到青峰縣的形象整個逆轉時，也不禁嘆道：「趙志強，你還真是不簡單啊！居然被你用這種危機公關的方式變禍為福，真是高明！這樣做還可以對我們產生極大的壓力！但是，你以為我會讓你的奸計得逞嗎？」

與陳文韜談話過後，柳擎宇並沒有採取任何動作，依然按部就班的與其他部門的負責人進行談話。

經過三天的冷處理，陳文韜原本擔心柳擎宇是在挑撥離間的心情終於放鬆了下來，他照柳擎宇要求的，把那三百萬上繳到廉政帳戶，收據也交給了柳擎宇，算是備案了，如此一來，他相信自己應該沒有什麼問題了。

第四天上午，柳擎宇再次來到青峰縣交通局，約談了常務副局長王平康。

王平康是個胖子，體重有兩百多斤，碩大的肚子幾乎撐開了他的白襯衣，褲腰帶只能勒在肚子下面，如此一來，將他的肚子更明顯的凸顯了出來。

「哎呦，柳主任，您怎麼又到我們交通局來了啊，看來我真是太幸運了，竟然能夠獲得您兩次垂青。」王平康自以為幽默的說道。

「王同志，上次咱們談話的時候，你是不是說你自己不存在一點問題啊。」

王平康很是理直氣壯地說：「當然啦，我王平康別的不敢說，要說起廉潔自律來，除了我，絕沒有人敢說第一！我不敢說官清如水吧，但是我嚴格要求自己，不能多拿國家一分錢。」

柳擎宇聽了，心裡忍不住吐嘈道：「是啊，你的確沒有多拿國家一分錢，卻在工程建設和項目驗收中，從承建公司那邊拿到很多錢！」

柳擎宇狠狠一拍桌子：「王平康，你不要再跟我們玩捉迷藏遊戲了，我已經掌握確鑿的證據，有人舉報你貪汙受賄高達一千五百多萬！」

王平康嚇得一個哆嗦，臉色慘白起來。對於這個數字，他十分不認同，卻沉默了下來，他總不能說這點錢比起老子貪汙的少了一半吧！

看到王平康不說話，柳擎宇再次出擊：「王平康，本來呢，通過上次的談話，我對你挺欣賞的，還打算把你列為廉政模範官員，上報省紀委，對你進行通報表揚和嘉獎呢，但是我萬萬沒有想到，在你那看似清廉的外表下，竟然隱藏著一顆貪婪無比的心！說實在的，你太讓我失望了。」

王平康連忙擺手道：「柳主任，您可千萬不要聽別人胡說八道，我絕對不是那樣的人。」

雖然嘴裡這樣說著，但是王平康心中卻暗暗想道：被柳擎宇約談的交通局幹部只有三個人，一個是自己，一個是王建新，還有一個是陳文韜，自己不可能說自己的壞話，王建新更不可能說自己的壞話，因為很多事情都是他和王建新一起做的，而且王建新是自己一手提拔起來的，他不可能忘恩負義，更別說都是王家的人。

那就是陳文韜在柳擎宇面前說自己壞話了?!可是兩家早有約定，而且自己上次被約談的時候也沒有說陳文韜的壞話，這一點陳文韜不可能不知道。照這個思路推演，柳擎宇很有可能是在唬騙自己。

王平康放下心來，靠在椅子上，十分淡定地說道：「柳主任，你可千萬不要聽別人胡說八道啊，不然我們這些真心為老百姓幹事的幹部可要心寒了。」

柳擎宇不禁莞爾：「心寒？別人可能會，但是你絕對不會。在二〇〇三省道建設的時候，你負責招標，利用職務之便，收取建商賄賂的一百八十萬，讓南華一建得標；兩年前，你負責高速公路第三標段的驗收，又收取了建商六百萬的賄賂……」

聽柳擎宇一件一件數說著，王平康的臉色由慘白變成了豬肝色，他萬萬沒有想到，柳擎宇竟然掌握了這麼詳細的資料，他知道**這一次自己真的危險了**。

柳擎宇說完，便拿出一份文件放在王平康的面前，沉聲道：「王同志，針對這些實名舉報的內容，我們已經進行過初步核實，你涉嫌嚴重的舞弊問題，現在，我們正式對你實施雙規，請你在這份文件上簽個字吧！」

實名舉報?!王平康手腳顫抖著。心想：**究竟是誰舉報我的？我垮臺了，誰會得到好處？**一連串的問題飛快地在王平康的腦海中閃過。

王平康心有不甘地問：「柳主任，到底是誰舉報我的？」

柳擎宇冷冷回道：「這不是你該關注的問題，事情既然做了，就必須承擔相應的責任，別人舉報你是為了立功減罪，我是不可能把對方的名字告訴你的！但是我可以明確的告訴你，我們手中的資料這麼詳細，舉報你的人絕對不只一個！現在請你跟我們一起走吧。」

王平康被帶走的消息，立刻在縣交通局引起震動。

此刻，陳文韜站在辦公室的窗口，看著柳擎宇把王平康帶上車，嘴角露出一絲冷笑：「王平康，想跟老子鬥，你還差得遠呢！老子只要一張三百萬的銀行卡和立功舉報就把柳擎宇給擺平了。」

陳文韜得意洋洋的自我誇耀一番後，這才拿起桌上的電話撥通了縣委書記趙志強的電話，故作驚慌地說道：「趙書記，大事不好了，王平康剛才被省紀委的人給帶走了，看樣子好像是被雙規了。」

「什麼？王平康被雙規了？」趙志強憤怒地說道：「他為什麼會被柳擎宇給帶走？柳擎宇他們掌握了什麼證據嗎？」

陳文韜裝出一副無辜的樣子道：「我也不知道啊，我剛才和柳擎宇交涉了一番，他說無可奉告。」又訴苦道：「趙書記，您可一定要想辦法把王平康給救出來啊，他可是我們交通局的骨幹力量，很多工作都離不開他，尤其是咱們縣的高速公路項目，幾乎大部分事情都是由他經手的！」

他這是在暗示王平康掌握很多內部的情報，這是想要用**借刀殺人**的手段將王平康給徹底擺平。

趙志強對陳文韜那點心思怎麼可能看不出來，心中那叫一個氣啊，冷冷說道：「我知道了，我立刻瞭解一下情況。」

掛斷電話，趙志強陷入了沉思，柳擎宇為什麼要把王平康給帶走呢？難道他真的掌握了證據不成？

趙志強趕緊撥通公安局刑偵支隊的隊長李國豪的電話：「國豪啊，最近柳擎宇和他們第九監察室的人員有什麼異動嗎？」

李國豪不明所以地說道：「沒有啊，他們雖然分成三個隊伍，分別前往各個單位進行巡視談話，但是整個流程都在我們警方的掌控之中，這些天一直中規中矩，沒有任何人單獨行動。」

李國豪的回答，卻令趙志強臉上的疑慮更重了，又再問了一次：「你確定他們的人沒有單獨外出辦事嗎？」

「趙書記，這一點我確信無疑，因為我知道您十分關心這件事，所以我一直保持警覺，確保監控無死角。」李國豪連忙說道。

「嗯，不錯，好好幹，我看好你。」

趙志強鼓勵了李國豪一番之後，心中開始琢磨起來，從李國豪的回答來看，柳擎宇他們的確沒有人單獨外出，但是紀委要雙規一個人，肯定是掌握了充足的證據。

他相信，柳擎宇他們來青峰縣前，不可能掌握到王平康的證據，因為以他對王平康的瞭解，這傢伙是個辦事十分穩妥謹慎之人，輕易不會讓任何人抓住把柄，但是柳擎宇卻偏偏把王平康給雙規了。

這說明了一件事，那就是在縣交通局內部有人向省紀委舉報了王平康！

奇怪的是，柳擎宇他們必須要核實舉報的資料才能雙規王平康，卻偏偏沒有一個人去做核實的動作……壞了！**上了柳擎宇的當了！**青峰縣肯定還有另外一支省紀委的團隊在為柳擎宇做善後的工作。

壞了！壞了！趙志強的腦門上冒出了細密的汗珠。

他有些害怕。他最擔心的就是自己的猜想是正確的，如果自己猜對的話，省紀委出動如此巨大規模的隊伍到青峰縣來，**針對的是誰？**如果只是針對下面人的話，有必要如此大動干戈嗎？難道省紀委要對青峰縣進行徹底調查嗎？

怎麼辦？我該怎麼辦？趙志強急得有如熱鍋上的螞蟻，在辦公室內走來走去。

趙志強猶豫良久，終於還是拿起手機撥通了柳擎宇的電話。他想要從柳擎宇這邊瞭解一下事情的真相到底是什麼。

電話很快接通了，電話那頭傳來柳擎宇的聲音：「趙書記，找我有事嗎？」

趙志強語帶嚴肅地說道：「柳主任，我聽交通局的人說，你把我們交通局的常務副局長王平康給帶走了？不知道他到底犯了什麼錯誤啊？」

柳擎宇淡淡說道：「趙書記，由於案子正在審理階段，礙於省紀委的規定，詳情恕我不方便透露，不過，我也正想通報你一聲呢，王平康已經正式被我們省紀委給雙規了。」

趙志強不悅地說：「柳同志，我想問一下，你們省紀委憑什麼雙規王平康啊，據下面的人向我反映，說王平康同志平時工作很努力的。你們省紀委有證據嗎？」

柳擎宇反駁道：「趙同志，什麼事該做，什麼事不該做，我們監察室心中自然有數，如果你對我們的行動有所不滿或者懷疑的話，可以以公文的形式向省紀委發起質詢，我們會回覆你的，請不要無端猜測和指責，我不接受。好了，趙同志，還有其他事情嗎？沒有的話我要掛斷電話了，現在我們正在對王平康進行談話，耽誤不得。」

趙志強憤怒的掛斷了電話。

然而，掛斷電話後，趙志強的心卻更加不平靜了，柳擎宇手上的證據到底是誰核實的呢？

趙志強再次打通李國豪的電話：「李國豪，你立刻派人調查一下，看看最近有沒有可疑的人在我們青峰縣境內活動，尤其是去銀行或是與王平康有關的單位和公司。」

聽趙志強這麼說，李國豪不禁說道：「趙書記，您這麼一說，我想起一件事情來，就在幾天前，省公安廳下來一個督查組，說是要調查一個跨省金融詐騙案件，要求我們縣公安局配合，有人帶他們去了銀行以及幾家交通建設公司瞭解情況。」

趙志強一聽，頓時嚇了一跳。柳擎宇竟然能夠動用省公安廳的力量來配合他們省紀委的行動，如此看來，柳擎宇這次來青峰縣是做足了準備啊！

這小子到青峰縣來，到底是想要做什麼？難道他知道當初在吉祥省他被整的事，是趙家背後指使的嗎？還是知道了**他被從瑞源縣縣委書記位置上趕下去有趙家的影子？**

如果他這次是來報復的話，那自己恐怕就有麻煩了。想到此處，趙志強立即下令道：「李國豪，你快去查看看那些人現在還在不在我們青峰縣，如果在的話，連他們也監控起來，不過，行動一定要小心隱蔽，千萬不能被對方發現了。」

趙志強吩咐完，便開始佈局起來，他必須為接下來柳擎宇有可能採取的行動提前做好準備。

官場上，永遠都不能打無把握之仗，否則的話，只能被動挨打，他要把命運掌握在自己的手中！

青峰縣縣委招待所一間專門用來對官員進行雙規談話的房間內，柳擎宇坐在王平康的對面，臉色淡然的看著他，一副風輕雲淡的樣子。

王平康已經被柳擎宇這樣審視了足足五分鐘的時間了，兩人一句話都沒有說，然而，此刻王平康的內心深處卻充滿了畏懼。

他從來沒有感受過如此巨大的壓力。

他從來沒有想過，一句話不說的時候，竟然是這樣的壓抑、這樣的緊張，豆大的汗珠順著他的額頭劈里啪啦的往下掉。

時間一分一秒的過去。房間內，兩個人就這樣對峙著。

十分鐘……十五分鐘……二十分鐘……三十分鐘……

終於，王平康再也忍不住了，這種無形的巨大壓力已經壓得他喘不過氣來，他甚至能夠聽到自己因為緊張而心臟劇烈跳動的聲音。

王平康憤怒、恐懼的看著柳擎宇：

「柳擎宇，你到底想怎麼樣？難道你還沒有看夠嗎？」

柳擎宇淡淡一笑：「沒有看夠，我想要仔細地看一看，能夠貪汙一千萬以上的貪官到底是什麼樣子！為什麼有這麼大的膽子？」

王平康大聲抗議道：「我沒有貪汙！我不是貪官！你們沒有任何證據！」

「啪！」柳擎宇猛的從隨身公事包內抽出一疊文件來，狠狠地丟在王平康的面前，說道：「王平康，你不要以為你有六個身分證就可以逃避法律的制裁！不要認為你事情做得十分隱蔽，就查不出你的罪行！法網恢恢，疏而不漏，只要違反了黨紀國法，最終都會有敗露的一天的！」

當王平康看到排列在文件最前面那六張身分證影本時，就知道自己完蛋了！

他的主要財產都放在真正身分證以外的另外五張身分證所開的銀行卡裡，正常情況下，要不是有人檢舉爆料，是很難會被發現的。

柳擎宇聲色俱厲地說道：「王平康，我不想和你廢話了，給你最後五分鐘時間考慮，你願意戴罪立功，我會盡力幫你申請減免罪責；如果你仍是執迷不悟，那我也沒有辦法。哦，對了，據說最近你們青峰縣交通局局長陳文韜表現出色，再加上一些其他的因素，在陳正河的推薦下，他很有可能會晉升為副縣長啊。」

柳擎宇前面的話，王平康還可以淡然處之，最後這句話，卻徹底撥動了他那根敏感的神經！王平康原本冷靜的心情徹底暴走了！

「什麼？陳文韜要晉級副縣長？開什麼玩笑?!就他那種超級貪官也配當副縣長？你們省紀委的人眼睛都瞎了嗎？**如果我是貪官的話，那麼他就是超級大貪官，我貪的只是毛毛雨，他貪的可是傾盆暴雨！**這龜孫子就連上級劃撥下來的活動經費都要雁過拔毛，竟然要晉升副縣長，這簡直是滑天下之大稽！」王平康面色猙獰的說道。

柳擎宇譏刺道：「王平康，你是吃不到葡萄嫌葡萄酸吧！你憑什麼說人家陳文韜貪汙啊，你有證據嗎？沒有吧？你們青峰縣也沒有人舉報他，那人家就是清白的啦，加上他最近的表現，上級有什麼理由反對呢！」

柳擎宇又嘆息一聲道：「我說你啊，要是不貪汙受賄，前途該有多好！人家陳文韜晉級，你就可以頂替他擔任交通局局長的職務了，到那個時候，你可就是真正意義上的一把手了。哎，可惜啊，真是太可惜了！」

柳擎宇這是故意刺激王平康，王平康怒聲道：「夠了！柳擎宇，不要再用這麼低級的激將法來刺激我，你不就是想要我舉報陳文韜嗎？我偏不！」

說著，王平康轉過頭去，一句話也不說。

柳擎宇淡淡一笑，拿出手機撥通陳文韜的電話，笑道：

「陳局長，真是太感謝你了，謝謝你為我們省紀委的調查提供了那麼多的資料，讓我們有機會可以將王平康拿下。你放心，我們省紀委不會忘記你為我們的反腐事業所作出的貢獻的，你看要不要我們給你發一個表揚的文件啊？」

陳文韜嚇得連忙說道：「別別別，柳書記，千萬別那樣做，否則我可就成為眾矢之的了，你就當我什麼都沒說就成了，之前我們不都說好了嘛？你說要為我保密的。」

柳擎宇點點頭：「好，既然你這樣說，那我就不多說什麼了，就兩個字——感謝！」說完，柳擎宇便掛斷了電話。

電話那頭，陳文韜突然一陣心驚肉跳，感覺柳擎宇這通電話打得有點詭異。

這時，王平康再也忍不住了，直接撲向柳擎宇道：「把手機給我……快把手機給我，我要問問陳文韜，為什麼我們明明訂立了攻守同盟，他卻不遵守約定？他太無恥，太陰險了！」

柳擎宇收好手機，看著王平康說道：「王平康，你不要忘了，你已經被雙規了，你沒有任何資格使用手機！」

王平康憤怒的喘息著，雙眼瞪得跟牛鈴一樣大，幾乎要把眼珠子都瞪出來，眼中佈滿了血絲，一股滔天怒意正在緩緩醞釀著。

面對王平康表現出來的憤怒，柳擎宇淡然處之，冷眼旁觀。

終於，理智斷線的王平康徹底爆發了，他雙眼猩紅的瞪著柳擎宇，咬牙切齒的說道：

「好，柳擎宇，你贏了，你的激將法奏效了，我要舉報！我好不了，別人誰也別想好！」

柳擎宇把包凌飛喊了進來，包凌飛手中拿著錄音筆、錄影機，全都安置好後，王平康便開始如竹筒倒豆子一般，把他所知道的全都一古腦的吐了出來！

柳擎宇聽完他的供詞，震驚到無以復加！

本來，柳擎宇這次來只是想要調查青峰縣的公車事件的，然而他們在公車事件上栽了一個大跟頭，只好將目標轉移到交通局。

他試探性的玩了一個**虛張聲勢**、**挑撥離間**的把戲，沒想到竟然從這個交通局常務副局長這裡得到了讓他瞠目結舌的內幕——青峰縣諸多幹部存在嚴重的腐敗問題，而且是**窩案，絕對的窩案**！

青峰縣從副縣長到交通局局長、副局長，乃至於科員、鄉鎮幹部，一連串的人在青峰縣近五六年來的道路建設中上下其手，放任豆腐渣工程，頻頻對道路進行翻修好撈錢，種種手段匪夷所思，貪汙腐敗的金額觸目驚心，涉及人員族繁不及備載。

柳擎宇聽了簡直嘆為觀止！怎麼也想不到，僅僅是交通系統，要撈錢還有這麼多的門道！這遠遠超出了他的想像！

同時，柳擎宇也對這些人充滿想像力的撈錢手段以及毫不掩飾的索賄、受賄行為咋舌不已！

巨大的憤怒感填滿了柳擎宇的內心！連跟柳擎宇一起錄口供的包凌飛也怒了！

國家每年劃撥幾千萬的修路資金，竟然用到實處的不足五分之一，其他五分之四的錢全被各級大小貪官們以各種名目瓜分了！花費巨資蓋好的高速公路卻是隱患重重！不知何時會坍塌崩裂，屆時又會有多少無辜人命賠進去！

柳擎宇臉色嚴肅，一句話不說就往外走。

看著柳擎宇和包凌飛離去的背影，王平康的嘴角露出猙獰、狠辣之色，冷笑道：

「哼！柳擎宇，這一次你就等著碰得頭破血流吧！交通系統可是趙志強書記親自抓的，動交通系統，就等於動了趙志強的根，他絕對不會和你善罷甘休的！趙志強可是大有背景的人，**得罪了他，你會連怎麼死的都不知道**！想要收拾我是吧，我臨死也不會讓你好受的！」

柳擎宇和包凌飛走出詢問室，來到外面的套間，包凌飛臉上的怒氣依然未消，氣呼呼地道：「主任，這個青峰縣的交通系統實在是太腐敗了，我們必須要以鐵腕手段進行整頓啊！」

柳擎宇卻是淡淡說道：「對王平康的話，你完全相信嗎？」

包凌飛一愣：「他說了這麼多，難道不值得相信嗎？」

柳擎宇拍了拍他的肩膀說道：

「凌飛啊，這個紀委的工作和以前在縣委辦的時候有很大的區別，紀委工作最關鍵的一點就是要掌握證據，**一切都要以證據來說話**。雖然王平康交代了很多問題，尤其是在舉報陳文韜的時候，更是提供了很多可以查證核實的地方。除了陳文韜以外，他還說了很多聽起來問題挺嚴重的人，但是實際上，要想真正去查證核實這些事，並不是那麼容易的，尤其是這還涉及到主管交通的副縣長，一旦我們要展開深入調查，想要不驚動青峰縣的高層是不可能的。

「尤其是趙志強，他本來就對我很有意見，如果我們明刀明槍的展開調查，勢必會遭到層層阻力，那個時候，只要任何一個細節出問題，我們便可能會功虧一簣。而且你不要忘了第二監察室，他們雖然現在人都在南華市，但是他們也有權力跑到青峰縣來巡視，一旦他們到了這裡，我們的行動將會和透明的差不多，阻力之大就更難以想像了。」

聽柳擎宇這樣說，包凌飛抓了下腦袋，氣惱地說：「主任，那我們下一步該怎麼辦？難道這個王平康說的話都是假的嗎？」

柳擎宇臉上黑雲密佈，咬咬牙道：「王平康說的應該是實話，只不過這老傢伙沒有安好心而已，他想要借刀殺人，讓我和趙志強火拼，他則在一旁看笑話，用這種方式來報復我們對他進行雙規。」

包凌飛瞪大了眼睛，之前王平康又是吹鬍子瞪眼，又是指天罵地的，一副和對方不共戴天的樣子，原來裡面還隱含著如此深層的陰謀，這個老傢伙真是夠陰險的！

「主任，那我們該怎麼應對呢？」包凌飛不禁問道。

柳擎宇笑道：「很簡單，我們現在可以散布消息，就說王平康已經交代了一些人的問題，然後讓孟歡和沈弘文他們兩個小組裝腔作勢的對某些人展開調查，敲山震虎，打草驚蛇一番，那時候，肯定有些人會心慌的，一旦他們心慌了，沒準就會失去理智，做出讓人意想不到的事出來。我們暫時可以先守株待兔，靜候青峰縣的人犯錯誤。

「當然，我們也必須要玩一招明修棧道暗渡陳倉的把戲，一方面由孟歡和沈弘文他們作為幌子進行外圍調查，迷惑青峰縣的人；另一方面，我會立刻聯繫省紀委的領導，讓他們派兩名值得信賴的精英過來，暗中展開調查。」

包凌飛不解地說：「主任，我們不是還有另外一組省紀委和省公安廳組成的援兵嗎？為什麼不讓他們協助我們進行調查呢？」

柳擎宇搖搖頭：「在王平康被拿下之後，他們就已經暴露了，勢必處於青峰縣的監控之下，即便再留下來恐怕作用也不大了，所以他們得撤回去，這樣還可以迷惑那些心中有鬼的人。」

包凌飛對柳擎宇的這番佈置，欽佩之情溢於言表，看柳擎宇說出來是那樣的輕描淡寫，雲淡風輕，就好像是再簡單不過的事，這才是真正的高手啊！

就在柳擎宇佈局的時候，青峰縣這邊，趙志強也沒有閒著。

當天晚上，他便趕到了南華市，參加由南華市市委辦舉行的新聞發佈會。

在新聞發佈會上，趙志強親自向媒體說明了青峰縣的公車拍賣為一次模擬拍賣，這次拍賣的目的只是為了試驗看看公車在拍賣過程中可能產生的問題，為將來真正的拍賣做好準備。

在發佈會上，趙志強並且公佈了正式拍賣的時間為三天之後，歡迎全國各地有意願的買家前來競拍。

發佈會結束後，青峰縣再次成為媒體關注的焦點，在各方勢力的推動下，青峰縣的模擬拍賣以一種正面的形象出現在廣大老百姓面前，青峰縣領導班子也被媒體讚譽為很有創意，使青峰縣的形象一下子提升了不少，之前說青峰縣存在腐敗問題的報導反而成了輿論宣傳！

雖然也有人對青峰縣的說法提出質疑批評，但是很快便淹沒在鋪天蓋地的宣傳之中。

當柳擎宇看到青峰縣的形象整個逆轉時，也不禁嘆道：

「趙志強，你還真是不簡單啊！居然被你用這種危機公關的方式變禍為福，真是高明！同時，你這樣做還可以對我們省紀委的調查產生極大的壓力，讓我們不敢輕舉妄動。厲害！但是，**你以為我會讓你的奸計得逞嗎？**」

柳擎宇陷入了沉思之中：到底要用什麼方法才能破解趙志強這一招呢？

就在柳擎宇苦思對策的時候，讓他更想不到的一件事發生了。

當天晚上，網路上出現了一個帖子，帖子裡貼出柳擎宇帶著手下的工作人員前往青峰縣縣委進行調研的照片，同時還有很多第九監察室分別與青峰縣各級領導談話的照片。

最後，發帖者用大為肯定的語氣說道：「就樓主瞭解，省紀委第九監察室的工作人員對青峰縣讚許有加，認為青峰縣幹部皆是廉潔奉公，一心為民，值得期許。」

這個帖子在水軍推手的推波助瀾下，很快便成為網站及各大媒體的新聞標題——省紀委第九監察室高度評價青峰縣！

在文章中，更是極度的誇大了第九監察室對青峰縣的認可，還特別指出第九監察室到了青峰縣將近十天，只查處了一個副局長的案子，這說明青峰縣的廉政工作做得非常好，而且這個副局長還是在本局的工作人員主動舉報下被省紀委給雙規的。

當第二天柳擎宇看到報導時，臉色再次變得凝重起來。沒想到青峰縣竟然會玩這麼一招出來！**這明顯是在逼宮啊！是在給省紀委施加壓力！**

如果第九監察室再查出其他的案子，就等於是打自己的臉啊！

要是再結合之前青峰縣舉行公車模擬拍賣的新聞發佈會所取得的人氣，現在的青峰縣簡直成了被正面輿論所包圍的馬蜂窩一般，省紀委絕對不能去碰，否則只會讓自己遍體鱗傷。

就在這時候，柳擎宇的手機突然響了起來。

柳擎宇拿出手機一看號碼，並不認識，不過還是接通了，因為這個號碼只有官場內部的主要領導們才知道。

一個十分威嚴的聲音從裡面傳了出來：「柳擎宇啊，我是省委宣傳部的胡正龍啊。」

對方直接開門見山自報家門，讓柳擎宇先是一愣，隨即明白過來，這位胡正龍可不是省委宣傳部普通的工作人員，而是常務副部長，柳擎宇連忙恭敬的說道：

「胡部長您好，您有什麼指示？」

胡正龍和顏道：「聽說你帶著第九監察室的工作人員在青峰縣進行巡視，不知道現在進行到什麼程度了？」

柳擎宇心頭一動，隱隱猜到胡正龍打電話來的真實意圖了，不置可否地說：「我們才剛剛開始巡視，後面還有很多工作需要做呢。」

胡正龍的語氣突然變得嚴厲起來：「柳同志，不知道你有沒有注意到最近輿論的氛圍啊？」

「不知道部長指的是哪方面？」柳擎宇反問道。

胡正龍道：「我們省委宣傳部最近在進行輿情調研的時候，發現最近這段時間，青峰縣在各個領域的工作都很出色，尤其是在廉政建設方面更是遙遙領先其他地區，所以我們省委宣傳部打算把青峰縣樹立成一個範本，號召其他地市縣區向青峰縣學習。但是你們第九監察室一直待在青峰縣不走，嚴重影響到我們宣傳部推動這項工作，柳同志，你看你們是不是暫時先撤回來呢？畢竟咱們省出現一個像青峰縣這樣在全國都有影響力的地區不容易啊，我們宣傳部門必須抓住機會進行宣傳，樹立我們白雲省的正面形象！」

聽胡正龍這樣說，柳擎宇的眉頭皺得更緊了。

省委宣傳部這是在趕他們走啊！要是青峰縣真的被省委宣傳部樹立成範本的話，省委領導包括韓儒超在內，也不敢輕易要求對青峰縣展開調查了。即便要調查，也需要等上兩三年，等到這股正面宣傳的風潮過去之後再說，而那個時候，真正的貪官汙吏早就吃飽撈足，腳底抹油，溜之大吉了。

不行！**絕對不能允許這種不受控制的情況發生！**

柳擎宇正想要反駁，卻又停住了，因為他突然想到了一個十分重要的問題，如果自己想否定胡正龍的意見，勢必要拿出有利的證據來證明自己的話，而這時自己唯一能夠拿出來證明自己意見的，只有王平康的口供！

這恰恰是他目前不想讓任何人知道的，因為事情尚且處於高度保密調查階段，如果消息走露出去，會對第九監察室的行動帶來極大的不便，甚至功虧一簣。

而且，胡正龍既然是給青峰縣出頭來的，這說明胡正龍和青峰縣的關係不錯，如果讓他知道內情，他是否會洩露給青峰縣也是大有疑問，畢竟**秘密只有掌握在自己手中才是最放心的**。

想及這些，柳擎宇眼珠轉了一下，打馬虎眼道：

「不好意思啊胡部長，我們並不想影響你們宣傳部的行動，不過，我們在青峰縣的巡視調查是早就規劃好的，一過來的時候就已經跟青峰縣的領導們說明白了，現在才剛剛過去十天而已，所以仍會按照事先的規劃進行，否則，我沒有辦法向上級領導交代啊！如果您著急的話，您可以去找我們韓書記協調一下，只要韓書記那邊一聲令下，我立刻帶著第九監察室的人離開。」

柳擎宇對官場上太極推手的事見得多了，所以玩起手來順口拈來，毫無滯澀之感，他相信，就算是胡正龍想要為青峰縣出頭，也不是他一個人說了算，畢竟他只是宣傳部的常務副部長，他的上面還有部長呢！而省委宣傳部部長李雲，素來是一位做事一絲不苟的領導，應該也不會輕易答應胡正龍的要求。

以柳擎宇的身分和級別，自然不適合直接和胡正龍發生正面衝突，所以，柳擎宇讓胡正龍去找韓儒超，將這件事推了個乾乾淨淨，讓胡正龍只能無功而返。

不得不說，柳擎宇這一招玩得十分漂亮。

胡正龍聽了，氣得火冒三丈，卻又無可奈何，他純粹是因為和趙家之間的私人關係，才肯出面幫忙打個招呼的，如果柳擎宇肯賣自己這個面子，那是最好不過了，趙家也會欠自己一個人情；無奈柳擎宇不給面子不說，還玩起了太極推手，他也只能黯然收兵。

「嗯，好，既然你這樣說的話，這件事我再協調一下。」

胡正龍鬱悶的掛斷電話，隨即撥通趙志強的電話：「志強啊，我剛才給柳擎宇打了個電話，試探了一下他的態度，他說他來你們青峰縣的時候就和你們協調過了，會在青峰縣待上半個月，有這事嗎？」

趙志強點點頭：「嗯，這事倒是有的。」

胡正龍說道：「如果是這樣的話，那你也不用太過擔心，只要柳擎宇信守諾言，再有個三五天也就撤離了，我會再讓各大媒體多為你們青峰縣正面宣傳一下，給柳擎宇他們那邊施加壓力，這樣一來，他們絕不敢輕舉妄動。」

趙志強感激地道：「胡部長，真是太謝謝您了，下次有機會，我會親自陪您到北京各領導家裡拜會一下的。」

趙志強這是在玩手段，他心中看得雪亮，胡正龍之所以幫他，正是看中了趙家在北京核心圈的力量，胡正龍現在的級別處於不上不下的階段，如果想要更進一步上到副省級的話，就必須要多往京裡跑一跑，這就是經典的「**跑步進京**」，胡正龍很需要借助他的勢力在後面推一把。

在隨後的兩天裡，柳擎宇這邊先放出了第一波消息：就是王平康已經開口交代了很多問題，巡視小組接下來會對這些人進行核查。青峰縣的幹部們立刻人心惶惶起來，擔心下一個被雙規的會不會是自己。

青峰縣常委會議室內，成員臉色都顯得十分凝重。

趙志強掃視一眼眾人說道：「同志們，現在有一個不好的傳言正在我們青峰縣大肆流傳，說是王平康被雙規後，交代了很多問題，各個單位有很多人都被他給咬了出來，對於這個傳聞，大家怎麼看？」

縣委副書記王吉利說道：「我認為這個傳聞肯定是假的，甚至很有可能是柳擎宇故意放出來的。根據我的瞭解，這個傳聞出來已經不止一兩天了，好像在王平康被雙規的當天便流出來了。然而，大家仔細看看，柳擎宇他們雖然做足了姿態到處調查，但是實際上有一個人被雙規了嗎？沒有！

「所以，我認為柳擎宇故意放出這個傳聞，目的是想要打草驚蛇，讓我們手忙腳亂好出現問題。我覺得目前我們最重要的事，並不是到處去補漏洞，而是應該坦然處之！如果到處找漏洞，補漏洞，反而容易被在旁邊冷眼旁觀的第九監察室給抓住把柄，順藤摸瓜，那樣反而不利於我們青峰縣的大局穩定。」

說到這裡，王吉利意識到自己的話有語病，好像青峰縣的確存在問題似的，這番話如果被傳出去，對自己很不利，因而趕忙補救道：

「當然，我只是這麼形容罷了，我相信，我們青峰縣的幹部隊伍是相當奉公守法的，我這樣說的目的，是希望大家把重心放在工作上，不要為外界的傳聞所左右；別的我不敢說，對王平康的為人我還是很瞭解的，他或許存在一些腐敗問題，但是他的意志力和大局觀都相當不錯，絕對不會胡亂咬人的！」

陳正河附和道：「王同志說得非常有道理，他的話我很認同，我看咱們還是應該把重心放在工作上，不要胡思亂想；至於那個傳聞，不理會它就是了，清者自清，濁者自濁，我們讓時間和事實來證明一切吧！」

常委們紛紛點頭稱是。

趙志強見到眾人的表態，很是滿意，他之所以召開這次常委會的目的，就是為了**穩定軍心**，因為他早就看出來，這個傳聞絕對是柳擎宇故意散佈出來的，就是想要讓青峰縣先亂起來，只要大家能夠識破柳擎宇的詭計，柳擎宇就找不到青峰縣的漏洞了。

隨著這次常委會的結束，青峰縣的軍心徹底穩定下來。

柳擎宇他們則是按照之前的計畫按部就班的進行。此時，柳擎宇向省紀委請求支援的人也悄悄來到了青峰縣。

這次來的，是蒼山市市委副書記孟偉成從市紀委特別挑選出來的精兵強將，孟偉成是孟歡的老爸，因而孟歡早就認識這兩名工作人員，一直保持著聯繫，這是青峰縣，甚至南華市誰都沒有想到的。

一眨眼，四天過去了！再有一天，就是第九監察室到達青峰縣的第十五天了。此時，青峰縣上下都十分興奮，都在期待柳擎宇這個瘟神能早點離開。

夜色深沉，趙志強的辦公室卻燈火通明，煙霧升騰。

縣委書記趙志強、青峰縣縣長陳正河、縣委副書記王吉利，以及常務副縣長邵金福四人圍坐在沙發上。

趙志強的臉色顯得十分嚴峻：「各位，明天就是柳擎宇他們在我們青峰縣的最後一天了，柳擎宇除了把王平康雙規以外，就沒有任何動靜了，但是，我的心中一直有種不祥的預感，總感覺這一次第九監察室的人實在是太平靜了，讓人很不安，大家說說自己的看法吧，我們可不能在最後時刻翻船啊。」

按理說，隨著柳擎宇他們離開日期的越近，大家便不應該有什麼憂慮了，但是人就是這樣，**越是到了最後關頭，心中卻越是沒有底**，但是一時間卻又找不出問題到底是出在哪裡！

柳擎宇和第九監察室的人在他們廿四小時的監控下，一舉一動都在青峰縣的掌控之中，形跡可說是無所遁形。

這中間唯一可疑的就是之前調查王平康的省公安廳和省紀委的人員返回省會後，第二天晚上又悄悄出現在青峰縣，看樣子是想要像上次一樣展開秘密調查。

他們不知道，青峰縣早就一直在注意著他們，所以他們去了哪裡，都跟什麼人說過話，說話的內容是什麼，青峰縣都掌握得一清二楚，這等於是把柳擎宇的後手也給控制了。

王吉利說道：「趙書記，我認為你是多慮了，柳擎宇這個年輕人的確不簡單，想要用回馬槍殺我們一個措手不及，不過他還是嫩了點，現在他手中隱藏的這桿槍已經被我們給掌控了，他還有什麼後手呢？假設換位思考的話，把我放在柳擎宇的那個位置上，我也想不出什麼好的辦法了。」

常務副縣長邵金福接口說道：「我贊同王書記的意見，我看柳擎宇應該是黔驢技窮了，而且我認為柳擎宇並不知道他這次殺回馬槍的那波人已經被我們給監控了，只要明天時間一到，柳擎宇立馬帶隊走人，我們就徹底安全了。省紀委巡視組總不能三番兩次的老是到我們青峰縣來巡視吧！如果真是那樣，我們可以向省委進行投訴！」

然而，趙志強聽了依然眉頭緊鎖，好像明天會有什麼大事發生似的。

第二天，也就是柳擎宇和第九監察室到達青峰縣的第十五天。

白雲省各大媒體上再次出現許多關於讚揚青峰縣和趙志強的文章，一時間，青峰縣和趙志強再次成為媒體的寵兒，趙志強更是被譽為新時代最優秀的年輕官員，深受民意好評。

就在昨天下午，南華市市委班子召開了市委常委會。

會上，在南華市市委書記黃立海的主持下，通過了推薦趙志強擔任南華市市委常委的建議，並且正式向省裡提出。

常委會散會後，黃立海立刻一個電話打到趙志強的手機上。

「小趙啊，常委會上，我提議推薦你擔任我們南華市的新任市委常委，會上已經通過了，公文正送往省裡，希望你今後努力工作，積極為我們南華市的建設貢獻自己的力量啊！另外，省裡那邊你也要常去轉一轉，多向省領導們彙報彙報工作，不能光悶頭做事不說話嘛！」

黃立海的話聽起來十分柔和婉轉，同時也是在向趙志強表功。

趙志強自然明白黃立海的意思，他這是在進一步向自己示好呢，顯然省裡副省長的競爭已經到了一個十分激烈的狀況，黃立海希望趙家能夠在這個關鍵時候出把力。

趙志強不是薄情寡義之人，既然明白黃立海的目的，便立刻回道：「黃書記，真是太感謝您了，等把柳擎宇這幫瘟神給送走，我馬上去省裡轉轉，到時候咱們一起去吧，我約上一些領導，一起吃個飯。」

黃立海一聽，頓時興奮起來。他最想做的就是這件事，他雖然是李萬軍的人，但是有些事李萬軍去做並不合適，反之，如果由趙志強來出面的話是最好不過的。

他要競爭副省長，需要打通兩個關節，一個是省裡主流力量要支持他，二是北京那邊要有人支持。北京那邊，他相信趙家應該會出手的，畢竟自己幫助了趙志強；至於省裡，借著這次把趙志強推到市委常委的機會，如果能夠順勢多和一些省領導們溝通一下，這對於增加在省裡通過的機率是大有裨益的。

從昨天晚上開始，青峰縣也到處都在瘋傳著趙志強即將被增補為市委常委的消息，很多從以前就靠近趙志強的人都興奮無比，一旦趙志強成為市委常委，未來青峰縣的幹部調往市裡任職的機會就大了很多，畢竟，**權力越大，手中可以動用的資源也就越多，可以獲得的利益也就越大**。

而那些沒有向趙志強靠攏的人，則是後悔不迭，思考著要不要趕快向趙志強靠攏。

早上，柳擎宇和第九監察室的人七點左右就起來了，在酒店自助餐廳吃早餐的時候，順便討論今天的工作。

沈弘文雖然壓低了聲音，但是臨近幾桌的人還是可以聽得到他們的對話。

就聽沈弘文說道：「柳主任，咱們今天要離開了，我看咱們不如利用這最後一天的時間，去縣交通局轉轉。」

柳擎宇裝出一副詫異的樣子道：「去縣交通局？有這個必要嘛？我們還能夠發現什麼貓膩麼嗎？」

沈弘文說：「我最近得到消息，說是縣交通局的出勤率很有問題，不僅有些人拿著工資不上班，還有一些人根本就是三天打魚兩天曬網，還有的人一邊在單位掛名拿工資，一邊在外面做兼職，甚至是開店，只要我們來一個突擊檢查，肯定會發現很多問題的，那樣我們這次巡視也就不算是白來了！」

孟歡也說：「嗯，弘文的這個建議很好，我看我們不僅要去縣交通局，等從縣交通局出來後，我們應該去縣委縣政府也轉一轉，我聽說有很多縣裡的領導幹部在出勤問題上也很有問題，有人還會在上班時間出去打麻將呢，我們乾脆一併查一查。」

柳擎宇點點頭：「你們說的很有道理，等吃完早餐，咱們立刻出發！」

在幾人竊竊私語的時候，離他們隔著一桌，背對著柳擎宇的位置，有一個人正在悶頭吃著自己的飯，他盤子裡裝了不少的飯菜，吃得很慢，看起來好像在享受著美食。

其實，這哥們六點半就到了，一直在等柳擎宇他們，目的就是要打探他們在說些什麼。聽到孟歡和沈弘文他們說完自己的意見後，這哥們毫不猶豫的拿出手機，快速的把情報用簡訊發送出去。

交通局局長陳文韜和青峰縣縣委書記趙志強都收到了簡訊。

陳文韜看到簡訊後大吃一驚，他本以為今天都是最後一天了，柳擎宇他們也好長時間沒有到交通局來溜達了，交通局的事應該告一段落，萬萬沒有想到，他們竟然策劃要到局裡來突擊。

對局裡出勤的情況他非常清楚，雖然是實權部門，但是每天至少有三分之一，甚至更多的人不上班，真正上班的都是些臨時工或者是外聘人員。如果柳擎宇真的要突擊檢查的話，交通局百分之百要出事的。

陳文韜趕緊打給交通局辦公室主任，吩咐道：「你立刻交代下去，所有人必須全部到單位上班，不管是誰，不管對方有什麼背景，如果今天早上不準時到單位上班，明天我就把他們全部清理出交通局，絕不手軟！」

聽到陳文韜的話，辦公室主任有些為難的說道：「陳局，恐怕我就算是這樣說的話，也很難達到您的要求啊，有一些人是靠縣裡領導們的關係塞進來的，這些人平時都是拿著工資不上班的。」

陳文韜冷冷說道：「我剛才說過了，如果今後誰還想拿這份便宜工資的話，早晨必須給我準時出席，否則我說到做到，絕不手軟！因為今天有重要的檢查，如果真的被發現問題的話，我這個局長都有可能不保，你認為我會對他們手軟嗎?!就算是副縣長的關係又如何？老子我的位置都保不住了，我還管他是誰的關係！交通局我是一把手，只要我一天沒有下臺，我說了就算！你就這樣通知吧！語氣一定要強硬一點！」

隨著陳文韜一聲令下，青峰縣交通局系統立即忙碌起來，平時冷冷清清的交通局大院一下子變得無比熱鬧，原本空曠的停車場車滿為患，負責門口值班的兩個保安不得不分出一個去疏導交通。

最搞笑的是，由於上班的人太多，導致辦公室、辦公桌根本就不夠用。無奈之下，陳文韜再次一聲令下，所有外聘人員放假一天，由正式在編人員頂崗，哪怕是裝模作樣也得在單位坐一天，沒有他的指示，任何人不得擅自離開，否則直接開除。

很多人對陳文韜這個指示很不服氣，因為這些人在外面都有自己的事業或兼職，如今不得不過來坐班，大大耽誤賺外快的時間，所以紛紛找自己的後臺向陳文韜施壓。然而，當這些人電話打出去之後，幾乎都被臭罵一頓，不敢再多說什麼了。

尤其是縣領導的那些親戚朋友們，因為今天縣委縣政府也要求全員到崗，甚至縣政府還給各單位的一把手們打電話，要求他們必須要確保出勤率，以免柳擎宇到時候突襲。畢竟，今天是最後一天了，青峰縣的領導們可不希望最後時候還被柳擎宇整一把！

於是，在陳文韶的鐵腕政策下，青峰縣交通局第一次以滿勤的陣容做好迎接柳擎宇和第九監察室突擊巡視的準備。

第三章

將計就計

「主任，你這時候回南華市，恐怕對我們的工作展開不利啊！」包凌飛憂慮的說。

柳擎宇笑道：「沒事，你們按照自己的節奏展開工作就可以了，這次對方採取的是調虎離山計，我決定將計就計，順便再去南華市辦點私事。」

上午八點半，柳擎宇和第九監察室的人準時出現在縣交通局的大院門口。

柳擎宇對包凌飛說道：「凌飛，你帶著兩個人守住大門，不許任何人出來，只許進去，即便進去，也必須登記姓名、科室、時間，我和其他人進去查崗。」

包凌飛大聲道：「主任，您放心吧，我保證連隻蒼蠅也不會漏掉。」說完，便點了兩個人，以品字形守住大門口。

柳擎宇滿意地點點頭，邁步向交通局裡面走去。

陳文韜站在窗口看到柳擎宇他們的動作，臉上露出一絲微笑，喃喃自語道：「柳擎宇啊柳擎宇，我看你今天的這番準備恐怕是白費了，我們交通局今天全部滿勤，你想抓住我們的把柄，是不太可能的了！」

此刻的陳文韜非常得意，這是柳擎宇到青峰縣之後，他第一次露出如此開心的笑容，這種智珠在握的感覺讓他十分享受。

一會兒，柳擎宇帶著孟歡、沈弘文來到陳文韜的辦公室。

陳文韜看到柳擎宇，主動伸出手來，十分熱情地說道：「柳主任，歡迎你們到交通局來指導工作啊，不知道你們這次來有什麼指示？」

柳擎宇笑著說道：「陳局長，我們這次來呢，主要目的還是巡視，同時宣布一件事情，這樣吧，你讓局裡所有工作人員到禮堂集合，並且把名冊給帶上，具體的事情我們到禮堂裡再說。」

聽柳擎宇說要帶名冊，陳文韜以為柳擎宇是想要一一點名呢，不然帶上名冊做什麼啊，因而不疑有他，爽快地答應道：「好的，我馬上通知下面的人去辦。」

等陳文韜打完電話，柳擎宇說道：「走吧，咱們先去禮堂裡面等吧，我想要看看你們的工作效率怎麼樣！」

陳文韜沒有任何懷疑，底氣十足地走在前面為柳擎宇他們帶路。

當柳擎宇走進交通局禮堂時，著實被裡面的豪華程度給震驚到了。

一個小小的縣交通局的禮堂，竟然比瑞源縣的縣委禮堂還要豪華，僅僅是內部裝潢和陳設的桌椅等物品大概就價值數百萬，這還是保守估計而已。

這時，禮堂內的燈光全部打開，在禮堂後面，三台攝影機已經準備就緒。

主席臺上擺放著一排桌子，平時，這裡是交通局領導們的座位，現在則是柳擎宇和陳文韜走上去，坐在中間，其他人都坐在下面。

交通局的人陸陸續續的往禮堂裡就定位，差不多十分鐘左右的時間，原本空落落的禮堂已經座無虛席。

柳擎宇放眼看去，足足有三十人，這種規模讓柳擎宇大吃一驚。因為根據柳擎宇的預想，一個縣交通局的編制一般來說也就十個人左右，多一點的到十五六人，少的七八個，而青峰縣竟然高達了三十個。

「陳局長，這些都是行政在編人員嗎？」柳擎宇不禁問道。

陳文韜有些不自然的笑了笑。

柳擎宇環視一圈，「現在人都到齊了嗎？」

陳文韜點點頭：「都到齊了。」

柳擎宇滿意的看向台下，說道：「下面呢，我點一下名，凡是被點到名的人，請坐到第一排，其他人跟被點名的人換一下座位。」

接著對陳文韜說道：「陳主任，你也請坐到第一排去吧，這樣方便我點名。一會兒我點到誰的名字，誰就喊一下『到』，然後依次按著上一個被點名的人坐下，大家都聽清楚了嗎？」

陳文韜只好按照柳擎宇的意思坐在第一排的位置上。

接下來，柳擎宇拿起名冊開始點名：

「陳文韜。」

「到。」

「劉文玉。」

「到。」

「鄭天亮。」

「到。」

「文國華。」

「到！」

……

隨著柳擎宇念出一個一個的人名，被點到的人便挨個坐下。

最後柳擎宇一共念了十四個人才停止！這十四個人包括了一位局長、三名副局長、科室主任四名、副主任三名、科員三名。

柳擎宇念完這些人的名字後，臉色便陰沉下來，用嚴肅的聲音說道：「以上被點名的這十四個人，由於在青峰縣這些年來的交通項目建設中上下其手，涉嫌嚴重腐敗行為，經我們省紀委查實，證據確鑿，影響十分惡劣，全部實施雙規！省紀委的大巴就在外面，下面請這些同志跟著孟歡、沈弘文一起走吧！」

柳擎宇這番話一說完，現場那些被念到名字的人頓時傻眼！這也太突然了！

陳文韜感覺到大腦有些眩暈，喘不過氣來！柳擎宇不是說自己戴罪立功，已經沒事了嗎？而且這麼多天都沒有什麼動靜，怎麼突然又要雙規自己呢？

陳文韜憤怒的看向柳擎宇：「柳主任，到底是怎麼回事？你怎麼把我給雙規了，我沒有任何問題啊。」

柳擎宇冷冷回道：「陳文韜，你說你沒有問題就沒有問題？我告訴你，你的問題比王平康更加嚴重！如果王平康算是貪官的話，你就是大貪官，王平康舉報你貪汙、挪用的款項高達五千多萬！」

陳文韜一下子懵了！吃驚地看向柳擎宇道：

「不可能的，王平康不可能舉報我的！」

「根據王平康的舉報，你在省道項目建設中收取建商八百萬的回扣、在高速公路建設中收取三千萬的回扣……」隨著柳擎宇一樁樁的念了出來，陳文韜感覺到如墜冰窟，從心底深處冒出一股股寒意！

他想不到自己一向以為十分隱蔽的事，王平康竟然知道的如此詳細，還向柳擎宇進行了舉報！

陳文韜不甘心地說道：「柳主任，你不要聽王平康胡說八道，他根本就是在胡亂撕咬，他的目的就是為了給他自己減輕罪責。而且你們要雙規需要證據，這些天你們根本沒有時間去查證啊。」

柳擎宇不屑的笑道：「我們第九監察室這些人的確沒有時間去查證，但是省紀委可不止我們這批人啊！陳文韜，所有人的證據，我們省紀委另外一路人馬早已在暗中調查清楚了，你就不要再進行無謂的爭辯了，跟我們走吧！等到了省紀委，會給你們出示所有證據的，希望你老實交代你的問題，記住！坦白從寬，抗拒從嚴，一切你自己看著辦！」

這些人臉色鐵青，柳擎宇竟然在最後一天突然來這麼一手，這一招實在是太狠了！

陳文韜的雙手顫抖起來，他憤怒的看向柳擎宇：

「柳主任，你不是說今天到我們交通局是來巡視出勤率的嗎？怎麼變成這個樣子了？你該不是在跟我們開玩笑吧？」

柳擎宇正色說：「開玩笑？你以為早上我們說話有人在旁邊偷聽我不知道？我明確的告訴你，我們是故意說給那個人聽的，目的就是給他製造一個蔣幹盜書的機會！好把你們這些人集中在一起進行雙規！」

陳文韜徹底無語了！直到現在他才回過味來，**原來他們所有人都被柳擎宇給算計進去了！**

尤其是省紀委這次來調查的不只是柳擎宇這一支團隊，還有另外一支隊伍在暗中查證，這一點就連縣委書記趙志強都沒有想到。

陳文韜驚覺到，**這次青峰縣恐怕要出大事了！**不知道趙志強這一次能否鬥得過柳擎宇啊！

很快的，陳文韜等人分別在文件上簽好字，被孟歡、沈弘文帶到外面。

禮堂外，二十名荷槍實彈的武警排成兩排，手中握槍，森然而立，誰敢逃跑！這些人只能灰溜溜的跟在孟歡身後，上了大巴，一路飛馳而去。

陳文韜等人離開後，整個禮堂一下子顯得有些空曠起來。

柳擎宇依然端坐在主席臺上，掃視了一下眾人，臉色嚴肅的說道：

「陳文韜等人已經被雙規了，但是，這並不意味你們這些留下的人就沒事，這次之所以會雙規陳文韜等人，是因為有人舉報他們，經過我們紀委核實後才採取行動，我這裡奉勸大家幾句話，希望大家記清楚：

「第一，不管任何時候，對於貪汙受賄等腐敗行為，都不要心存僥倖，也許在你貪汙受賄的時候，有無數雙眼睛正在盯著你，早晚都會敗露的。

「第二，不要以為躲過了初一就能躲過十五，如果你有問題，儘快主動上繳，爭取寬大處理。

「第三，省紀委反腐絕對不會手軟，不要以為手中掌握權力就可以為所欲為，**權力要以為人民服務為根本目的，做不到這一點，最好不要混官場！**

「第四，從現在起一個小時之內，大家都不要亂動，也不要用手機或者其他通訊工具向外發送訊息，如果發現，必定嚴懲不貸！」

說完，便轉身離去。

柳擎宇前腳剛走，便有人拿出手機準備發簡訊，發之前，還左右看了看，以為沒什麼事，便按了發送鍵。

然而，才剛發送出去，就得到發送失敗的提示，恰恰此刻，一名省紀委的工作人員邁步過來，手中拿著信號探測儀來到此人面前，陰冷的說道：

「你剛才發簡訊了吧？簡訊內容是：趙書記，柳擎宇帶著一堆人把交通局局長陳文韜等人雙規，你們小心。」

聽到紀委人員念出訊息內容，這人腦門嗡的一下便炸開了，柳擎宇竟還留了這個後手！

他顫巍巍的道：「我……我沒有發。」

工作人員用手指著他的手機說：「能把你的手機拿出來給大家看一下嗎？以免說我冤枉了你。」

這人立刻無語了。

紀委工作人員陰沉著臉說：「請你也跟我們走一趟吧，我們紀委請你喝茶。」

這個人很快便被兩名工作人員給帶走了，這一下，再也沒有人敢往外面發送簡訊或者打電話了。會場內一下子安靜下來。

離開青峰縣交通局，柳擎宇帶著第九監察室的眾人，快速趕往青峰縣縣委大院。

交通局距離縣委大院並不遠，所以，花不到十分鐘時間便到了。

然而，**世界上沒有不透風的牆**，雖然柳擎宇已經努力做到防止洩密的工作，但是在柳擎宇他們趕到縣委大院前，趙志強還是得到了交通局有十四個人被雙規，一個人被帶走的消息。

趙志強頓時暴跳如雷，咬牙切齒地道：

「柳擎宇，你太混蛋了，一下子把縣交通局的人將近一半給雙規了，你讓我們縣交通局怎麼運轉下去啊，你這根本就是針對我來的啊！」

他的罵聲還沒有落下，青峰縣縣委辦主任便推門走了進來，臉色焦急的說道：「趙書記，柳擎宇已經進咱們縣委大院了，而且還帶了好多人。」

趙志強臉色再次一變：「帶了好多人？有多少人？」

縣委辦主任說道：「有大巴一輛，荷槍實彈的武警十人，另外還有第九監察室的人。」

一股不好的預感冉冉升起，趙志強心中開始忐忑不安起來。

就在這時候，一陣嘈雜的腳步聲已經從樓梯口傳了過來，趙志強眼睛瞪大向外一看，便看到柳擎宇帶著沈弘文、孟歡等人正向著他的辦公室走來。

趙志強邁步迎向柳擎宇。他不想處於被動的位置。

趙志強裝出一副吃驚的樣子說：「柳擎宇，你們省紀委不是今天要走，怎麼有時間到我們縣委來了。」

柳擎宇淡淡說道：「趙書記，我不來不行啊，我是奉命來宣布上級領導的指示的，還請趙書記你辛苦一下，通知縣委縣政府所有副科級以上的工作人員到會議室集合，我要當場宣布省紀委的最新指示。」

聽到這裡，趙志強更加確認了自己的預感，臉色難看的說道：「柳擎宇，你到底要宣布什麼指示？省紀委的指示，按理說不應該在我們這麼一個小小的縣城來宣布吧？」

柳擎宇淡淡說道：「具體內容我暫時不方便透露，不過呢，這個指示是省紀委韓書記親自簽發，要我在你們青峰縣進行宣讀的。怎麼，趙書記，你不同意嗎？要不要我當著你的面向韓書記再次請示一下？」

趙志強一看是韓書記下達的指示，不敢再和柳擎宇頂撞了，立刻服軟道：「不用了不用了，我就是問問，瞭解一下。」

趙志強看向縣委辦主任說道：「老吳啊，你去通知一下，讓縣委縣政府所有副科級以上幹部到縣委會議室集合。」

柳擎宇又補充了一句：「一個人都不能少！必須全部到場。」

二十分鐘後，青峰縣縣委大會議室內，座無虛席，青峰縣縣委縣政府所有副科級幹部全部到場。

柳擎宇和趙志強一起步入會議室。原本喧囂的會議室頓時鴉雀無聲，所有人的目光都落在柳擎宇的身上，大家都知道，今天青峰縣要有麻煩了。

這一點，從縣委大院內停放著的大巴和車下荷槍實彈站立的十名武警就可以看得出來，只是大家不知道柳擎宇到底要做什麼。

走進會議室之後，趙志強正要和柳擎宇一起往主席臺上走，柳擎宇衝著趙志強微微一笑，用手一指臺下說道：

「趙同志，先麻煩你在臺下稍等一下，一會兒我會請你發言的。」

趙志強臉色一沉，壓抑住心頭的怒火，憤憤的走到臺下第一排中間位置坐下。

柳擎宇走到主席臺上，目光掃視了眾人一眼，開門見山的說道：

「大家好，我是省紀委第九監察室主任柳擎宇，我今天到這裡來的目的，很多人一定會十分好奇，我可以告訴大家，我今天來有兩個目的，第一個是宣讀省紀委的指示文件，至於第二個目的嘛，我先賣個關子，等會兒我會告訴大家的。

「下面，凡是被念到名字的人，請走到主席臺上排隊站好，等大家一一就位之後，我會直接宣讀省紀委的指示文件。」

說完，柳擎宇便開始點名道：

「青峰縣縣長陳正河同志在不在？」

眾人的目光立即轉移到陳正河身上，坐在趙志強身邊的陳正河一聽柳擎宇念到自己的名字，身體就是一顫，臉色瞬間變得無比慘白。

眾目睽睽之下，陳正河用顫抖的手打理了一下衣領，站起身來說道：「我就是陳正河。」一走向主席臺，在柳擎宇身後站定。

柳擎宇點點頭，「縣委副書記王吉利在不在？請走上主席臺。」

王吉利也是臉色一變。

此刻，不僅僅是王吉利臉上變色，趙志強的臉色也難看到不行，他真的急了，柳擎宇讓這些人上臺到底是什麼意思？

雖然擔憂，王吉利還是站起身來，走上主席臺，他的目光和陳正河的目光碰觸了一下，兩人都從昔日對手的眼中看到了不安和焦慮。不過，兩人見對方都在臺上，知道不管榮辱，兩個人總算是處於同一平臺之上，原本躁動不安的心反而平靜了下來。

這時，就聽柳擎宇又說道：「常務副縣長邵金福同志在嗎？」

邵金福立刻起身走上主席臺，隨後，副縣長郭博遠、副縣長羅文超、縣委辦主任石志明、縣委辦副主任韓立波等五名副處級幹部、十名科級幹部、五名副科級幹部一一被叫到了臺上。

這時，柳擎宇威嚴的說道：「下面，我宣讀一下省紀委簽發的文件。」

柳擎宇從公事包中拿出一份文件念了起來：

「有鑒於南華市青峰縣交通系統存在嚴重的腐敗問題，且涉及多個層級的幹部，性質十分嚴重惡劣，現同意由第九監察室對青峰縣違規違紀幹部實施雙規，同時派第一監察室正式進駐青峰縣，對青峰縣其他領域展開巡視，凡違法違紀案件發現一起，查處一起，絕不手軟；第九監察室事情結束後，繼續對南華市展開巡視工作……」

念完，柳擎宇轉過頭來，看向身後主席臺上密密麻麻站著的眾人說道：

「各位主席臺上的同志們，從現在起，你們正式被雙規了。請大家從左側的會議室大門按順序走上大巴，省紀委的詢問室將會對你們敞開大門。」

孟歡、沈弘文率領武警走進來，引導著眾人走上外面的大巴。現場其餘的人總算鬆了口氣。

接著，柳擎宇目光落在趙志強的臉上，「趙同志，你是青峰縣的縣委書記，下面，請你為大家講幾句話吧？」

趙志強此刻恨不得拿刀衝上去狂砍柳擎宇一番，這小子也太壞了，這時候讓自己上臺講話，不是明擺著去丟人現眼嘛！

但是身為青峰縣縣委書記，趙志強不得不咬著牙走上主席臺，沉著臉說：「各位同志，對於青峰縣發生這種情況，我感覺到非常震驚，對省紀委的突然行動，我也感到不解，但是我相信省紀委的公信力。在這裡，我要求大家把精力放在工作上，同時也要牢記今天的教訓，希望大家在工作上積極努力，紀律上嚴格約束自己，手不要亂伸……」

趙志強以最快的速度穩定了軍心。

不過，趙志強知道，這次青峰縣這麼多幹部被雙規，他這個縣委書記的日子不會好過了，現在唯一的寄望，就是有關他的推薦文件已經在今天早晨送往省委了，令他心中不免還存著一絲希望。

上午八點多一點，上班時間剛過，南華市上報省委關於推薦趙志強成為南華市市委常委的資料就送到了省委組織部。

省委組織部部長秦猛看了這份資料後，把這份公文暫時按了下來，因為他對青峰縣的公車拍賣問題仍然心存懷疑。

當天九點半舉行的省委常委會上，省委副書記關志明卻拿出了南華市提出的推薦文件，建議即時討論一下。隨後，關志明便大力推薦趙志強，又進行了重點介紹，並且拿出南華市市委領導班子的意見來佐證趙志強是一個能力很強的人。

關志明話音剛剛落下，韓儒超便反對道：「關書記，恕我直言，趙同志並不適合提拔為南華市市委常委。」

關志明臉色一沉，看向韓儒超：「哦？韓儒超同志，你為什麼這樣說？難道趙志強同志的才華和能力你不認可嗎？」

韓儒超淡淡說道：「任何同志的才華與能力都不是一個人可以抹殺的，但也不是一個人說他好就好，說他不好他就不好。在討論趙志強同志是否勝任的問題前，我先公佈一下我們省紀委馬上要採取的兩個行動，第一個行動便是對青峰縣交通局多名幹部進行雙規；第二個行動是對青峰縣縣長、縣委副書記、縣委辦主任、常務副縣長等多名幹部進行雙規，這些人全部涉嫌貪瀆，受賄金額高達幾千萬元，青峰縣發生這麼嚴重的問題，我不認為趙志強同志沒有任何責任。」

關志明聽了一愣。他沒有想到青峰縣會發生這樣的事，如果他早知道會有這種事發生的話，那他是絕對不會在這個時候推薦趙志強的，只是現在他既然已經推薦了，又突然退縮，那是非常沒有面子的，所以也只能硬著頭皮說：

「韓同志的話的確值得深思，雖然我不知道青峰縣為什麼會發生這樣的事，不過我認為青峰縣的問題和趙同志之間的關係並不大，發生貪瀆問題的人，都是那些本土勢力，而趙同志到了青峰縣之後，是做出很大成績的。」

韓儒超看了看時間，已經是上午十點左右，便說：「現在雙規行動應該已經結束了。」說完，便保持沉默。

雖然韓儒超沒有再多說一句駁斥關志明的話，但是所有人都知道，韓儒超是在用事實駁斥他。會議室一下子陷入了壓抑的氣氛中。

省委常委裡面雖然有些人是支持趙志強和關志明的，但是在韓儒超說完這番話之後，卻全都保持了沉默。

省委書記譚正浩質疑道：「青峰縣發生了這麼嚴重的問題，怎麼還會有人推薦趙志強成為市委常委，南華市的這幫領導到底是怎麼想的？」

關志明聽譚正浩把矛頭對準了自己，連忙解釋說：「譚書記，南華市的推薦資料昨天下午就送達了，省紀委的雙規行動則是今天上午才展開的，時間上有些不湊巧。」

關志明說這番話就有把自己摘出去的意思了。很顯然，隨著韓儒超語氣的堅決，他也意識到現在並不適合推薦趙志強了。

譚正浩沉吟了一下說：「從韓儒超同志所說的情況來看，青峰縣的問題肯定十分惡劣，一個小小的縣城竟然一下子被雙規了四名縣委常委，這還僅僅是針對交通這一項展開巡視，如果巡視的領域多了，是不是會有更多的人涉案呢？

「趙志強在青峰縣擔任縣委書記有兩年多的時間了吧？這兩年青峰縣的高速公路建

設的確是有些成績，但是腐敗問題也十分嚴重，我看趙志強已經不適合擔任青峰縣縣委書記職務了，建議南華市直接免去他的職務，另選賢能。」

既然譚正浩已經拍板定案了，其他人自然不會反對。

很快，南華市便得到了省委常委會傳來的回音。此刻，青峰縣四名縣委常委被雙規的消息也同步傳到了南華市市委書記黃立海的耳朵中。

黃立海剎那間呆若木雞！這下子南華市恐怕有大麻煩了！

青峰縣四名縣委常委被雙規，省委書記又點名對趙志強進行就地免職，這說明譚正浩對青峰縣非常不滿意。

黃立海相信譚正浩絕對知道趙志強的身分背景，但是他仍然點名把趙志強免職了，自己還讓南華市市委常委們在這時候推薦趙志強擔任市委常委，這簡直是在找死啊！不知道譚正浩會怎麼看自己呢？

一時間，黃立海猶如熱鍋上的螞蟻焦躁不安。

黃立海知道自己的如意算盤徹底落空了，自己在趙志強身上的投資也將隨著趙志強的黯然隕落，而失去了意義！

想到這一切都是柳擎宇搞出來的結果，黃立海氣得雙目噴火，咬牙切齒地道：「柳擎宇，你真是我的災星啊！你到哪裡，哪裡就有我的人要倒楣，我絕對不會善罷甘休的！」

黃立海是個十分聰明的人，也是一個很善於運用心機的人。

雖然趙志強被就地免職是個壞消息，但是考慮到自己之前的投資，黃立海認為很有必要在最後的時刻，讓趙志強再欠自己一個人情。於是，黃立海拿出手機撥通了趙志強的電話。

電話接通，黃立海就聽到趙志強低沉中帶著幾分抑鬱的聲音，黃立海深吸了口氣，用十分惋惜的口吻說道：

「小趙啊，我剛剛收到省委常委會的開會結果，你要有個心理準備啊！」

趙志強慘笑一聲道：「黃書記，什麼事情您直接說吧，我沒問題的。」

黃立海嘆息道：「小趙啊，是這樣的，今天的省委常委會上，本來是要討論咱們南華市市委推薦你擔任市委常委這件事的，但是沒想到在討論的中途，省紀委書記韓儒超突然提到柳擎宇他們要採取的行動，說是你們青峰縣有四名縣委常委會被雙規，雖然關書記力挺你，但是譚書記認為青峰縣出現了這麼嚴重的問題，你這個一把手責任重大，所以親自拍板建議我們把你就地免職。

「我聽了之後，覺得事關重大，所以第一時間聯繫你，建議你最好疏通一下關係，看看能不能在市裡做出決策前先想辦法調走，這樣一來，市裡就不用下達你就地免職的公文了，這樣對你的仕途之路也不會有太大的影響。」

趙志強聽了黃立海的話，不禁大吃一驚，雖然他猜到自己一定要承擔青峰縣腐敗問題的責任，卻沒想到處分這麼重，如果自己就地免職的結果一旦公布，對自己的仕途之路絕對是一個巨大的敗筆。

趙志強感激地說：「黃書記，謝謝您的及時提醒，您放心，我會立刻動用關係調走的，還希望您那邊能夠拖延一下。至於您的副省級待遇，雖然我不能保證百分之百幫您辦成，但是我會盡力幫忙的。」

趙志強的語氣充滿真誠，令黃立海心中樂開了花，他等的就是趙志強這句話，嘴上卻說道：「小趙，你放心吧，我也會努力幫你爭取的，你趕快去活動吧！」

趙志強掛斷電話後，趕緊撥通了叔叔趙天賜的電話：「叔叔，我在青峰縣栽了！」

趙天賜是趙志強的叔叔，是趙志勇的老爸，在趙家青壯輩中的地位僅次於趙志強的老爸趙天華，不過趙天華很低調，平時趙家有什麼事情，往往是趙天賜出面，所以趙志強沒有打給老爸，而是打給了趙天賜。

趙天賜聽到趙志強這句話就是一驚，對於趙志強的能力他是知道的，這小子為人謹慎，才華橫溢，怎麼會栽了呢？

「志強啊，到底是怎麼回事？你難道貪汙受賄了嗎？咱們趙家人可不能做這樣的事情啊。」

趙志強苦笑道：「貪汙受賄的事我是不會幹的，不過青峰縣有四名縣委常委被查出嚴重貪瀆，省委書記譚正浩認為我責無旁貸，親自下令要把我就地免職，好在南華市市委書記黃立海想要借勢我們趙家，所以答應幫我拖延一下。二叔，你看能不能先把我調到北京蹲一段時間？」

隨後，趙志強把事情的詳細經過說了一遍。

趙天賜聽完之後，臉色顯得十分凝重，沉吟了一下說道：「關於你工作調整的事，你不用擔心，正好部裡還有幾個幹部交流的名額，我拿出一個給你就成了，這件事好辦。不過從你剛才的描述來看，這次給你找麻煩的人又是柳擎宇？他不是被我們做手腳從瑞源縣給踢出去了嗎？怎麼又跑到省紀委去了？」

趙志強鬱悶的說道：「本來我以為把他弄到省委黨校去，然後再想辦法讓黨校把他開除，他就徹底完蛋了，沒想到韓儒超對柳擎宇青睞有加，把他要到了省紀委去，擔任第九監察室的主任，還給了他十分大的權力。柳擎宇擔任監察室主任之後，第二次巡視就到了我們青峰縣，我懷疑柳擎宇肯定是知道了我們在背後的動作，專門報復我來了。」

「等等……你是說柳擎宇和白雲省省紀委書記韓儒超關係不錯？」聽到韓儒超這個名字，趙天賜像是想起了什麼。

趙志強點點頭說：「是啊，以前曾鴻濤在任的時候，對柳擎宇也十分照顧和信任，柳擎宇在瑞源縣折騰出了很多事，最後都是曾鴻濤在背後為他撐著，否則他早就被人給弄下來了。」

電話另一頭，趙天賜眉頭緊皺，嘴裡喃喃叨念著幾個名字：

「曾鴻濤……韓儒超……柳擎宇……柳擎宇——等等！柳擎宇，這個名字怎麼這麼耳熟呢？」

突然，趙天賜瞪大了眼睛，聲音急促的問道：「志強啊，你說的這個柳擎宇，是不是個子挺高的，人也長得很壯實……」

趙天賜把柳擎宇的外貌形容了一下。趙志強聽完立刻點頭說道：「對，就是你說的那個樣子，怎麼，二叔，你認識柳擎宇？」

趙天賜表情凝重的說：「志強啊，你知道這個柳擎宇是什麼人嗎？」

趙志強一愣：「二叔，難道柳擎宇很有背景嗎？」

趙天賜嚴肅地說道：「是啊，這個柳擎宇可不簡單啊，他是和我們趙家關係不怎麼好的對手劉飛的兒子，算是劉家最出色的年輕人，在北京年輕一代的衙內圈也是大名鼎鼎的人物。」

「什麼？他該不會就是當年圈內所說的柳無敵吧？」趙志強咋舌道。

「沒錯，就是他！他就是當年人家形容**武力無敵**、**智商無敵**、**手段無敵的柳無敵**！在他們那個圈子裡，幾乎所有人都唯他馬首是瞻。此人智商超絕，手段神鬼莫測，後來聽說他當兵去了，沒想到他現在竟然進入仕途，出現在白雲省了。」

趙志強的臉色一下子垮了下來，原來柳擎宇還有這樣的背景，面對這樣的對手，自己敗給他也不足為奇了。

趙天賜艱澀地說：「志強啊，我感覺事情恐怕有些麻煩，我們趙家接連算計了柳擎宇好幾次，這些事劉飛不可能不知道，而且我聽說劉飛和柳擎宇的爺爺一樣，都是十分護犢子的主，但是他們卻一直按兵不動，我擔心他們**正在醞釀更為恐怖的反擊啊！**」

趙天賜立刻決定道：「好了，我先把你調到部裡來，你就好好蹲上一段時間吧！等級別上去了，有機會我再把你放出去！現在，咱們趙家也只有你能夠和柳擎宇拼一拼了。」

趙志強眼中射出一道寒芒，咬牙說道：

「二叔，你放心吧，我絕對不會輸給柳擎宇的。這一次我是大意了，我之所以對陳正河和王吉利他們的行為睜一隻眼閉一隻眼，是因為我想平衡他們兩家，為順利執掌大權做準備，卻不想柳擎宇破壞了我的佈局。柳擎宇帶給我的恥辱，我早晚要千百倍的還給他！」

趙天賜鼓勵地說：「放心吧，你和柳擎宇早晚會有那麼一戰的！」

掛斷電話後，趙志強猶豫了一下，拿出手機撥通了柳擎宇的電話。

「趙志強吧，我是柳擎宇。」柳擎宇很快接通了電話。

趙志強憤恨地說道：「沒錯，就是我，柳擎宇，你好狠辣的手段啊！」

柳擎宇眉毛挑了挑：「什麼狠辣？什麼手段？趙志強你的話是什麼意思，我怎麼聽不懂呢？」

趙志強冷哼一聲道：「得了吧柳擎宇，別跟我裝模作樣了，你以為我不清楚你這次到南華市巡視，主要目的就是為了報復我嗎？我不得不承認，這一次你的確略勝一籌，我敗給你了，但是你也不要得意，你這次之所以能夠勝我，是因為你這個紀委監察室主任的身分比較特殊，如果沒有這個身分，你恐怕早就完蛋了，如果論起真正的實力，你比我差得多了。」

趙志強不屑地說道：「柳擎宇，有種的話，咱們將來到同一個地方執政，到時候我肯定把你給玩死，你信不信？」

柳擎宇可以從趙志強的話中，感受到他對自己的怨念深到了骨子裡，微微一笑道：「我說趙志強啊，你好歹年紀比我還大一些，能不能有點頭腦啊？到同一個地方執政，這是你我說了算的嗎？如果我猜得不錯的話，你應該很快就被調回北京了吧？我人可是在白雲省，你還有機會再回來嗎？」

柳擎宇不是傻瓜，相反的，從對青峰縣四名縣委常委實施雙規開始，柳擎宇基本上就已經預料到了趙志強最終的歸宿。

趙志強頓時火冒三丈，冷笑道：「柳擎宇，你雖然現在人在白雲省，但是將來卻未必會一直在白雲省待下去，咱們走著瞧吧，你最好祈禱自己不要和我同在一個地方執政，否則的話，將會成為你的噩夢！」

柳擎宇淡然笑道：「是嗎？聽你這麼說，我反而真的很期待和你在同一個地方執政了。只不過，你看起來根本就不像一個想要為老百姓做點實事的樣子，更多的只是想要做出政績啊！我真的不願意和你這樣的人一起工作，壓力非常大啊！」

「哼！柳擎宇，你等著吧，這次你給我的恥辱，我早晚都會還給你的！」

柳擎宇不屑的冷笑一聲道：「隨便你！不過趙志強，我還是要提醒你一句，我這次到你們青峰縣巡視，根本就不是為了你所謂的什麼報復，我只是在做我該做的事，就像你，你沒有貪汙受賄，我絕對不會對你進行調查。但是其他人，有人舉報他們，我們省紀委肯定是要核查的！」

「核查你個頭！」趙志強怒喝一聲，掛斷了電話。

柳擎宇眼中閃過兩道寒光，緊緊握住了拳頭。

這時候，韓儒超的電話打了進來，柳擎宇平復了一下因為趙志強而變得不爽的心情，接通電話：「韓書記，您有什麼指示？」

韓儒超問道：「擎宇啊，現在青峰縣的事已經告一段落了；公車拍賣事件，青峰縣的人也坦白交代那根本不是什麼模擬拍賣，而是賤賣國有資產，現在由第三監察室接手後續的行動，你們第九監察室接下來有什麼打算？是去南華市，還是別的地方？」

柳擎宇立刻說道：「韓書記，我打算去瑞源縣。」

韓儒超一愣：「瑞源縣？為什麼？」

柳擎宇道：「在我來南華市巡視之前得到消息，說自從我離開了瑞源縣之後，瑞岳高速公路項目在建設過程中出現了很多問題，尤其是很多老百姓反映他們的房屋被強制拆除，損失慘重，卻沒有得到應有的補償，導致許多民怨，我想去調查一下！」

韓儒超聽了，臉色一沉：「什麼？現在上面三令五申，竟然還有人敢強拆？查！給我好好去查，只要發現問題，嚴懲不貸！」

韓儒超最為痛恨的就是這種強拆事件，因為根據他的經驗，**十個強拆問題，九個都跟政府官員不作為，甚至是胡亂作為有關**，所以只要涉及到這方面的問題，他的態度絕對是堅決查處，絕不手軟！

因為老百姓在面對強拆行動時，百分之百都是處於弱勢的地位，房子一旦被拆，就沒有地方住了；尤其是在沒有領到補償款的情況下，老百姓心中的怨氣會膨脹到最大，極易產生極端的想法，做出許多不可預測的事情來。現在社會上各種暴力事件頻發，很多便是和老百姓的合理訴求無法得到有效的解決有關。

所以，韓儒超認為一定要以最為鐵腕的手段整頓地方的官場秩序和紀律，要為老百姓當家作主，讓那些既得利益集團和坑害老百姓的官員、黑惡勢力得到應有的懲罰。

不過，韓儒超質疑說：「這些事你只是聽說而已，有掌握到相關證據嗎？你要知道，你的一舉一動都在別人的監控之下，想要取證是很困難的。」

柳擎宇嘿嘿一笑：「韓書記，在我帶第九監察室前往青峰縣之前，就已經派了秦帥和程鐵牛前往瑞源縣調查了。根據他們回報給我的情報來看，瑞源縣的確存在著不少強拆的情形，尤其是補償款普遍沒有按照我當時擔任縣委書記時所制定的標準來發放，可以說，瑞源縣的問題十分嚴重。」

韓儒超滿意地點點頭說：「嗯，工作上的事你看著辦就成，這次我讓你擔任第九監察室主任，目的就是希望用你的強勢和鐵腕，狠狠地震懾一下白雲省那些新滋生出來的腐敗勢力，所以，省紀委絕對毫無保留的支持你，不管遇到任何困難和障礙，我這邊都負責幫你清除！」

韓儒超這番話算是交心交底，柳擎宇非常清楚，他現在等於是省紀委的一把槍，或者是某些領導手中的一把槍，但是，**柳擎宇甘心去做這把槍**，因為他最為痛恨的就是貪汙腐敗，因為每一起貪腐案到最後都是老百姓和國家來買單！

掛斷電話後，柳擎宇立刻把孟歡、沈弘文、包凌飛等人召集到一起。

「同志們，我們在青峰縣的工作已經告一段落，剩下的工作會由第三監察室的人接手，下面我們的目標是瑞源縣！但是，我們又不能讓別人猜到我們要去瑞源縣，大家有什麼辦法嗎？」

孟歡笑道：「這個簡單，我們只要上了高速公路之後，不要走直接前往瑞源縣的那一段，而是去別的縣的方向，來一個聲東擊西就可以了。」

沈弘文皺眉道：「我認為，不管我們用什麼方法，只要是有心人肯定會猜到我們的目的地是瑞源縣，原因很簡單，因為你是瑞源縣的縣委書記，按照邏輯，你肯定要去瑞源縣看一看的。所以，我看我們還不如直接正大光明地前往瑞源縣。」

隨後，眾人七嘴八舌紛紛說出自己的看法，柳擎宇思索半晌後，做出決定道：

「這樣吧，就算是某些人能夠猜出咱們的最終目的，咱們也要先給他們擺一個迷魂陣再說。咱們依然分成三個小組，每個小組分別乘坐三輛公車前往三個不同的縣區，但就是不去瑞源縣，如此一來，足以讓那些人好好的費心去分析了！等我們全體出現在瑞源縣時，肯定會引起某些人一陣緊張的，做到這一點就夠了！」

與此同時，黃立海也得知了柳擎宇一行人將分成三隊前往三個縣區的消息。

突然，黃立海的手機響了起來，黃立海拿起電話看了看，立刻不自覺地恭敬站起身來，因為這是沈鴻飛打來的電話，對這位沈家第四代的翹楚人物，他可不敢怠慢。

沈家不同於趙家，趙家在北京只能算是中小型家族，而沈家卻是實實在在的大門大戶，雖然沈鴻飛為人低調，但是對方的身分卻不是趙志強能夠比擬的。

沈鴻飛的聲音飽滿，氣發丹田，聽在人耳中字字清晰，而他說話的語氣也十分柔和，讓黃立海聽起來十分舒服：

「黃書記您好，我今天下午四點多會趕到南華市，慈善拍賣會就定在今天晚上七點半舉行吧，不知道你那邊有沒有什麼問題？柳擎宇會不會過去？」

黃立海連忙說道：「沈公子，慈善晚會我這邊是準備好了，不過，由於您之前沒有吩咐，所以沒有聯繫柳擎宇。據我所知，柳擎宇是個工作狂，大部分時間都放在工作上，根本不會參與其他的活動，對於請柳擎宇來，我並沒有任何把握。」

沈鴻飛笑道：「這件事其實並不難辦，關鍵因素在於你要把握住柳擎宇性格上的弱點。柳擎宇這個人，我小時候倒是接觸過，他給我的印象是囂張，狂傲，眼中揉不得一點沙子，做事很執著，不到黃河心不死，所以，和他打交道千萬不要事事都和他頂著來，那樣的話，你要想占便宜基本上不可能，原因很簡單，柳擎宇這個人城府極深，特別善於釜底抽薪，翻轉乾坤。」

聽沈鴻飛談論著柳擎宇，黃立海感覺到一股股涼氣從心底深處升騰而起，倒不是因為柳擎宇的性格，而是沈鴻飛說他小時候就認識柳擎宇。

沈鴻飛的身分他自然曉得，但是柳擎宇的身分他卻一直調查不出來，能夠小時候就認識沈鴻飛，並且讓沈鴻飛印象如此深刻的人，可見柳擎宇絕對不是普通人，否則根本不可能和沈鴻飛產生聯繫。如此說來，**柳擎宇很有可能也是大有背景的，自己之前那樣針對柳擎宇，該不會惹惱一些大人物吧？**

就在黃立海開始倒吸冷氣的時候，沈鴻飛面授機宜地道：

「黃書記，我認為，你要想把柳擎宇給弄回南華市來，只有一個辦法——**激將法**！你就說我沈鴻飛到南華市來了，我過來的目的是要向慕容倩雪求婚，我要在晚上的慈善晚會上把慕容倩雪帶走，問他敢不敢今天晚上過來。」

黃立海聽到這個消息，頓時呆若木雞。

沈鴻飛竟然讓自己用激將法？為什麼要用激將法呢？**難道柳擎宇和沈鴻飛之間也存在著什麼競爭關係不成？**如果真是這樣的話，恐怕柳擎宇這個傢伙的背景更不簡單了。

黃立海此刻心潮起伏，他能夠做到市委書記這個位置上，智商自然不低，善於從蛛絲馬跡中找到事情的真相。只是此時自己不適合多想什麼，於是點點頭說道：「好的，沈公子，我知道該怎麼做了，你放心吧，我保證把柳擎宇給弄回來。」

沈鴻飛微笑著說道：「黃書記，我得提醒你一下，千萬不要叫我沈公子，那樣不好，你可以叫我鴻飛或者沈司長。」

黃立海心中不禁對沈鴻飛多出幾分欽佩之意，對比一下趙志強和沈鴻飛，雖然趙志強表面上為人低調，看起來對自己也十分尊敬，但他看得出來，趙志強的姿態是裝出來的，骨子裡他根本就看不起自己；但是沈鴻飛不一樣，沈鴻飛的低調是真正的低調，是真正的謙虛，這從他和自己說話的語氣和稱呼中就可以聽得出來，這才是真正的大家子弟啊。

放下電話，黃立海趕緊撥打柳擎宇的電話。

柳擎宇看到是黃立海給自己打電話，感到十分詫異，猶豫了一下還是接通了。

「黃書記你好啊，找我有什麼事嗎？」

黃立海笑道：「柳同志，我找你，主要是告訴你一個消息，今天晚上在『凱旋大酒店』三樓宴會廳，會舉辦一場慈善拍賣晚會，這次晚會的主辦者是我們南華市市委辦，為了要籌集建設南華市希望小學的資金，誠摯的邀請你，希望你能來參加。」

柳擎宇對黃立海的邀請有些發愣，他與黃立海的關係根本不足以讓他在這種事情上邀請自己啊，再說，這種慈善拍賣晚會大部分不過是政商之間資源交換或是聚會的一種手段罷了，所以他對這類的晚會完全不感興趣。

而且他正準備要前往瑞源縣，這時候黃立海邀請自己去南華市參加慈善晚會，柳擎宇不得不猜想黃立海此舉**會不會是調虎離山之計**？

想到很有可能是如此，柳擎宇立刻說道：「黃書記，不好意思啊，我有工作在身，不方便去參加，還請你多多見諒啊！」

柳擎宇的回答，黃立海並不意外，微微一笑，說道：「柳同志，我知道你對這類的晚會不感興趣，本來呢，我也沒有打算邀請你，不過今天晚上的慈善晚會有幾個人會參加，這裡面包括沈鴻飛和慕容倩雪，我相信沈鴻飛你應該不會不知道吧？他說他認識你，還說他準備在晚會上向慕容倩雪求婚，他跟我說你一定會來的。」

聽到「沈鴻飛」這個名字，柳擎宇眉頭不由得一皺。

沈鴻飛的背景，柳擎宇自然很清楚，小時候他就和沈鴻飛合不來，那時候，他們各自有自己的圈子。後來柳擎宇從軍去，沈鴻飛則是畢業後就直接進入仕途，現在貴為某司的第一副司長，可謂年輕有為，位高權重。

本來，對沈鴻飛是否到南華市來，柳擎宇根本不在意，哪怕是他邀請自己去，柳擎宇也沒有打算去，但是現在涉及到慕容倩雪，他不禁猶豫起來。

他心中已經決定要和慕容倩雪徹底撇清關係，沈鴻飛有意追求慕容倩雪，他不僅沒有任何的不捨與留戀，更不會感到憤怒，因為他看清了自己和慕容倩雪其實並不合適，只是上次見面的時候，慕容倩雪不斷哭訴著要他等她，讓柳擎宇沒有機會把想要說的話表達清楚，留下了一絲遺憾。

所以，柳擎宇決定去一趟南華市，借這個機會徹底和慕容倩雪做個了斷。只是柳擎宇不知道，**看似單純的慈善晚會，卻暗藏了陷阱，就等著他跳下去呢**。

黃立海掛斷電話後，臉上露出一絲得意的微笑。

「柳擎宇答應了嗎？」南華市市委副書記孫曉輝正坐在他的對面，問道。

黃立海點點頭：「答應了。」

孫曉輝興奮地說：「太好了，沒想到沈公子這次來的時間這麼湊巧，正趕上柳擎宇要趕往瑞源縣的關鍵時刻啊！柳擎宇以為他分兵三路，我們就猜不出他的真正目的地是瑞源縣了嗎？殊不知正是因為他的小組都沒有去瑞源縣，我們反而十分斷定他的目標就是瑞源縣，因為柳擎宇實在是太善於玩這套明修棧道暗渡陳倉的把戲了。

「這次的慈善拍賣會，正好可以借機來個調虎離山，把柳擎宇從瑞源縣引過來，這樣就可以給瑞源縣多一些準備時間，把應對措施做得更完善些。現在的關鍵，就看今天晚上的慈善晚會上，沈公子打算怎麼樣教訓柳擎宇了，如果能夠把柳擎宇弄得一蹶不振，那就最好了。」

黃立海沉吟道：「那可不一定，基本上到了沈公子這個級別，一般不會把事情做絕，但是，他們往往把面子看得十分重要，如果我猜得不錯的話，柳擎宇和沈公子同時在爭奪慕容倩雪，沈公子準備在拍賣會上向慕容倩雪求婚，很有可能就是為了狠狠地削一削柳擎宇的面子。」

「沈公子是否會成功，還得看慕容倩雪的態度啊，就是不知道慕容倩雪會不會選擇沈公子了。」孫曉輝大感好奇地說。

此刻，慕容倩雪正在南華市最高檔的商場內轉悠呢。

她正在為晚上的慈善晚會挑選衣服，她準備讓自己以最美麗的容顏出現在晚會上，她要讓柳擎宇和沈鴻飛這兩個當今最優秀的男人為了自己而相互鬥爭，她要讓全天下的男人都見識到自己的無雙美貌！

她平時一向以清純的素顏示人，這也是大有深意的，因為她要證明即使不施脂粉，她的美貌也不遜色任何美女，更不用說經過她精心化妝後的絕世容貌了，她準備在自己人生最為關鍵的時刻，把最好的一面呈現在勝利者的面前。

毫無疑問，她選定的人是柳擎宇，她要借沈鴻飛——這個年輕一代中，柳擎宇最為強勁的對手來刺激柳擎宇，她要讓柳擎宇徹底拜服在自己的石榴裙下。

柳擎宇這邊，掛斷電話後，便對包凌飛說道：「凌飛，你們先去瑞源縣吧，我得回南華市一趟。」

「回南華市？主任，你這個時候回南華市，恐怕對我們的工作展開不利啊！」包凌飛憂慮的說道。

柳擎宇笑道：「沒事，你們按照自己的節奏展開工作就可以了，這次對方採取的是調虎離山計，我決定**將計就計**，順便再去南華市辦點私事。」

隨後柳擎宇對包凌飛吩咐了一番之後，便趕往南華市。

第四章

將門虎子

黃立海暗道：「沈鴻飛不愧是沈家年輕一代中最優秀的年輕人啊，難怪年紀輕輕便可以身居副廳級的高位，論智商、手段、城府，都非一般人可以比擬，足以媲美那些官海沉浮一二十年的老狐狸了！果然不愧是將門虎子啊！」

晚上七點鐘。

南華市「凱旋大酒店」門外停車場內豪車雲集，大門口，南華市市委秘書長夏長青和市委組織部部長廖錦強親自負責迎接八方來客。

今天前來參加的，不是白雲省和南華市的商界巨賈，就是省裡來的領導；而且為了準備這次的慈善晚會，南華市方面還由黃立海親自出面，請來了副省長杜學山，更重要的是，沈家的大公子沈鴻飛也會出席，因此他們兩個戰戰兢兢，唯恐沒有做好招待重量級來賓的工作。

然而，讓兩人擔心的是，他們不認識沈鴻飛，不知道對方長得什麼樣子，更不知道對方何時會來，所以只能在門口等待著。

七點二十分左右，一輛普通的長城哈弗h6汽車緩緩駛進停車場，車門一開，從車上走下一個身材挺拔、面容俊朗剛毅的年輕人。

來到門口，立刻有兩名工作人員走上來盤問道：「先生您好，請問您是來參加慈善晚會的嗎？」

年輕人點點頭。

「請先在這裡登記一下。」工作人員說道。

年輕人很守秩序地在登記簿上簽下了自己的名字。

工作人員看到簽名簿上寫的竟是「沈鴻飛」三個字時，滿臉驚訝的說道：「您就是沈司長？」

年輕人滿臉含笑，輕輕點點頭。

聽到工作人員的驚呼，在一旁注視著來往客人的廖錦強和夏長青，趕忙迎了過來。

廖錦強伸出手來：「您就是沈司長吧，我是南華市市委組織部部長廖錦強，這位是市委秘書長夏長青，我們奉黃書記的指示等候您多時了，請跟我們進去吧。」

年輕人果然正是沈鴻飛！英俊挺拔，眼角眉梢還帶著幾分逼人的貴氣，為人卻很親和，配合的跟著廖錦強和夏長青向裡面走去，不時還和兩人寒暄幾句，頗有大將之風。

隨後沒多久，柳擎宇也抵達了會場，同樣也在簽名簿上簽了自己的名字，工作人員只告訴他直接上三樓就可以了，比起對待沈鴻飛的禮遇，可說是天差地別。

其實，廖錦強和夏長青早就看到了柳擎宇跟在沈鴻飛的身後走了過來，但是兩人假裝沒有看見，因為在他們的心目中，柳擎宇連沈鴻飛的一根毛都比不上，他們今天的主要任務就是接待好沈鴻飛，其他人都可以無視。

何況柳擎宇以前是他們的下屬，級別也比他們低，就更沒有必要理會了。

對廖錦強等人的冷落，柳擎宇絲毫不在意，自行上了三樓，來到宴會大廳，便找了個偏僻的角落坐了下來，環視著大廳的佈置。

就見在宴會廳的東面方有一個主席臺，臺上放著一張大桌子，後方壁面上則掛著巨型電視螢幕，螢幕上播放著流行歌曲的ＭＶ。

主席臺的正下方是一排排椅子，最前面兩排的座椅內側已經貼上來賓名字，而且座椅樣式豪華寬敞，不似後面是一般的椅子，顯然是給大領導和有身分的人預留的座位。

座椅兩側則是休閒區和餐點自助吧，冷熱飲料、精緻小點應有盡有，還放有小圓桌供人用餐閒聊之用。

柳擎宇的目光落在主席臺左側，沈鴻飛、廖錦強、夏長青、黃立海正在聊天，看樣子十分投機，柳擎宇看了看，並沒有發現慕容倩雪的蹤影。

柳擎宇心中充滿了疑惑，不由得思考著：**慕容倩雪為什麼會出席本次慈善晚會，而沈鴻飛又為什麼會知道慕容倩雪會出席晚會？**

這一連串的問題浮現在柳擎宇的腦海中，使他對慕容倩雪的感覺更加淡漠了，也使他更加確定慕容倩雪不是如她表面上表現出來的那麼單純，否則，一個慕容家族的女人又怎麼會出現在這種級別的慈善晚會上呢？而且偏偏是在沈鴻飛和自己都會出席的時候？

想不出其中奧秘，柳擎宇甩了甩頭，乾脆放棄思考這個問題，決定採用平常心來面對，反正不管慕容倩雪有什麼打算，他今天只要把和她之間的關係處理清楚就行了。

七點半已到。

黃立海和沈鴻飛說了兩句之後，邁步走上主席臺，開場白道：

「歡迎各位領導、各位商界朋友蒞臨本次慈善晚會，今天的慈善晚會，是由我們南華市市委辦與『一切公開慈善基金』聯合舉辦的，主要目的是為南華市貧困山區建設小學進行慈善募款，因此省領導十分重視，杜副省長特地千里迢迢從省會趕了過來，為本次慈善晚會助陣，下面，就讓我們以最熱烈的掌聲有請杜副省長為我們講話。」

黃立海便帶頭鼓起掌來。

在眾人的掌聲中，杜學山走上主席臺，先是一番官方談話，說了很多聽起來很有激勵性、但實際上卻一點都沒有用的廢話，接著才說道：

「為了本次拍賣會，我特意帶來我最得意的一幅書法作品，作為本次拍賣會的拍品，算是我為南華市的兒童們做些貢獻。」

說完，杜學山招了招手，兩名工作人員手中拿著一幅字走上了主席臺，將字畫展開來，只見作品是一首五言古詩：

「鋤禾日當午，汗滴禾下土。誰知盤中餐，粒粒皆辛苦？」

柳擎宇遠遠的瞄了一眼，莞爾一笑，靜默無語。

黃立海走上主席臺，做出品味欣賞的樣子，搖頭晃腦的說道：

「好字，真是好字啊！杜省長的這幅字絕對是顏筋柳骨，筆筆到肉，功力深厚，不可多得啊！下面，我們就有請省藝術品拍賣公司的首席拍賣師王崇明先生上臺，拍賣杜省長的這幅字，看看這麼好的書法作品最終會花落誰家！」

一個身穿西服，身材瘦削，目光炯炯有神的中年人，手中拿著一把拍賣槌和槌盤走上主席臺，正是省裡著名的拍賣師王崇明。

王崇明走上臺後，大聲說道：「非常感謝杜省長所起的帶頭示範作用，在拍賣前，我也宣布一件事，有感於杜省長的無私奉獻，我決定將今天我們公司所有的拍賣酬勞全都捐出來。」

王崇明說完，現場立刻響起一片熱烈的掌聲，杜學山目光中閃出幾分欣賞之色，這個王崇明很會做人，三言兩語間不僅捧了自己，還為他們公司做了宣傳。

接著，王崇明又說道：

「下面，我們開始正式拍賣流程。以我專業拍賣師的角度來看，杜省長這幅作品寫得很流暢，字的結構也很講究，頗具書卷氣，在書卷氣間又包含著一股憂國憂民、心懷遠大抱負的壯志雄心，可謂形神兼備，是不可多得的作品，這幅作品的拍賣底價，我看就定一萬元吧！每次加價最少一千，現在開始競拍！」

「三萬！」立刻有人舉起了牌子。

「三萬六千！」

「四萬八千！」

「五萬兩千！」

隨著拍賣的進行，不斷地有人舉牌。

柳擎宇默默地注視著舉牌的那些人，看其氣質，基本上可以斷定這些人應該是商場中人！

「十萬元！」一個大腹便便的富商豪氣地喊出了高價，果然沒有其他人競價了。

其實在場的人都知道，論市場價值的話，杜副省長的字能夠達到拍賣底價就非常不錯了，後面的加碼都是為了能夠和杜副省長拉上關係，也有為杜副省長作面子的意思才哄抬喊價的，十萬元差不多是一般人可以接受的最高價位了，畢竟這幅字的主人只是個副省長而已，還不是省委常委，超過十萬元，成本就有些不划算了。

最後，杜副省長的作品便以十萬元的價格成交，算是來了個開門紅！

隨後，其他富商們捐獻的物品紛紛被拿出來拍賣，多的能拍出幾十萬，少的也能夠拍出個兩三萬，整個拍賣會搞得十分熱鬧。

柳擎宇坐在角落裡卻不由得皺起眉頭，按理說，黃立海特意請自己來，總該招待自己一下吧？但是他根本無視自己的存在！而且，他也沒有交代任何事情，**難道黃立海就只是讓自己來看熱鬧的嗎？柳擎宇心中疑竇叢生**。

就在這時候，拍賣師宣布著下一個拍品：

「接下來，我們的拍賣品是由來自北京的沈鴻飛先生所捐贈的一幅古畫，是民國八大家之一黃賓虹的作品──《西山煙雨圖》！該作品已經經過專家的鑑定確認為真品，該畫用筆如作篆籀，洗練凝重，遒勁有力，在行筆謹嚴處，有縱橫奇峭之趣。黑、密、厚、重，深合黃老畫風，是黃老的典型代表作品，這幅畫拍賣底價為六十萬！請大家出價！」

王崇明話說完，下面立刻響起了一片議論之聲，這樣一幅畫竟然底價高達六十萬，令人咋舌。

王崇明看出眾人的疑惑，笑著說道：

「可能有些朋友對於書畫市場不太瞭解，我這裡可以解釋一下，根據我們公司的拍賣記錄，黃賓虹的作品在近十年間相當炙手可熱，價格也一直飆漲，要知道，即便是齊白石大師的作品都是有漲有跌，然而黃賓虹的作品卻只有上漲，不見下跌。

「所以，如果從投資的角度來看，只要買到黃賓虹的作品是真品，它的投資報酬率絕對十分驚人！以如今黃賓虹畫作的市價來說，六十萬是非常低的價格，之所以底價定的這麼低，是因為沈鴻飛先生希望用這幅畫來表達他對南華市慈善事業的支持！我認為我們該為沈先生這種博大的胸懷再次鼓掌！」

王崇明便帶頭鼓起掌來，現場也立即響起熱烈的掌聲。

眾所周知，今天會場的主角有三個人，一個是市委書記黃立海，一個是副省長杜學山，另外一個就是沈鴻飛了，雖然三人中，沈鴻飛的級別最低，但是他的背景最雄厚，很多人之所以不遠千里趕到南華市來，目的就是為了能藉機結交沈鴻飛。

想想，以沈家的實力，對於日後的生意拓展絕對是有巨大助力的，所以，等王崇明說完這番話正式展開拍賣後，現場的火爆程度超出了所有人的預料！從六十萬的底價一路飆升到七十萬……八十萬……一百二十萬！

最終，以一百八十萬的價位成交！拍到的買家是來自省會的房地產商人盧遠志！

王崇明主持道：「下面，有請沈司長親自把作品交給盧遠志先生。」

沈鴻飛走上主席臺，把畫交給盧遠志，滿臉含笑道：「盧先生，一會兒拍賣會結束後，還請不要急著走，咱們一定要好好的喝兩杯哦，非常感謝你所作出的貢獻！」

眾人聽到沈鴻飛的話後，頓時一陣騷動，不禁後悔剛才怎麼不再多出點價，能夠和沈鴻飛一起喝兩杯，別說是花一百八十萬了，就是花一千八百萬也值得啊！要知道，像沈鴻飛這種級別的人物，你就算是拿著錢也不一定能夠找到門路和他搭上線啊！

盧遠志此刻自然是興奮無比，激動地和沈鴻飛握了握手，然後十分識趣的下了臺。

沈鴻飛向眾人揮了揮手，隨即看向柳擎宇，裝作很意外地說：「喂，那位朋友，如果我沒看錯的話，你應該是柳擎宇吧？」

看到沈鴻飛這番惺惺作態的樣子，柳擎宇便知道自己的麻煩事來了。

對於柳擎宇，有人認識，也有人不認識，隨著沈鴻飛的喊話，眾人都把目光集中到了柳擎宇的身上，對沈鴻飛的舉動充滿了好奇。

柳擎宇本來還想低調的等慕容倩雪出現，跟她把事情說清楚就離開呢，沒想到沈鴻飛竟然主動招惹自己，他自然不能示弱，畢竟兩人分別代表著雙方家族的尊嚴和面子。

柳擎宇大方地笑道：「沈鴻飛，你的眼力不錯啊，這麼老遠就認出我來了，怎麼，有啥指教嗎？」

「柳擎宇，你可是咱們圈子裡有名的有錢人啊，今天是你們南華市舉行的慈善晚會，我都把我珍藏的黃賓虹的絕世佳作拿出來捐獻了，你這個大財主總不能一點表示都沒有吧！好歹南華市怎麼也算是你的主場啊！」沈鴻飛言語之間充滿了揶揄嘲諷之意，還不忘用上了激將法。

柳擎宇聽了，差點鼻子都給氣歪了，心中暗道：「沈鴻飛，你也太無恥卑鄙了吧？今天的慈善晚會從頭到尾也沒有人告訴我要捐東西，什麼訊息都沒有透露，現在卻讓我上臺捐東西，這不明擺著是在坑人嗎？」

這時，柳擎宇終於弄明白為什麼黃立海要費盡心機的把自己給忽悠來了，**原來是沈鴻飛想要給自己難堪啊！**

沈鴻飛看到柳擎宇一臉難堪的窘迫樣，心中別提有多開心了，這回絕對可以好好讓柳擎宇丟一次人了！等一下慕容倩雪出現，看到柳擎宇丟人的模樣，自己再順勢主動求婚，柳擎宇將會徹底顏面掃地，在圈子裡再也別想抬起頭來！在官場上，這將會成為他的黑歷史，到了關鍵時刻，**這就是自己戰勝柳擎宇的殺手鐧！**

沈鴻飛為人很有城府，雖然內心興奮不已，臉上卻波濤全無，說話的語氣也像是在和柳擎宇開玩笑一樣。

「怎麼？柳老大，你可是我最敬重的人啊，該不會真的是鐵公雞，一毛不拔吧！」沈鴻飛將柳擎宇拉上了臺，嘴裡邊說：「柳老大，你可得給我們大家一個交代啊！」

眾人一片哄笑，只覺又有熱鬧可瞧了，紛紛等著看好戲呢。

柳擎宇卻能夠感受到沈鴻飛眼底深處所潛藏的深深謀略，他知道，今天的事絕對是沈鴻飛早就策劃好的，如果自己拿不出東西來的話，鐵定在場面上就輸給了沈鴻飛；即便是拿出了東西來，如果拍賣價格不如沈鴻飛捐贈的東西價格高，氣勢上依然是輸給了沈鴻飛！

而且沈鴻飛這一次可說是下了重本，不惜拿出黃賓虹的畫作來，擺明了就是打算將自己給狠壓下去，**自己要是沒有個萬全的應變之策，就真的徹底栽了**。

柳擎宇神色如常地說道：「好吧，小沈子，既然你稱呼我一聲柳老大，我自然要有老大的樣子，不能讓你這個小弟看老大我的笑話不是?!這樣吧，小沈子，你去給我找台能夠上網的筆電過來。怎麼樣，既然你在沒有通知我的情況下讓我捐東西，你該不會連我這麼一點小要求都無法滿足吧？」

柳擎宇談笑間把沈鴻飛的小算計給點了出來，同時還借機將了沈鴻飛一軍，讓他給自己找台筆記型電腦過來。

沈鴻飛自然對柳擎宇的反擊早有準備，對他點出了自己沒有告訴他的這件事並不在意，因為自己這樣做，就是要給所有人一種開玩笑的感覺。不過，他對柳擎宇竟然忝著臉承認是自己的老大，還喊自己小沈子，這讓沈鴻飛心中相當不爽。

不過為了能夠在今天好好地掃一掃柳擎宇的面子，這一點小細節他是不會在意的，便笑著說道：「好啊，沒問題，不就是台筆腦嘛？馬上給你找到，不過柳擎宇，你確定有了筆電之後，你就能夠捐出東西來嗎？你該不會是直接把這台筆電捐了吧，那樣你可是屬於借花獻佛，不算數的！而且，今天的晚會是有時間限制的，你最多只有十五分鐘的時間。怎麼樣，有問題沒有？」

沈鴻飛再次堵死了柳擎宇可能的通道，把柳擎宇逼向絕路，僅僅十五分鐘的時間，要臨時準備好一份拍賣物品，沈鴻飛相信，即使給柳擎宇找來一台筆電了，他也無法解決，就算是他馬上網購，也不可能在這麼短的時間內送到，更何況現在是晚上，物流也沒有配送。

沈鴻飛突然靈機一動，趕忙補充道：「今天是慈善晚會，是以拍賣物品為主，如果你是要透過網路轉帳的話，那就沒意思了，失去今天慈善拍賣晚會的意義！」

柳擎宇的確是打算通過網路銀行轉帳，沒想到沈鴻飛這麼陰險，連這條活路都給自己封死，這下子讓**柳擎宇陷入了困境之中**，柳擎宇的臉色也在瞬間悄然變色。

如果是一般人，並不會注意到柳擎宇這一點表情的變化，但是沈鴻飛一直仔細觀察著柳擎宇的表情，所以馬上便注意到，他知道自己猜對了，心中暗爽不已，柳擎宇果然是想用這個辦法，這下可好，**看他接下去怎麼玩！**恐怕就算是給他十台筆電，他也玩不出什麼花樣出來！

此刻，整個會場都安靜下來。在場的人見沈鴻飛接連給柳擎宇出難題，隱隱感覺到這兩人的關係似乎並不那麼親密啊。

黃立海和杜學山自然玲瓏剔透，早就看出柳擎宇和沈鴻飛互相看不順眼，見到沈鴻飛一連串的舉措，不禁暗暗豎起大拇指，心中暗道：

「沈鴻飛不愧是沈家年輕一代中最優秀的年輕人啊，難怪年紀輕輕便可以身居副廳級的高位，論智商、手段、城府，都非一般人可以比擬，足以媲美那些宦海沉浮一二十年的老狐狸了！果然不愧是將門虎子啊！」

至於柳擎宇的表現，黃立海和杜學山自動省略了，在他們看來，柳擎宇註定將會成為沈鴻飛的陪襯。

沒多久，一台筆電被工作人員送了過來，並且當場調試過，確保可以上網後才離開。

「柳擎宇，你對這台筆電還滿意嗎？如果還不滿意的話，可以讓工作人員再給你找一台性能更好的來，希望你不要讓南華市的父老鄉親們和那些貧困地區亟待援助的兒童們失望啊，大家可都在看著你呢！」沈鴻飛再次把柳擎宇逼到了牆角。

誰也沒有注意到，此刻在大廳一側的屏風後面，千嬌百媚、傾國傾城的大美女慕容倩雪正優雅的坐在沙發上，從容淡定的看著臺上柳擎宇和沈鴻飛兩人間的交鋒。

當她看到柳擎宇在沈鴻飛接連的攻勢下似乎沒有還手之力，俏臉上不由得眉頭緊皺，喃喃自語道：「難道我看錯柳擎宇了？他竟然連沈鴻飛都應付不了？如果真是這樣的話……」

柳擎宇看著眼前的筆電，大腦快速轉動著。

自己原本想用的底牌被沈鴻飛識破了，自己下一步該怎麼辦呢？如果想不出別的辦法的話，就真的要讓沈鴻飛得逞了，而他手上唯一可以利用的就只有這台筆電了，我該怎麼利用它呢？

突然，柳擎宇眼前一亮，自己為啥不充分發揮一下自己的特長呢？

想到此處，柳擎宇衝著沈鴻飛微微一笑，把筆電放在桌上，然後拉了把椅子坐了下來，雙手開始在電腦鍵盤上飛快地敲擊起來。

此刻，現場鴉雀無聲，大家都很好奇柳擎宇到底要做什麼，現在沈鴻飛讓他捐東西，這小子怎麼坐在那裡玩起電腦來了？

沈鴻飛也一臉狐疑，只見柳擎宇隨手打開一個文件資料匣，然後敲入一串串英文字母和各種字元，令他大感疑惑，**這小子到底在做什麼？這個時候玩這個有什麼用嗎？**

時間一分一秒的過去，離沈鴻飛所定的十五分鐘時間越來越近，柳擎宇的臉色卻由之前的凝重變得越來越從容起來，敲擊鍵盤的速度也越來越快，會議室裡只有柳擎宇敲擊鍵盤的聲音在輕輕迴蕩著，猶如音樂家正在演奏樂曲一般。

還有最後一分鐘了，沈鴻飛抬起手來，一邊看著錶，一邊催促道：「柳擎宇，十五分鐘快到了，你到底怎麼樣，總不能讓大家都在這裡等你吧？」

就看到柳擎宇敲完最後一串字元，並且按下執行鍵，然後站起身來，微笑著說道：

「好了，還有最後二十秒鐘。」

隨後，柳擎宇以一種近乎眼花繚亂的操作，讓一旁的沈鴻飛幾乎什麼都還沒有看清楚呢，二十秒後，出現一個檔案，標題為「宇通快捷殺毒軟體」。

柳擎宇按下檔案，立即彈出一個介面，介面左側顯示的是病毒數量，右側則是病毒所在的位置，隨後，所有病毒立時被全部殺光了。

「好了，各位朋友，我要捐給慈善拍賣晚會的東西已經出來了，就是這個宇通快捷殺毒軟體。」

沈鴻飛不屑地說：「我說柳擎宇啊，你好歹也是正處級的幹部，你說要捐東西，該不會就是這個你隨手花了不到十分鐘做出來的檔案吧？」

柳擎宇聳聳肩道：「沒錯，就是這個。」

沈鴻飛臉色一沉：「柳擎宇，你是在忽悠我們嗎？大家等了你十五分鐘，你就拿這麼一個東西來對付我們，你不覺得有些過分嗎？」

柳擎宇正色道：「沈鴻飛，你似乎定論下得有些早了，我認為你不妨現在請拍賣師現場拍賣一下。不過，最好在拍賣前，電話通知一下目前國內甚至是國際上幾大殺毒軟體公司，問他們願意不願意通過網路直播參與拍賣。當然了，如果你是擔心我隨便做的東西拍賣價格會超過你那幅《西山煙雨圖》的話，你也可以不答應；或是表面上答應，實際上卻暗箱操作，故意說他們不願意參與拍賣，那樣的話，我也不會說什麼。」

柳擎宇也同樣玩了一招激將法反將回去。

柳擎宇的預感十分準確，在柳擎宇提議請殺毒軟體公司參與的時候，沈鴻飛隱隱感覺到情況有些不太對勁，當時的想法就是表面上答應柳擎宇，然後按兵不動，再藉口說沒有人願意參與拍賣，那樣一來，柳擎宇也算玩完了，卻不想被柳擎宇直接拆穿了，逼得他沒有辦法搞任何小動作。

沈鴻飛恨得牙根癢癢的，不甘示弱地撇撇嘴說：「柳擎宇，你不要以小人之心度君子之腹，我看還是請拍賣師當著大家的面來操作吧！就是不知道拍賣師知不知道那些殺毒軟體公司的負責人？而且現在人家都下班了，能不能聯繫到人還是個問題呢。」

拍賣師趕忙接口道：「不好意思，我還真不知道他們的聯繫方式啊。」拍賣師看得出來，沈鴻飛才是今天晚會的主角，所以十分配合沈鴻飛的行動。

柳擎宇搜索了一下幾家殺毒軟體公司的聯繫方式，隨即用手一指說道：「沈鴻飛，敢不敢讓拍賣師打電話問一下？」

沈鴻飛皺著眉說：「你隨便從網路上找的訊息可靠嗎？誰曉得這是不是詐騙電話啊？」

柳擎宇微微一笑：「你可以讓拍賣師核實一下，現場這麼多人，我相信是不是真的，馬上就可以揭曉了。」

說著，柳擎宇把筆電上搜尋到的電話號碼、連絡人等資訊秀在會議室的大螢幕上。

立刻有人說道：「第二個連絡人沒有問題，我認識孫總。」

隨後，又有好幾個電話被現場的來賓確認是真的。

柳擎宇看向沈鴻飛：「怎麼樣，要不要先讓拍賣師聯繫一下這些人，問問他們有沒有興趣參與這次拍賣？另外，希望拍賣師在跟對方聯繫的時候，告訴他們這個殺毒軟體是由『華夏鐵衛』編寫的。」

眾目睽睽之下，沈鴻飛自然不能做手腳，也不會服軟，便直接讓拍賣師跟對方進行聯繫。

主席臺下議論紛紛，一片哄笑之聲。

「柳擎宇該不會是瘋了吧？他以為他是誰啊？隨隨便便弄出來的東西就可以拍賣？還要賣給殺毒軟體公司？他以為別人是傻瓜啊！」

「沒錯，我看他今天丟人要丟到姥姥家了！」

「哎，年輕人就是年輕人，嘴上無毛，辦事不牢，還是人家沈公子實在，拿出珍貴的畫作來捐贈，柳擎宇跟沈公子比，層次差太多啦！」

幾乎所有的人都一面倒的支持沈鴻飛，沒有人相信柳擎宇弄出來的軟體具有拍賣價值。

然而，當拍賣師與幾個經過確認的連絡人進行聯繫後，讓眾人震驚的一幕發生了。

一開始，拍賣師還沒有說出「華夏鐵衛」這個ＩＤ的時候，對方一點興趣都沒有，但是，當拍賣師依照柳擎宇的要求，說出這個殺毒軟體是由「華夏鐵衛」編寫出來時，當下連想都沒想就立即表示願意用視頻的方式參與拍賣，即使是拍賣師一再跟對方強調這個軟體是十幾分鐘編寫出來的。

這還僅僅是序幕。

現代人由於智慧型手機盛行，很多人喜歡玩微信微博，有人便把發生的事發布到微博微信上。

就在拍賣師還在和其他連絡人聯繫的時候，那些刷微信微博的人很快就收到許多私訊和回帖，詢問拍賣會所在的地點，發這些私訊的人，竟然是國內幾大殺毒軟體公司的董事長或者總經理！

這讓發出訊息的人大感震驚，便把所在的地點告訴那些詢問的人。很快，酒店經理急匆匆的走了進來，找到拍賣師王崇明：「王老師，我們剛剛接到好幾通電話打來詢問你的聯繫方式，提出希望能用視頻的方式參加你們正在進行的拍賣活動。」

這一下，不僅王崇明呆住了，沈鴻飛也呆住了。誰都沒有想到，柳擎宇這個名為「華夏鐵衛」的ＩＤ竟然有這麼大的號召力。

對於那些老總們的發力追捧，柳擎宇自己也有些意外。

他原本是姑且抱著有棗沒棗打一竿子，先試試看再說的想法，因為「華夏鐵衛」這個帳號他已經七八年沒有用了，本以為還記得這個帳號的人應該不多，而且這個圈子裡人員流動率很大，要是真的沒人感興趣的話也就認了，無論如何總是要拼一下再說，結果眾人對於「華夏鐵衛」的熱情大大出乎了柳擎宇的意料。

短短幾分鐘內，就有不下數十家國內外的安全軟體、殺毒軟體公司對拍賣表現出了濃厚的興趣！

現場的氣氛瞬間爆棚，拍賣師驚訝得下巴都快掉了，沈鴻飛也震驚不已！

打電話來申請參加競拍的人數還在不斷增加，熱線一直沒有停過，酒店資訊中心的主管們可忙壞了，不得不協調ＩＰ和帳號給各大公司的負責人，讓他們好以視頻方式即時連線拍賣會場。

這時，一個殺毒軟體公司的總經理要求說：「拍賣師，能否請軟體編寫者解釋並當眾演示一下這個軟體的功能呢？」

拍賣師只能看向柳擎宇。柳擎宇點點頭，簡單秀了一下軟體介面的操作，並解釋道：「這款殺毒軟體的原理是洛克斯基・米爾勒高階方程式。」

說完，柳擎宇便不再說話了。

眾人譁然，柳擎宇的解釋也太簡單了！尤其是軟體的介面好像是小學生做出來的一般，簡直是比菜鳥還菜鳥啊！主席臺下再次議論紛紛起來。

在連線的視頻中，可以看到每個視頻裡至少都有兩三個人，最誇張的一個視頻中出現的還是十幾個人的團隊。然而，無一例外的，當柳擎宇說出洛克斯基・米爾勒高階方程式的時候，視頻中的人都陷入了沉默。

這個詭異的結果讓拍賣師感到十分不解，以為是不是柳擎宇的設計出了什麼差錯，立即說道：「各位，難道這個殺毒軟體有問題嗎？如果大家覺得有問題的話，你們可以選擇流標。」

「流你個頭！」某家上市公司的總經理怒罵一聲，接著看向柳擎宇道：「你確定這款軟體的運行原理是洛克斯基．米爾勒高階方程式嗎？洛克斯基．米爾勒方程式不是只發展到中階而已嗎？高階方程式應該還處於理論探討中，連發展走向都還沒有定論呢。」

柳擎宇笑道：「這個如假包換的確是洛克斯基．米爾勒高階方程式沒錯，當然，現在只是初級形態而已，不過運行速度還是相當快的。但是交貨的時候，我會採取封裝措施，只給你們成品。」

「好，成品就成品，我們公司要了！三百萬！」總經理毫不猶豫的報出一個價格。

立刻有另一家的董事長不屑地的看了看這位同行，心想：洛克斯基．米爾勒方程式做出來的殺毒軟體竟然才出價三百萬？你也太小看它了吧，於是喊道：「八百萬！」

誰知道他的出價也被其他同行所鄙視，開什麼玩笑，八百萬就想拿到洛克斯基．米爾勒的高階方程式?!太便宜了吧！這哥們直接開價道：「一千八百萬！」

這人是某門戶網站安全部門的負責人，對他們來說，一千八百萬根本是毛毛雨，如果能夠以這個價格拿下洛克斯基．米爾勒高階方程式所編寫的殺毒軟體，那他可是要立大功的。

只是他很快便發現，幾乎所有的同行都用一種近乎看白癡的眼光在看著他。國內頂級殺毒軟體公司的總經理徐振，淡淡的說道：「兩千八百萬！」

這時，沉默許久的「紅克」殺毒軟體集團的副總經理李輝也加入了戰局：「三千八百萬！」

徐振皺了下眉頭，咬咬牙道：「四千八百萬！」

李輝立刻跟進，緊咬在後：「五千八百萬！」

徐振猶豫了一下，拿起電話請示後，滿臉猙獰的說道：「六千八百萬！這是我們的最終報價！」

李輝挑了挑眉毛，微微一笑，不再說話了。

此時，會場所有人都目瞪口呆地看著眼前發生的事，那一個比一個更高的報價牽動著所有人的心，大夥兒都被這場瘋狂的競價過程給驚呆了！

沒有人會想到，**原本以為不值一提的破爛東西，竟然可以拍到六千多萬的天價！**這個公司的總經理會不會腦袋被驢給踢了啊，怎麼會傻到出六千多萬買這麼個東西呢！這個軟體真的值這麼多的錢嗎？將來得賣多少套殺毒軟體才能回收這六千多萬的成本啊！

所有人中最感到震驚的要數拍賣師了。

他拍賣過很多物品，從來沒有看到過像今天這樣的拍賣會，從頭到尾他除了喊了句競拍開始之外，就再也沒有一句插嘴的機會了，等他回過神來時，拍賣已經結束了。

此刻，沈鴻飛也被這個場面給弄懵了，除了傻眼只有無言！**眼見就要一敗塗地的柳擎宇竟然因為這個軟體來了個鹹魚翻身，還拍出六千八百萬的天價！這太誇張了！**

就連市委書記黃立海、副省長杜學山也被這突如其來的變故給嚇到了，想不明白柳擎宇到底是何方妖孽，為什麼他隨隨便便搞出來的東西，竟然有這麼多人競相揮舞著鈔票去購買，看向柳擎宇的目光中充滿了疑惑。

此時的柳擎宇卻是表情淡然，他對六千八百萬這個價格很滿意，大大超出了他的預期。相對的，沈鴻飛想要打擊柳擎宇的計畫落空了，就見他臉色慘白，雙拳緊握，顯然心情十分不爽。

坐在後面一直默默注視現場局勢發展的慕容倩雪，看到柳擎宇巧妙化解了沈鴻飛的進攻，眼中異彩漣漣，呢喃道：「非常好，不愧是我看重的男人，柳擎宇，你是最棒的！」

在沉默了好一會兒之後，拍賣師這才反應過來，大聲問道：「六千八百萬！六千八百萬，還有沒有再出價的！如果沒有的話，拍品就屬於這位老兄的了！」

沒有人說話！

「六千八百萬一次！六千八百萬兩次！六千八百萬三次！成交！」

隨著拍賣師落錘，拍賣會徹底被推向了最高潮！所有人目光再次聚焦到柳擎宇的身上，沈鴻飛成了陪襯！

當拍賣師落錘的那一剎那，沈鴻飛的臉色一片陰沉，眼中也在瞬間掠過一抹濃濃的不服之意，**他決定逆襲！**

沈鴻飛看向徐振，質疑道：「請問，您能否立即把拍賣款項匯到組委會的帳戶上，以確保拍賣的公平性和即時性？」

徐振頓時猶豫了起來。

「要是有疑慮的話，你可以考慮稍後當面和柳擎宇確認這款軟體是否可靠之後再進行交易，畢竟，這麼大的一筆生意需要當面驗貨不是，絕對不能草率的。」沈鴻飛看似立場公正地說道。

徐振感覺沈鴻飛的話很有道理，便對柳擎宇道：「可以等我們的工程師驗貨之後再付款嗎？」

柳擎宇搖搖頭。徐振不由得眉頭緊皺起來，陷入了沉思。

雖然他身為總經理有一定的許可權，但是涉及到六千多萬的投資，他一定要向上級申請，所以，徐振為難地說道：「如果不能讓我們驗貨之後再付款的話，恐怕我這邊有些困難，這也不符合商業平等交易原則，恐怕……」

後面的話徐振沒有說下去，但是所有人都聽明白了徐振的意思。

沈鴻飛暗暗驚喜，自己這一次又賭對了！

對這些商人來說，平等交易是一個十分重要的原則，儘管競拍時頭腦一發熱，不覺喊出了天價，然而真正涉及到真金白銀往外拿錢的時候，都會慎重考慮的。

拍賣師看出了沈鴻飛的意思，拍馬屁道：「如果徐總拒絕現場支付的話，這次拍賣只能暫時流標了。」

然而，拍賣師話音剛落，便聽到視頻中傳出另外一個聲音：

「既然徐總的公司不願意當場支付，那麼我們紅克集團願意以同樣六千八百萬當場支付，拍賣師，這樣可以嗎？」

這時候拍賣師很想說不可以，但是他發現黃立海、杜學山等人都用一種森冷的目光看著他。

對他們來說，討好沈鴻飛固然很重要，但是當這件事極有可能成為巨大政績擺在他們面前的時候，**他們毫不猶豫的選擇了政績**，畢竟這種政績是可遇不可求的。

拍賣師是本省人，毫不考慮的做出了選擇：

「沒問題，如果紅克集團能夠立即支付六千八百萬拍賣金的話，便可以獲得這個軟體，不過，你們要之後才能確定軟體的真偽，而這六千八百萬將會成為慈善基金，是不能再退還的。」

李輝微微一笑：「沒有問題，我接受。」

拍賣師再次敲下拍賣槌：「好，本次拍品改由紅克集團得標，價格六千八百萬，恭喜紅克集團。」

李輝點點頭，隨即喊來財務執行官，當場通過網路銀行向組委會指定的帳戶上把錢匯了過來。隨著款項的入賬和拍賣的結束，現場氣氛再次沸騰起來。

許多身材窈窕、面容美豔的社交名媛參加這樣的慈善晚會，一是為了增加曝光率，二是為了釣個金龜婿，三是為了傍大款或者傍個官員。

一開始，她們全都把目光聚集在沈鴻飛身上，因為眾人皆知沈鴻飛是大家族出身，至今未婚，是絕對的金龜婿人選，沒有一個人注意到柳擎宇，雖然柳擎宇比沈鴻飛長得還要帥，還要有男人味。

當她們看到柳擎宇隨隨便便用十分鐘鼓搗出來的東西竟然賣出六千多萬的天價時，頓時眼睛都紅了，看到柳擎宇就像是看到了唐僧肉一般，將目標轉向了柳擎宇。

第五章

權力巔峰

慕容倩雪深情的看向沈鴻飛：「鴻飛，從今以後，我慕容倩雪會集中慕容家的全部資源，全力幫助你走上權力巔峰，打敗阻礙你的所有對手和敵人！所有！」

沈鴻飛知道，慕容倩雪說出這番話，是徹底放下了對柳擎宇的情感。

主席臺上，柳擎宇衝著沈鴻飛一笑，說道：「小沈子，看到了嗎？這就是哥捐贈的東西，怎麼樣，還進得了你的法眼吧？」

柳擎宇終於找到了反擊機會，相當於狠狠的打了沈鴻飛一個大嘴巴！

沈鴻飛恨在心裡，卻又不能不回話，只能露出一副燦爛的笑容，假意說道：「厲害！柳擎宇，你真的非常厲害啊，我感覺你進入官場真的太可惜了，以你的才華應該走入商場才對，或是當一名軟體技術工程師，那樣的話，你絕對會成為國內殺毒軟體業最頂級的工程師啊！」

沈鴻飛表面上是在稱讚柳擎宇，但是話音中卻蘊含了貶低之意，守中帶攻，而且他沒有再稱柳擎宇為柳老大，刻意拉遠了兩人間的距離。

柳擎宇回敬道：「小沈子，我看你在古畫淘寶方面也很有天賦嘛，怎麼不辭去官職，專心從事古玩字畫的鑑定、買賣事業呢，如果你真的能夠專心做這件事情的話，我相信你也絕對可以成為頂尖的鑑定專家的，搞不好還可以上上尋寶節目擔任評審呢。」

柳擎宇以彼之道還施彼身，寸土必爭，兩人都很清楚，誰要是在氣勢上弱一點，就可能會成為日後他人嘴中的弱者。

黃立海見沈鴻飛沒有賺到便宜，趕忙出來打圓場，笑道：「我說二位，你們這次可算是為我們南華市的慈善事業做出了巨大貢獻，不過，拍賣會還沒有結束，請二位先下去休息一下，等拍賣會結束後，我再好好陪你們喝一杯。」

沈鴻飛和柳擎宇也就不再糾纏，各自走下主席臺。

柳擎宇徑直走向一個沒有人的偏僻角落坐了下去。然而，柳擎宇註定無法清靜了，才剛剛坐下，便被一群鶯鶯燕燕給包圍了起來，各色香水味不斷從四面八方湧向柳擎宇的鼻孔。

「柳先生，您今年多大了，像你這麼帥氣的官員，我還是第一次見到啊！」

「柳先生，你有女朋友了嗎？你看我怎麼樣？」

「柳先生……」

各種嬌嗔聲圍繞在柳擎宇身邊，柳擎宇頓時頭大無比，他想要擠出這個脂粉陣，卻又無法脫身，因為每一個美女都希望抓住機會推銷自己，還有的把胸部緊緊貼在柳擎宇的身上，想引起柳擎宇的興趣。

慕容倩雪看到那些女人猶如大頭蒼蠅般圍繞在柳擎宇的身邊，氣得粉臉發白，咬牙切齒說道：「一群狐狸精！你們也不撒泡尿照照自己，就你們那種濃妝豔抹的樣子，柳擎宇怎麼可能喜歡呢！」

慕容倩雪醋勁大發，但是，她現在卻不能現身，因為她出場的時機還不到，如果不能忍一時之氣，就有可能壞了自己的大事。

她今天百般用盡心機，就是要讓柳擎宇知道，**自己才是他最值得擁有的女人**；她要讓柳擎宇知道，自己是一個十分搶手的女人。

柳擎宇身邊的鶯鶯燕燕們還在糾纏著他，柳擎宇雖然頭疼，但是應付起這些女人來，柳擎宇並不怯場，相反的，他反而遊刃有餘起來。

這讓慕容倩雪越看越不爽，臉上的陰翳之色也就越加濃郁。不過她心中同時也浮現出一個巨大的疑問，柳擎宇這傢伙啥時候應付起女人來這麼順手啊？他不是一向很少和女人糾纏嗎？

就連坐在另一邊的沈鴻飛，也對柳擎宇能夠如此輕鬆自如的應付這麼多的女人感到十分驚訝，因為他知道，柳擎宇並不是一個喜歡留戀花叢的男人。

只是，不管是慕容倩雪也好，沈鴻飛也罷，他們都沒有想到，此時，在會議室另外一扇屏風的後面，一雙美麗的眸子同樣也充滿醋意的看著柳擎宇在鶯鶯燕燕的包圍中從容應對，只不過這雙眸子的主人表情卻是平靜無比，她的目光同時在沈鴻飛和黃立海等人的臉上一掃而過，目光顯得冷漠無比。

拍賣會又進行了半個多小時才結束，整個晚上總計拍出了廿一件物品，拍賣總價一共是七千一百五十萬！其中金額最大的，不用說，就是柳擎宇的殺毒軟體了。

拍賣結束後，副省長杜學山發表了熱情洋溢的講話，對這次的慈善拍賣晚會給予了高度肯定。隨後，黃立海宣布舞會正式開始：

「下面，有請沈司長與慕容倩雪小姐一起為大家跳開場舞，大家熱烈歡迎！」

隨著一陣陣熱烈的掌聲，沈鴻飛走向舞池中心，這時候，慕容倩雪也從屏風後面走了出來。

這次開場舞是她精心安排的，她要用自己的美貌來吸引柳擎宇和沈鴻飛，她要用與沈鴻飛的熱舞來刺激柳擎宇，等到關鍵時刻，她要用最激烈的行動去征服柳擎宇，她要用實際行動告訴所有人，**柳擎宇是她的！她是柳擎宇的女人！**

一身白裙勝雪，眉目如畫，遠遠走來，猶如月宮仙子降臨人間。所有人都自動為慕容倩雪讓出一道長廊，長廊兩旁的人全都呆呆的望著慕容倩雪！

沒有人可以形容慕容倩雪的美貌，因為用任何形容詞來形容此刻的慕容倩雪都顯得詞不達意。

那些自詡為美女的鶯鶯燕燕們看到慕容倩雪出場後，全都自卑的低下頭去！她們意識到，自己與頂級美女之間的差距原來是如此大。

沈鴻飛也有些呆住了，雖然他早就知道慕容倩雪美麗無比，也經常和慕容倩雪見面，但是以前慕容倩雪都是素顏見人，雖然清純，但沒有像此刻這樣讓人勾魂心動！

慕容倩雪的美麗是如此的震撼人心，是如此的驚豔絕倫，沈鴻飛見過許多美女，但是他敢肯定，即使是那些頂級俱樂部裡的花魁級女人也難敵慕容倩雪十分之一！

精心化妝下的面孔是那樣的嬌豔絕倫，那長長的睫毛、那吹彈可破的肌膚、那完美弧度的瓜子臉、那美麗的鼻子、下巴，幾乎沒有一處可以挑出一絲的瑕疵！

那頎長的玉頸、玲瓏有致又修長的身材，那雙筆直的玉腿，更是讓人遐想連翩，恨不得把她立刻擁入懷中。

這一刻，沈鴻飛突然覺得，慕容倩雪就應該是自己的老婆！

沈鴻飛邁步向慕容倩雪迎了過去，他認為只有如此才能表現自己對慕容倩雪的喜歡。

他雖然策劃今天要向慕容倩雪求婚，但是這次策劃的本意是基於家族發展的需求，是基於政治考量，而不是出於他對慕容倩雪的愛。

沈鴻飛是一個十分高傲的男人，在他看來，他完全可以萬花叢中過，片葉不沾身，因為這個世界上他還沒有遇到一個女人讓他真正的心動。

但是此刻，**他心動了**。

舞池邊緣，沈鴻飛伸出了大手，慕容倩雪把自己的纖纖玉手遞到了沈鴻飛手中，沈鴻飛拉著慕容倩雪走到了舞池中間。

在走向舞池的那一瞬間，慕容倩雪回頭往柳擎宇的方向看了看，在她的預想中，此刻柳擎宇肯定是火冒三丈，她相信任何男人在看到自己最心愛的女人與別人一起跳第一支舞的時候，肯定會怒髮衝冠的。

然而，當慕容倩雪的目光落在柳擎宇身上的時候，她失望了。

柳擎宇正在應一個美女的要求幫她看手相呢，而且柳擎宇不知對女孩說了什麼，逗得女孩笑得前仰後合，還不時地向他暗送秋波，又輕舞著小手曖昧的搗上柳擎宇一拳，表達自己的不滿之意。

慕容倩雪心中頓時產生了一種失落感，雖然她已經成為萬眾矚目的焦點，卻得不到她最在意的那個男人的目光，她感覺到彷彿有什麼東西從自己身邊悄悄的溜走了。

音樂聲響起，燈光暗了下去，唯有舞池正上方那束圓形的光束，緊隨著沈鴻飛和慕容倩雪的舞步在舞池中逡巡著。

一個白衣勝雪，美豔絕倫，舞姿翩翩，猶如畫中仙子；一個西裝畢挺，英俊帥氣，年輕有為，絕對白馬王子。每個人都在心中讚嘆著：「好一對金童玉女啊！」

只是沒有人注意到，白衣仙子此刻卻是心事重重，雖然舞姿翩翩，但是她的眼睛不時的飄向柳擎宇那一邊，卻一直沒有等到柳擎宇突破重圍，衝到舞池中把自己搶走的場景。自始至終柳擎宇都淡定的坐在位置上，和一群女人談笑風生，絲毫不關心她的動向。

舞曲漸漸接近尾聲，一向精明的沈鴻飛，完全沒發現慕容倩雪今天跳舞的步伐稍顯規矩，沒有一點靈動之感，也沒有發現慕容倩雪整個人似乎心不在焉。他陶醉的摟著慕容倩雪的纖腰，洋洋自得地認為只有慕容倩雪這樣的絕代佳人能夠配得上與自己共舞。

第一支舞曲終於在熱烈的掌聲中結束了，但是燈光卻沒有亮起來，慕容倩雪正要轉身離開，卻被沈鴻飛給拉住了。

「倩雪，你等我一下。」沈鴻飛深情地說道。

慕容倩雪一愣，隨即便猜到了沈鴻飛的心思，她微笑地點點頭，她相信，等會兒沈鴻飛向自己求婚的時候，柳擎宇一定會忍不住跳出來的！**她不相信自己這麼漂亮、這麼有氣質的美女，柳擎宇會甘心讓給別人！**

這時，有人將一束漂亮的玫瑰花遞到沈鴻飛的手中，沈鴻飛接過花束，單膝跪地，雙手高舉玫瑰花，默默含情的看向慕容倩雪：

「倩雪，遇上你是我最幸運的事，我們的緣分註定要在一起，我會愛你一生不變！一輩子守護你無怨無悔！倩雪，嫁給我吧！我沈鴻飛真心真意的向你求婚！」

意外！驚喜！大家都熱烈的鼓起掌來！

這是多浪漫的場景啊！現場的女孩們都充滿了羨慕嫉妒的眼神看著慕容倩雪，希望這種幸運是發生在自己的身上！

「嫁給他！嫁給他！嫁給他！」有人開始鼓動著喊了起來。

黃立海和杜學山滿臉笑容的看著這一幕，杜學山感嘆道：「年輕真好！」

黃立海點點頭附和說：「是啊，年輕就是本錢啊！看來沈家要和慕容家聯姻了。」

掌聲是那樣的熱烈，氣氛是那樣的喧鬧，但是，嬌豔如花的仙子慕容倩雪卻好像被人施展了定身法一般，站在原地一動不動，彷彿呆住了不知如何反應似的。

外人並不知道，慕容倩雪此時的感覺就好像周圍所有人的聲音全都聽不見了，每個人臉上的表情變得模糊不清，只有跪在她面前的沈鴻飛和眼角餘光的柳擎宇的身影在她的眼前不斷放大，兩人的身影在她的腦中漸漸成為兩個並行的目標。

雖然沈鴻飛身處光束中，看起來是那樣的耀眼，但是在慕容倩雪眼中，感覺自己離他是那樣的遙遠；相反的，在偏僻角落燈光暗淡之處的柳擎宇，卻在她的腦海中逐漸變得清晰，昏暗的光線漸漸變得明亮起來。

慕容倩雪在內心深處高聲吶喊呼喚著：**柳擎宇！你怎麼還不趕快衝過來呢？我在等你把我帶走啊！柳擎宇，為什麼不快過來呢！你難道不想做我的白馬王子嗎？**

然而，時間一分一秒的過去，柳擎宇對求婚的事恍然未覺，依然和圍在身邊的美女們打鬧閒聊著。

求婚的起鬨聲、鼓掌聲響成一片，越來越熱烈，慕容倩雪的心變得焦躁、憤怒起來，她突然領悟到上次柳擎宇想要對自己說，卻一直沒有機會說出來的那句話到底是什麼了。

慕容倩雪不甘心。非常非常的不甘心。

柳擎宇在這次慈善晚會上將他的強勢、才華、魄力再次淋漓盡致的展現出來，徹底贏得慕容倩雪的心，在她心中，沈鴻飛無論如何也比不上柳擎宇。

她已經決定要把自己的一生託付給柳擎宇了，她認為自己下這個決心非常不容易，柳擎宇應該好好珍惜才是，但是對沈鴻飛的求婚動作，柳擎宇竟然沒有任何表示，沒有任何的嫉妒，這讓她完全不能接受。

終於，在沉默了一會兒之後，在喧囂嘈雜的聲音中，慕容倩雪出乎所有人的意料，猛的轉過身，邁步向柳擎宇的方向走去，眼中火花四濺。

所有人都被慕容倩雪身上散發出來的氣勢給嚇到了，眾人紛紛向兩邊閃躲。

慕容倩雪走到柳擎宇的面前，一雙美眸怒意沖天，用力的一拍桌子，對那些美女喝道：「你們都給我一邊涼快去。」

那些美女們看到慕容倩雪幾乎要拼命的架勢，紛紛明智的選擇了退避三舍，柳擎宇的身影終於露了出來。

慕容倩雪娉婷的站在柳擎宇的對面，胸脯起伏，銀牙緊咬，質問道：「柳擎宇，沈鴻飛在向我求婚呢，你難道沒有什麼話說嗎？」

柳擎宇淡淡一笑，正要說話，卻見旁邊一陣香風鑽進了鼻孔，緊接著，一個熟悉的身影悄然分開眾人，站在柳擎宇的身邊，伸手挽住柳擎宇的胳膊，對慕容倩雪嫣然一笑道：「慕容倩雪，難道柳擎宇的心思你還沒有看出來嗎？**他想要對你說的只有三個字——祝福你！**擎宇，我沒有說錯吧？」

柳擎宇對曹淑慧的突然出現感到十分吃驚，但是他不得不承認，曹淑慧的確是這個世界上最瞭解自己的女人之一，她所說的正是柳擎宇想要表達的。

慕容倩雪看到曹淑慧十分自然的挽住柳擎宇的胳膊，頓時心中醋意醞釀到了極致，怒聲道：「曹淑慧，你這個無恥的狐狸精，我讓你說話了嗎？我在問柳擎宇，柳擎宇，我要聽到你親自回答我，你現在到底是什麼態度？」

曹淑慧衝著慕容倩雪嫣然一笑，便不再說話了。

對慕容倩雪稱呼她為狐狸精也毫不在意，她太瞭解柳擎宇這個男人了，如果柳擎宇真的在意慕容倩雪的話，此刻的沈鴻飛早就被柳擎宇給打成豬頭了，哪裡還有他送花求婚的機會?!

聽到慕容倩雪憤怒中帶著不甘的質問，柳擎宇說道：「倩雪，我祝福你，沈鴻飛是個十分優秀的男人，而且你們慕容家和沈家走得也很近，不管你選擇誰，我都會對你說一聲祝福，希望你過得幸福快樂。」

慕容倩雪銀牙緊咬，雙眼緊緊盯著柳擎宇道：

「柳擎宇，如果我選擇你呢？」

一句話驚翻全場，所有人都聽清楚了慕容倩雪這句話隱藏的意思，原來慕容倩雪對柳擎宇有意思，但問題是妾有情，郎似乎無意啊！

有些人不由得同情地看向了另一頭還單膝跪在地上的沈鴻飛。

此刻，沈鴻飛的臉色顯得異常蒼白，自己在仕途上已經註定要和柳擎宇死磕一輩子，沒想到**在情場上還得和柳擎宇一較高下**，更慘的是，慕容倩雪似乎對柳擎宇情有獨鍾啊，

今天丟人真是丟大了，當初慕容倩雪暗示如果他要求婚的話，最好在慈善晚會上進行，他那時候還興奮的認為慕容倩雪會高興地答應自己呢，所以他才想方設法的把柳擎宇給請了來，想深深的刺激柳擎宇一下。

卻沒想到柳擎宇對慕容倩雪的態度和自己想的不太一樣，而慕容倩雪對待柳擎宇的

態度，更是超出了自己的預想，**整件事已經徹底脫離了他的控制**，此刻，沈鴻飛只能憤怒、嫉妒的看著柳擎宇和慕容倩雪。

當聽到慕容倩雪對柳擎宇說「如果我選擇你呢」的時候，沈鴻飛感覺自己的心像是被針扎了一般劇烈的疼痛起來，臉色剎那間變得有如黑鍋底一般，如果不是他努力控制著自己的心情，他知道自己臉上的表情肯定會變得十分猙獰。但是即便如此，他的雙眼依然射出滔天的恨意和憤怒。

而當曹淑慧聽到慕容倩雪說出這句話的時候，眼中也閃過一道緊張之色，更加緊握著柳擎宇的胳膊，生怕失去柳擎宇一般。不過，她一句話都沒說，只是默默地站在身邊等待著柳擎宇的選擇。

曹淑慧雖然為人強勢，甚至和柳擎宇一樣還有一些囂張，但是曹淑慧十分聰明，知道什麼時候該說什麼，什麼時候該做什麼，尤其是在柳擎宇的面前，更是表現出了她的睿智靈慧。

柳擎宇聽慕容倩雪說出這句話來，也是愣了一下，慕容倩雪的目的自然是希望自己選擇她。只是此刻的柳擎宇早已熄滅了對慕容倩雪的感情，因為他感覺到慕容倩雪對自己的感情，和曹淑慧、秦睿婕完全不同，慕容倩雪雖然看起來清純無比，但是實際上，此女心機十分深沉，而且十分現實，甚至有幾分勢利，他不喜歡這種性格的女人。

所以，慕容倩雪說完後，柳擎宇只是略微沉默了一下，隨即伸手攬住曹淑慧的纖腰，微笑著說道：「倩雪，你又在開我的玩笑了，你看看，我身邊這個母老虎可是很厲害的，我可不敢胡亂和美女搭訕啊！」

當柳擎宇說到「母老虎」三個字的時候，只感到自己腰間軟肉就是一痛，不過隨即一雙溫柔滑膩的小手又輕輕地幫他按摩著被掐得生疼的部位，讓他感覺十分舒服。

柳擎宇知道，曹淑慧這丫頭潑辣的性格永遠不會改變的，但是，相比於慕容倩雪的虛偽，他更愛曹淑慧這種爽快直接的個性，和曹淑慧相處，他不需要費心思去猜測曹淑慧到底在想什麼，柳擎宇平時的工作很忙，他沒有時間，也不想浪費時間去想這些事。

第一次被柳擎宇主動攬住纖腰，曹淑慧微微有些掙扎，卻又有些期待，在這種複雜的心情中，她的俏臉悄然爬上了一抹紅暈。當柳擎宇說出那些話後，她知道**慕容倩雪這個勁敵將永遠從柳擎宇的情感世界中淡出，以後再也不用擔心這個心機女耍什麼花樣了。**

這時候，心情最為複雜的要數沈鴻飛了。

當沈鴻飛聽到柳擎宇的話後，先是心中一喜，因為那代表柳擎宇和慕容倩雪已經徹底沒戲，慕容倩雪今天的臉丟大了，將再也不會對柳擎宇生出一絲的情感，自己的機會也就來了。

但是在暗喜的同時，心中又相當的不平衡，因為**他的機會竟是建立在柳擎宇的放棄之上**，柳擎宇放棄的東西，自己卻視之如珍寶，真是令人不爽啊！

所有人的焦點再次轉移到慕容倩雪的身上。慕容倩雪依然白衣飄飄，美麗動人，但是在眾人眼中，她身上籠罩的那縷光環已經漸漸淡去，**原來頂級美女的魅力也有不被人接受的時候**；同時，眾人看向柳擎宇，心中更是納悶不已：**這個男人到底有什麼本事，憑什麼令兩位頂級美女對他如此垂青呢？**

當慕容倩雪看到柳擎宇的動作，再聽到柳擎宇的話後，心中頓時一片淒慘，與此同時，一股滔天恨意從內心深處升騰而起，然而她的傲氣使她看起來像沒事一樣。

慕容倩雪微微一笑：「呵呵，柳擎宇，你果然開不起玩笑，算了，不逗你了，既然你已經祝福我了，我也祝福你一下吧，祝你們百年好合，幸福快樂。」

慕容倩雪說話的時候滿臉帶笑，但是她的心卻在滴血，暗藏著深深的怨念。

曹淑慧立刻反擊道：「我們就不需要你來祝福了，希望你能夠及時找到你的另外一半。」說話時，還故意看了眼沈鴻飛，暗示慕容倩雪，別再期望柳擎宇了，還是趕快去抓住沈鴻飛吧。很顯然，曹淑慧這是在以一種勝利者的姿態諷刺她。

慕容倩雪冷冷地看了曹淑慧和柳擎宇一眼，在眾人的目光中，回走到沈鴻飛的身邊。

這時，沈鴻飛已經站起身來，手中捧著鮮花正琢磨著該如何處理呢，只見慕容倩雪走到沈鴻飛面前，滿臉甜美的看向沈鴻飛：「鴻飛，鮮花現在可以給我了嗎？」

沈鴻飛心中狂喜，不管怎麼說，慕容倩雪最終選擇的是自己，哪怕是慕容倩雪對自己沒有任何感情，但是只要能夠娶到慕容倩雪，慕容家和沈家一旦聯合，沈家的實力將會大增，沈家怎麼樣都是賺的，而且還為劉家增加了一個強勁的敵人。

所以，沈鴻飛當場便壓去了心中那股不平衡，微笑著把鮮花送到慕容倩雪的手中。

慕容倩雪手捧鮮花，挽住沈鴻飛的胳膊，拉著他來到柳擎宇和曹淑慧的面前，看向柳擎宇說道：「柳擎宇，剛才你和曹淑慧送給我一個祝福，作為回禮，我送你一個故事吧。

「一次，當柯林頓和希拉蕊一起開車出去時，停在一個加油站邊。希拉蕊指著一個加油工對丈夫說：『我以前曾經和這個傢伙約會過。』

「柯林頓聽了，對妻子開玩笑說：『如果當初你和他結婚，那麼你現在就不是嫁給一個美國總統了。』

「希拉蕊立即駁斥丈夫的話說：『你錯了，如果我當年和他結婚，那麼他現在就會是美國總統了。』」

慕容倩雪眼中充滿深情的看向沈鴻飛：「鴻飛，從今以後，我慕容倩雪會集中我和慕容家的全部資源，**全力幫助你走上權力巔峰，打敗阻礙你的所有對手和敵人！所有！**」

說完，便拉著沈鴻飛轉身向外走去。

沈鴻飛沒有拒絕，因為他知道，慕容倩雪對柳擎宇說出這番話，便是代表她徹底放下了對柳擎宇的情感，完完全全地站在自己這一邊，從今以後，**慕容倩雪將會是他沈鴻飛的老婆，是他的賢內助，她將會堅定的與自己站在一起，風雨同舟**。

對慕容倩雪這樣的女人，沈鴻飛看得十分清楚，所以，他相信，柳擎宇絕對錯過了一個好機會，將會給自己帶來一個巨大的麻煩。

沈鴻飛和慕容倩雪走了，柳擎宇和曹淑慧相視一笑，也轉身離去。走出宴會大廳，柳擎宇看向曹淑慧說道：「淑慧，你怎麼突然出現了？」

曹淑慧笑道：「你好像忘了這裡是什麼地方，這裡可是凱旋大酒店！」

柳擎宇這才恍然大悟，對曹淑慧而言，凱旋大酒店就像是她們家的後花園，她想要知道什麼只是一通電話的事。

曹淑慧擔心地說：「擎宇，得罪了慕容倩雪，你今後恐怕麻煩了。」

柳擎宇絲毫不以為意：「有什麼麻煩的？」

曹淑慧面色凝重地說：「哎，你不瞭解女人，但是我身為女人卻很瞭解，慕容倩雪雖然表面上看似清純無比，實際上城府極深，也極善於隱藏、偽裝自己，不然當初也不會讓你心動了，但是，恰恰是這種女人，做事極具目的性，如果達到目的也就罷了，一旦達不到，她們會十分執著的努力去達到，如果誰阻礙了她們，她們絕不會善罷甘休的。

「剛才慕容倩雪臨走前所說的那個故事，正是十分清楚的表明了她的心志，她今後將會傾其所能去幫助沈鴻飛打擊你。擎宇，**千萬不要小看女人**，有些時候，男人搞不定的事，女人卻能夠輕鬆搞定。」

柳擎宇只是笑了笑，對曹淑慧的話並沒有在意。柳擎宇怎麼也沒有想到，後來當他和沈鴻飛真的有機會一起執政的時候，果然因為慕容倩雪的介入，幾乎使他一敗塗地，步履維艱！

這時候，柳擎宇的手機突然響了起來。柳擎宇拿出手機一看，是秦帥打來的，柳擎宇連忙接通。

「老大，瑞源縣的問題十分嚴重，有好幾個村子都發生了強拆的情形，老百姓申訴無門，有些人去鎮裡告狀還被打傷，還有十多個經常告狀的村民被關進了精神病院！我們現在在瑞源縣木橋鎮嘉山村，據村民說，鎮裡給他們下達了限時搬離的命令，說是明天早晨六點鐘之前要是不搬離的話，他們的房子就會被強拆！現在一百多戶村民群情激憤，都叫嚷著絕不搬離，誓死捍衛家園呢！」秦帥急急地說道。

柳擎宇眉頭一皺：「老百姓為什麼不願意搬離呢？」

秦帥憤怒地說：「老大，當時你制定的補償標準，是按照每平米兩千元的價格來補償，所以老百姓都接受了，因為按照這個價格，他們搬離了原來的居住地後，還能夠在瑞源縣縣城裡買一套房子，而且你還承諾為村民建設安置房，以成本價賣給村民，又有拆遷期間的租住津貼，一一為老百姓設想的十分周到。

「但是自從你離開瑞源縣後，魏宏林當了縣委書記，你所制定的一連串惠民措施被一再修改，補償價竟然每平米降到了三百塊，更取消了租住津貼，雖然集中安置房是蓋起來了，但是性質卻變成了可以對外進行銷售的一般房產，只有少許的村幹部們拿到了安置房，嘉山村的村民十分憤怒，所以堅決不肯搬離他們的房子！」

柳擎宇聽了，臉色沉了下來，沉吟了一下，說道：「好，我立刻趕往嘉山村，我倒要看看，到底是誰這麼大的膽子，竟然敢下這種限時搬離命令，還要強拆老百姓的房子！」

柳擎宇掛斷電話，向曹淑慧苦笑了一下，道：「本來還想和你一起聊聊的，沒想到工作上又出事了，我得趕快去瑞源縣。」

剛才柳擎宇和秦帥的對話，曹淑慧也聽到了一些，所以體貼地說：「這樣吧，我開車送你過去吧，這麼晚了你搭車也不好搭。」

柳擎宇搖搖頭：「我擔心這次強拆會出事，你去了不安全，我還是自己搭車吧。」

曹淑慧不滿地說：「你怎麼婆婆媽媽起來了，我曹淑慧是怕事的人嗎？我什麼場面沒有見過啊！有你在我身邊，難道我還怕誰不成？走吧，別廢話，我的車就在停車場，我送你過去，這樣一旦發生什麼事，你也可以及時應對。」

曹淑慧很瞭解柳擎宇，對他而言，百姓的事就是他的事，這個男人一向把老百姓放在第一位，所以她自然要想柳擎宇之所想，急柳擎宇之所急。

柳擎宇稍微一琢磨，覺得曹淑慧說得也有道理，瑞源縣那邊的路不太好走，如果是一般的計程車，速度肯定要慢下來，曹淑慧開長城哈弗h6，這種車，底盤高，還皮實耐用，瑞源縣的道路開這種車最是高效方便，所以也就不再拒絕，跟著曹淑慧上了車，直奔瑞源縣木橋鎮嘉山村。

而危機，正在漸漸向柳擎宇逼近。

在趕到木橋鎮嘉山村之前，柳擎宇雖然知道這個世界到處都充滿了貪婪和欲望，卻從來沒有想到，**人的貪婪和欲望竟然會達到如此登峰造極、如此瘋狂的程度**。

當柳擎宇和曹淑慧趕到嘉山村的時候，已經是凌晨一點了，本應該是萬籟俱靜、鼾聲此起彼伏、家家戶戶都在睡覺的時候。

但是，此刻嘉山村村口外面的打穀場上卻是燈光通明，打穀場四個邊角處的大瓦數電燈泡全都打開，燈光下，兩撥人正在森然對峙著。

在靠近村子的一方，是嘉山村的村民，這波人有三四百人的樣子，手中持著鐵鍬、木棍、鋤頭等各式各樣的農具，在他們對面，卻是五百多名精壯的漢子，這些人手中清一色持著棒球棍，臉上殺氣凜然，眼中充滿了狠戾之色。

在兩撥人之間，五名村民組成的村民代表正在與三名看起來官氣十足的男人交涉著。

正在說話的是一個國字臉的男人，看起來四十歲左右，他先狠狠的抽了口菸，兩腳岔開，一腳向外撇著，看起來一副很跩的樣子，抽完菸後，國字臉目光乜斜著看向對面的五名村民代表，冷冷的說道：

「鄉親們，我是鎮裡負責城鎮建設和土地拆遷的領導，我今天是代表縣委縣政府和鎮委鎮政府和你們進行最後一次談判，我希望你們一定要想明白一個道理，國家為什麼要拆遷你們的村莊，因為你們的村莊正處於瑞岳高速公路的交通線上，這個村莊如果不拆，整個工程就要繞大彎，建設成本就要大幅增加，所以我才會在這裡不惜浪費口水和你們交涉。

「鄉親們，你們要記住一點，拆遷是國家政策，是一定要執行的，國家已經為你們村莊的拆遷做了賠償，你們必須要離開，否則強拆公司只能強拆了，到時候你們不但不能獲得補償，甚至還得賠償拆遷公司的進度損失費，我們鎮委鎮政府所做的一切可都是為了你們好啊，否則我幹嘛大半夜的不睡覺，跑來和你們廢話呢。

「我身後這些人你們也看到了，他們都是拆遷公司的工作人員，他們已經取得了同意拆遷的施工執照，如果他們不能按時拆遷的話，就得按照合約進行賠償。這種私人公司一定要考慮自己的利益的，所以我建議你們好好的想一想，最好趕快搬離，不然惹怒了拆遷公司，就算是鎮委鎮政府出面也未必好使啊。」

聽到這個官員居然說出這種混帳話來，柳擎宇氣得目眥盡裂，差一點衝過去狠狠的甩他幾個大巴掌！然後再質問對方，**你到底代表的是誰的利益？**你嘴裡口口聲聲說代表廣大民眾的利益，卻站在拆遷公司的那一邊，說的話字裡行間都透露出強烈的威脅之意，還好意思說代表老百姓的利益？**你當老百姓是傻子啊！**

但是柳擎宇這一次並沒有輕舉妄動，因為他想要看一看這件事情的後續發展如何，他先撥打了一一〇報警電話，希望對方儘快趕來，以免等會兒雙方衝突起來。

但是讓柳擎宇傻眼的是，他還沒說完呢，對方便不耐煩地說了句知道了，便掛斷電話，柳擎宇的眉頭立時皺了起來。

什麼時候瑞源縣的報警電話便得這麼神氣了？報案人還沒有說完呢，**難道他們就不擔心報案人的安危嗎？也不用瞭解是發生了什麼事嗎？**這種態度讓老百姓遇到危險和難以解決的事情時怎麼辦?!

現場，對峙還在繼續著。

那名國字臉的官員說完後，他對面的那些村民立刻大聲叫嚷起來：「不搬！我們絕對不搬！關於拆遷補償等所有的事項都沒有談清楚，憑什麼讓我們搬？」

那五名村民代表中為首的一位，臉色陰沉著說：「蘇副鎮長，您是鎮領導，您應該非常清楚，我們並不是不肯搬遷，而是現在鎮裡和縣裡給我們的搬遷條件比起柳書記當時所公佈的搬遷條件差距太大……」

蘇副鎮長冷冷回道：「陳老五，你雖然是村民代表，但是你能夠代表你們嘉山村嗎？我告訴你，你們村支書和村長早就答應了鎮裡和縣裡的搬遷條件，並且都簽署了同意搬遷的同意書，你們還唧唧歪歪什麼？

「你們最好識相點趕快搬，否則今天這種場面一旦失控，我可不敢保證會發生什麼事！你們自己向後面看看，十幾台挖土機、強拆機已經蓄勢待發，強拆隊伍也準備就緒，你們能夠在衝突中占到便宜嗎？我這個副鎮長之所以苦口婆心的做你們的工作，還不是為了你們好嘛？你們可不要狗咬呂洞賓，不識好人心啊！」

陳老五反擊道：「蘇副鎮長，你不要在這裡跟我們假惺惺的了，說什麼為我們好，誰不知道你們早就和拆遷公司勾結到了一起，你做我們的工作不過是為了發財罷了！至於你所說的村支書和村長，他們雖然是我們村的領導，但是陳大同和吳小平為了自己的私利完全無視我們村民的利益，和你們簽了勞什子的合同，簽合同前，他們根本就沒有徵求過我們村民的想法！

「按照國家法律規定，這種事情必須要上村民代表大會進行表決，他們直接無視這個程序，所以這兩個王八蛋所簽的合同是無效的！蘇副鎮長，我們老百姓並不都是睜眼瞎，我們也是懂得國家法律的。其實，我們的要求非常簡單，只要你們鎮委鎮政府按照當初柳書記在任時所公佈的拆遷補償原則來進行，我們保證明天就可以搬遷完畢！」

蘇副鎮長聽到陳老五這個泥腿子竟然跟自己講起了法律，不由得撇了撇嘴，滿臉不屑的說道：「陳老五，你聽清楚了，柳擎宇已經被免職了，他之所以被免職，和他在工作上的嚴重失誤有關，尤其是在高速公路項目上，柳擎宇的問題十分嚴重，他對高速公路建設什麼都不懂，他在任時所制定的那個什麼拆遷補償標準也根本就是瞎胡鬧，完全是為了博取民心和民意，絲毫沒有考慮到拆遷成本等諸多問題，那個標準是絕對不可能執行的！」

說到這裡，蘇副鎮長表現出十分不耐煩的表情，說道：「陳老五，我奉勸你們一句，你們就不要做美夢了。柳擎宇已經不可能回來了，他在瑞源縣的歷史早已成了昨日黃花，你們應該認清現實。還有，你們大概已經報警了吧？但是管用嗎？不管用嘛。不是我嚇唬你們，拆遷公司背景十分強大，不搬遷只有自己倒楣，甚至連累家人倒楣，你們看對方的人可比你們還要多，你們還是趁早覺悟吧！好了，我話就說這麼多，這也是我最後一次勸你們，你們到底搬還是不搬，給我一個準話，我馬上要走了。」

「不搬！絕對不搬！」村民們異口同聲的說道。

村民們頑固的態度頓時惹惱了蘇副鎮長，他用手點指著村民們道：「好，好，你們這些泥腿子既然想要抵抗國家政策，那你們就等著自作自受吧！小孫，我們走！」

說完，帶著兩名手下轉身就要走。

這時候，柳擎宇和曹淑慧下了車，邁步走了過來。

柳擎宇鐵青著臉說：「我說這位鎮裡的領導，你先留步，我有話跟你說。」

「你誰啊？你讓我留步就留步啊。」蘇副鎮長氣哄哄的說道。

他根本連柳擎宇的樣子都沒看清楚便開炮了，因為在他看來，這個窮鄉僻壤根本不可能有人值得自己留步。所以語氣十分張狂。

柳擎宇冷冷說道：「哦，看來我這個堂堂正處級的省紀委第九監察室主任是沒有資格讓你留步了？那我旁邊這位南華市刑警大隊的副大隊長有沒有資格讓你留步？」

柳擎宇這話一說完，全場譁然。

那些嘉山村的老百姓們都激動起來，大聲喊道：

「柳書記……是柳書記回來了！」

有些村民老淚縱橫，更有老百姓走過來使勁握住柳擎宇的手說道：「柳書記，求求您，您可一定要為我們嘉山村的老百姓做主啊，他們這些人竟然不顧您當年所制定的補償標準，我們這些老百姓都沒法活了！如果我們現在就搬的話，連住的地方都沒有啊！」

看著老百姓那充滿委屈、無奈的目光，柳擎宇感覺到自己的心酸酸的！同時，**一股滔天的怒意油然而生！這可真是一朝天子一朝臣啊！**

很快的，柳擎宇被認出他的老百姓們圍在了當中，不少人都向柳擎宇傾訴著他們所受到的不公平待遇，傾訴著鎮委鎮政府不為他們當家作主、村支書村長與拆遷公司狼狽為奸的淒慘往事。

柳擎宇當真是越聽越憤怒，越聽越心驚。

這時候，蘇副鎮長也認出了柳擎宇。柳擎宇在瑞源縣當過縣委書記，而且還是極其強勢的縣委書記，再加上如今柳擎宇省紀委第九監察室主任的身分更是威風八面，蘇副鎮長想要不認識柳擎宇都困難啊。

他怎麼也沒有想到，深更半夜的，柳擎宇竟然會突然出現在拆遷現場，讓他十分的意外；與此同時，他的臉也變得慘白起來，不知道剛才他對村民們說的那番話是否都被柳擎宇聽到了，如果聽到的話，自己這個副鎮長的位置就危險了。

他之所以冒著丟掉官位的危險，用近乎恐嚇的語氣對村民說話，其實也是不得已的，因為他現在抱上了縣委書記魏宏林的大腿，魏宏林想要快速推進瑞岳高速公路建設以撈取政績，加上這個項目的拆遷工作是由市委書記黃立海的親弟弟黃立江旗下的公司所承接的，他要是不盡心盡力的幫黃立江把事情辦得漂亮些，送上一個投名狀，那自己可就太傻了。

蘇副鎮長鬱悶的看到柳擎宇被眾人熱情包圍著，臉色變了變，拿出手機發出一條簡訊給縣委書記魏宏林，告訴他柳擎宇到了現場。此時，魏宏林已經睡下了。

柳擎宇從眾人的包圍中走出來，臉色嚴峻的看著蘇副鎮長說道：「你是木橋鎮的副鎮長蘇金濤吧？」

蘇金濤點點頭道：「柳……柳主任，我是蘇金濤，您怎麼到這裡來了？」

柳擎宇冷冷地道：「蘇金濤，你先別問我是怎麼來的，我只想問你，剛才村民們所反映的事是不是真的？」

蘇金濤裝糊塗地說：「什麼事啊？」

「就是關於拆遷補償的事，我相信你身為副鎮長應該不會不曉得，村民之所以不願意搬遷，是因為上面沒有按照之前承諾的標準去補償，這到底是為什麼？」

蘇金濤知道自己絕對不能亂說話，不然事後魏宏林追究起來的話，自己可就麻煩了，所以乾脆打起了太極拳：「柳主任，是這樣的，我只是奉命行事，至於補償的事，我不是太清楚……」

柳擎宇臉色頓時一沉：「蘇金濤，我現在是以紀委第九監察室主任的身分在問你，你到底知道還是不知道？如果不知道的話，你這個副鎮長就太不合格了，而且，你剛才說的話我已經都錄下來了，我會直接交給南華市市委市政府，所以你不說的話，那代表了什麼，你心中比我更加清楚。」

蘇金濤雙腿開始顫抖起來，雖然他身後有那麼多的打手，但是面對柳擎宇表現出來的那種強大氣勢，讓他膽戰心驚地說道：「柳主任，關於補償標準的事並不是我們鎮裡決定的，我們只是按照上級所制定的補償標準去執行，我只能說這麼多……」

柳擎宇看了看蘇金濤身後那些手持棒球棍的打手們，問道：「這些人都是拆遷公司的嗎？你能不能讓他們馬上撤走？這件事我打算親自介入協調。」

蘇金濤苦笑地說道：「柳主任，我和他們不是一起來的，也不認識他們，我今天來，主要是代表我們鎮委鎮政府來做村民的思想工作的。」

柳擎宇掃視一圈，目光落在一名身高一八五左右、體型彪悍、光頭，脖子和肩膀上紋著一隻九爪黑龍的男人身上，他手中提著一把開山刀，看起來兇悍無比，面色猙獰。柳擎宇一到現場就注意到這個人了，看來他應該是這群打手的領隊。

紋身男也注意到了柳擎宇的目光，毫不畏懼的看了過來，兩人的目光在空中交接，誰都沒有退縮的意圖，就那樣對峙著，隨著時間的過去，紋身男身上的殺氣越來越濃。

雖然只是眼神交鋒，但是紋身男立馬感受到一股強烈的危機感，曉得對方絕對是個強敵，不好應付。

此時，曹淑慧一直靜靜地站在柳擎宇的身邊，她今天沒有穿警服，而是穿著一身米色洋裝，但是她的眼神仍然一樣犀利，和柳擎宇一樣，也很快看出這個紋身男是整個打手集團的首領。

最後，收回眼神的是柳擎宇，柳擎宇用目光警告了對方一下之後，便拿出手機撥通了瑞源縣縣委書記魏宏林的電話。

柳擎宇非常清楚，現在這種情況下，自己單槍匹馬是很難搞定的，必須由瑞源縣方面出面解決才行，尤其是雙方對峙的情況下，局勢一觸即發，萬一局面失控，爆發衝突的話，最後倒楣的肯定是老百姓。柳擎宇不想讓老百姓受到一點傷害，所以他必須調動瑞源縣的力量，只有如此，才能確保場面不致失控。

電話足足響了有三十多秒鐘才被接通，電話那頭傳來魏宏林不耐煩的聲音：

「誰啊？大半夜的把老子吵醒，還讓不讓人睡覺了，如果沒有要緊事的話，看我明天怎麼收拾你！」

魏宏林還以為是下屬打來的電話呢。

魏宏林身邊，縣電視台漂亮的美女主持人伸出玉臂，摟著魏宏林的脖子，嬌嗔道：

「魏書記，是誰啊，大半夜的還打電話，真沒有禮貌。」

「魏宏林，我是柳擎宇。」柳擎宇的聲音從電話裡響起。

聽到柳擎宇的名字，原本還迷迷糊糊的魏宏林立刻心頭一驚，睜開惺忪的睡眼，看了一眼電話號碼頓時愣住，見美女主持人又想要說話，連忙捂住她的嘴巴，使勁的搖搖頭，又擺了擺手，美女主持人氣鼓鼓的轉過身去，露出一片美麗白皙的背部。

魏宏林臉色嚴肅的說道：「哦，原來是老書記啊，你找我有什麼事嗎？」

柳擎宇冷冷說道：

「魏宏林，我現在就在瑞源縣木橋鎮嘉山村村口的打穀場這兒，嘉山村的村民和拆遷公司的人員正在對峙著，這些所謂的拆遷人員，手中拿的全是棒球棍，老百姓則是堅決反對搬遷，極有可能爆發嚴重的群體事件，你身為縣委書記，應該不會不知道這件事吧？為什麼只派了一個副鎮長過來處理呢？萬一處理不好怎麼辦？

「魏同志，身為省紀委第九監察室主任，我不得不批評你一句，你這個瑞源縣縣委書記難道就是這樣為人民辦事的嗎？老百姓對補償標準不贊同的情況下，你們竟然不給老百姓一點說法就要強拆，這是對的嗎？」

魏宏林反駁道：「柳主任，你這話可就有些偏頗了，我們是一直在盡心盡力為老百姓辦事的，至於你所說的村民和拆遷人員對峙的事，我們縣委並沒有收到任何通知，如果知道的話，我一定會儘快趕過去的……」

柳擎宇聽到魏宏林一副事不關己的態度，怒聲道：「魏宏林，現在你該知道了吧？你自己看著解決吧！」說完，便掛斷了電話。

電話那頭，魏宏林氣得罵娘，但是等罵過之後，他便意識到這次的事情很是棘手，對木橋鎮發生的事，他說不知道那絕對是假的，但是，他同樣知道，木橋鎮的事不是自己說解決就能解決的，否則的話，他也不會充耳不聞了。

木橋鎮的事是個天大的麻煩事，尤其是在柳擎宇趕到現場的情況下，如果被捅出去的話，事情恐怕麻煩到天了。

魏宏林準備打電話找人商量一下，突然看到手機上秀出的簡訊，打開一看，趕忙撥通黃立江的電話，知會他道：「黃總，木橋鎮的事有麻煩了，現在柳擎宇就在事發現場，還打電話來警告我，希望你的拆遷公司要妥善處理此事，瑞源縣這邊會在兩個小時後派出員警趕到現場。」

黃立江聽了魏宏林的話後，立即明白魏宏林的意思，魏宏林這是在告訴自己，讓自己在兩個小時內處理好木橋鎮的事，並且快速把人撤走。

「哦？還有這種事情！我不太清楚，我先跟下面的人瞭解一下，務必會確保百姓的安全。」

黃立江一直混跡在官商之間，對於官場的那一套非常明白，說話更是極其小心。

掛斷電話後，黃立江立刻接連撥出去兩通電話。

同一時間，柳擎宇正在訓斥著蘇金濤，讓他趕快通知鎮委書記和鎮長等人立刻趕到現場處理此事。

就在這時候，紋身男的手機響了，他拿出手機看了一眼，是一則簡訊，看完之後，很專業地立即刪掉簡訊，隨即眼中寒芒一閃，舉起手中的開山刀，大聲喝道：

「準備行動！」

隨著紋身男一聲令下，他身後那些打手們立即動作起來，把嘉山村村民給圍在當中，同時，那十幾台挖土機和拆遷機也轟鳴著向村子裡開去，不斷破壞著沿途的民宅。

這下子，老百姓們徹底憤怒了，紛紛想要衝過去保護自己的房產，然而，那些打手們可不是吃素的，他們緊緊地把老百姓們圍住，不許任何老百姓跑出去干擾拆遷隊的工人施工。

雙方從一開始的互相推搡漸漸升級，尤其是那些打手們，沒有一個善類，有一個被老百姓推了一下之後，毫不留情地揮舞起棒球棍直接砸在村民的腦袋上，鮮血頓時淌了下來，村民們也急眼了，揮舞著手中的鐵鍬、鋤頭等武器開始還擊，眼看著流血衝突就要一觸即發。

柳擎宇見勢不妙，看向紋身男說道：「你最好趕快讓你的人停下來，否則後果自負。」

紋身男冷哼一聲，反而下令道：「兄弟們，好好幹，幹完今天晚上的活，每個人發一千塊，收工回家泡妹子去！」

說完，紋身男從口袋中摸出一根雪茄，身邊一個小弟立刻屁顛屁顛的給紋身男點燃。

紋身男狠狠吸了口雪茄，隨即用刀一指柳擎宇身邊的曹淑慧說道：「兄弟們，看到這孫子旁的這個女人了嗎？我要了！給我拖過來，今天晚上哥哥我要樂呵樂呵。」

「老大，你放心，這事包在兄弟們的身上了。」一個小頭目接口道，帶著十幾個人就要向柳擎宇靠近。

蘇金濤不想惹禍上身，腳底抹油，帶著兩個手下溜之大吉，很快便不見了人影，剩下柳擎宇和曹淑慧不得不自己面對那些打手們。

有眼尖的老百姓看到打手要對柳擎宇動手，激動地大喊道：「保護柳書記！保護柳書記！」於是百姓們紛紛轉向柳擎宇的方向蜂湧而來。

曹淑慧拿出警察的威嚴說道：「我是警務人員，你最好讓你的手下趕快住手，否則後果自負。」

說話間，曹淑慧的手飛快往身後摸了一把，一支左輪手槍便出現在手中，黑洞洞的槍口直接指向了紋身男。

這一下，全場震驚。沒想到這個國色天香、傾國傾城的大美女，竟然是女警！

紋身男看著槍口，不屑的冷笑了兩聲，示意身邊一個體型十分龐大的小弟一眼，只見這個胖子猛的掀開上半身寬大的外套，從腰間抽出了兩把銀光閃閃的沙漠之鷹，遞給紋身男。

紋身男接過沙漠之鷹，在手中飛快的轉了兩圈，將槍口分別對準了柳擎宇和曹淑慧，鄙視地說道：「警察又怎麼樣？你開槍啊，大不了咱們同歸於盡，我一個人換兩個人，怎麼也不吃虧啊！」

柳擎宇頓時皺起了眉頭。目前國家對槍支管控十分嚴格，像沙漠之鷹這種強悍的武器，根本不是一般人能夠弄到的，這個紋身男竟然能夠弄到兩把，看來不簡單啊。

沙漠之鷹可不是一般人能夠玩得起的，因為它的重量和後座力十分強大，普通人很難承受得住，可是看此人手握沙漠之鷹的樣子駕輕就熟，極其自然，像是經過訓練的一樣，他到底是什麼人？

此刻，現場因為三支槍的出現，一下子安靜了下來。

所有人都很清楚，在槍支面前，任何冷兵器都是紙老虎，而且柳擎宇、曹淑慧與紋身男之間的距離不超過十米遠，這麼近的距離要是射擊的話，誰也無法保證自己能夠毫髮無傷。

這時，紋身男打破沉寂，對曹淑慧說道：「美女，把槍放下，乖乖的跟哥哥走，否則可別怪我的子彈不長眼。」

曹淑慧氣得柳眉倒豎，杏眼圓睜，怒視著紋身男道：「就你那樣也想惹姑奶奶我，做你的春秋大夢去吧！」

紋身男一陣大笑，笑聲充滿了囂張和狂妄：「好，小妞有個性，老子就愛這款的，今天晚上就你給我暖床了。兄弟們，給我上！我看誰敢還手，老子我先崩了他！」

柳擎宇一聲冷笑道：「看你玩沙漠之鷹的樣子似乎挺熟練的，不過，你這兩把沙漠之鷹大概是仿造的，與真正的沙漠之鷹性能上差很多，如果我猜得不錯的話，這兩把沙漠之鷹連打三盒子彈就會開始燙手了吧？」

第六章

一觸即發

李德寶萬萬沒有想到，他隨意的一句話竟然捅到了馬蜂窩，很徹底引爆了現場嘉山村老百姓的情緒，剛剛被打手們壓著打、隱忍許久的村民憤怒地揮舞著手中的農具向李德寶和他的手下逼近。危機再次一觸即發！

紋身男聽了一愣。

就在紋身男一愣神的功夫，兩把銀閃閃的東西突然在空中猶如兩道耀眼的閃電一般劃過天際，隨即柳擎宇的身體在原地消失，猶如一隻迅捷的豹子般兔起鶻落，在兩秒內突然出現在紋身男的身邊。

接著，紋身男的手腕上便插上了兩把銀光閃閃的飛刀，劇痛之下，紋身男手中握著的兩把沙漠之鷹全都掉落在地上。

柳擎宇用腳一踩一踢，將地上的其中一把沙漠之鷹彈起落入手中，同時，另一隻手掐住了紋身男的脖子，把沙漠之鷹頂在紋身男的太陽穴上。

整個過程只有兩三秒鐘的時間，柳擎宇的動作一氣呵成，沒有一絲阻滯之處，等紋身男醒悟過來時，已經完全落入了柳擎宇的掌控之中，紋身男的那些小弟們到現在才反應過來。

柳擎宇控制著紋身男向曹淑慧的方向走去，同時提起另一把沙漠之鷹丟向曹淑慧，曹淑慧迅捷地接過來，槍口對準那些打手們。

這個突如其來的變化，讓所有人的心都為之收縮了一下，誰也沒有想到柳擎宇會在電光石火間就將紋身男給制伏住了。

紋身男的臉上也現出震驚之色，錯愕的看著柳擎宇道：「你到底是誰？怎麼可能把我制住呢？」

柳擎宇聳了聳肩道：「我叫柳擎宇，前瑞源縣的縣委書記，現在是白雲省省紀委第九監察室的主任。」

「不可能！絕對不可能的！你一個當官的怎麼可能有這麼厲害的身手？就是一般的特種兵到了我的面前也只有栽跟頭的份！還有，你為什麼會知道我的沙漠之鷹打完三盒子彈就會燙手呢？」紋身男問出心中的疑問。

剛才他之所以如此輕易地就被柳擎宇控制住，最大的原因就在於柳擎宇說出這個現象後，使他瞬間走了神，如果是他全神貫注的情況下，柳擎宇不可能有任何的機會。

柳擎宇淡淡一笑，解釋道：「說實在，你的能力如果放在一般的特種兵中，的確十分出色，看得出來，你以前應該也是職業軍人，只不過你的武器知識和實戰歷練還是太少了。你所拿著的這兩把沙漠之鷹雖然看起來和正版的沙漠之鷹完全一樣，甚至連上面的編號都一樣，但是在精通器械的高手來看，真槍和高仿之間還是有一些區別，那就是持槍的感覺。」

「那為什麼會打完三盒子彈就燙手呢？」紋身男此刻不僅沒有懼意，反而好奇地接著發問道。

「因為槍體本身的材料不同！高仿版的沙漠之鷹為了能夠與真槍在重量上完全一致，少添加了一些合金材料，這導致槍體本身的性能與真槍產生了區別，平時只打個幾槍根本看不出來，但是如果打得多了，就會露出缺陷來。現在很多走私到國內的沙漠之鷹多是這種偽造的，真槍憑你的資歷很難弄到。」

柳擎宇說完，紋身男眼中猛的收縮了一下，從柳擎宇的這番話聽來，**柳擎宇絕對是個玩槍的行家，最重要的是，這傢伙一定有許多實戰經驗，否則不可能瞭解這麼多**，奇怪的是，這個前縣委書記，怎麼會有機會接觸槍呢？

想到這裡，紋身男再次問道：「柳擎宇，你到底是誰？為什麼會知道的這麼多？」

柳擎宇冷冷說道：「你問的太多了，我現在給你一個戴罪立功的機會，立刻讓你的手下們放下手中的武器，並且立刻停止拆遷行動，否則的話，我一槍崩了你！」

柳擎宇用槍又頂了一下紋身男的太陽穴。

紋身男臉色一變，把注意力放回到今天的任務上來，他知道，今天的任務恐怕要失敗了，想起那位手段狠辣的老闆，紋身男心中就是一顫，自己的老媽還在對方的手中，如果任務失敗，他真的擔心老媽會出事啊！

為了確保老媽的安全，他也只能賭一把了，他要賭柳擎宇不敢輕易對他開槍。

紋身男大聲衝著手下們喊道：「都愣著幹什麼？給我上，給我打，把這些人全部趕走，把這個村子給我拆了！快點，不用管我，他不敢對我開槍的！」

紋身男的手下們卻是猶豫起來，平時紋身男訓練他們的時候，對他們說的最多的一句話就是一切行動聽指揮，但是現在看到老大被對方給制伏住，還用槍口頂著腦袋，他們擔心萬一要是動了，老大會有性命危險。

看到手下們還在猶豫不決，紋身男憤怒的吼道：「于大偉，你還他媽的猶豫什麼，立刻帶著兄弟給我上！完成任務，大家的獎金翻倍！完不成任務，扣除半年獎金！」

聽到紋身男的嘶吼，打手中的一個便舉起手中的棒球棍喊道：

「兄弟們，給我上！」

然而，他的話音剛剛落下，一聲清脆的槍聲響起，剛剛揮舞棒球棍的那個于大偉右臂中槍，軟噠噠的垂了下去，鮮血瞬間染紅了肩頭。

同時，第二聲槍聲響起，紋身男的大腿鮮血亦汩汩的流了出來，一顆子彈從他腿上穿過！

這一次，柳擎宇下手毫不留情！

全場寂靜無聲，柳擎宇冷聲道：「誰要是敢再輕舉妄動，老子一槍崩了他！」

那些拿著棒球棍的打手們雖然蠢蠢欲動，此時也被嚇得不敢輕舉妄動了。

而距離他們五十米左右的地方，兩輛拆遷機還在持續進行著拆遷動作，似乎沒有聽到柳擎宇的怒喝聲。柳擎宇猛的再次抬起手槍，對準兩輛拆遷機的車窗各開了一槍，嚇得操作拆遷機的兩人立刻熄火。

現場再次陷入僵持的局面。

整整二十分鐘的時間過去，現場依然一片死寂，**誰也不敢挑起戰端**，但是也沒有要撤退的意思，雙方就這樣一直對峙著。

柳擎宇的臉色顯得異常陰沉，因為從他打電話報警到現在，已經過去將近五十分鐘了，依然沒有一輛警車趕到現場。

要知道，距離嘉山村最近的木橋鎮派出所離這兒只有五分鐘的車程，即便是從瑞源縣縣城出警車到這裡，四十分鐘的時間也足夠了，可見瑞源縣和木橋鎮方面沒有任何人要出面解決此事。

這時，人群中有人開始拿出手機向外面報信。

黃立江得知現場的情況後，氣得把手機摔在地上罵道：「付志軍，你真是個廢物，竟然被柳擎宇給制住了，還說自己有多厲害呢，簡直就是豬隊友。」

罵過之後，黃立江抽出一根菸來狠狠的吸了一口，在臥室內走來走去的思考對策。

現在這種情況下，看來拆遷是很難繼續下去了，但問題是，如果撤退他又實在不甘心，整個拆遷工作中，嘉山村是重中之重，只要搞定了嘉山村，後面的拆遷工作就沒有任何村民敢阻礙了，因為在瑞源縣，嘉山村的老百姓是民風最為彪悍的，連嘉山村都抵抗不了強拆，誰還敢抵抗?!

黃立江猶豫了一下，拿出手機撥通哥哥黃立海的電話，把情況跟黃立海說了，問道：

「哥，你說嘉山村的情況現在該怎麼辦？」

黃立海聽到黃立江的講述後，差點沒有被氣暈，原本是再簡單不過的事，竟然被弟弟搞成這樣，而且讓他憤怒的是，弟弟還打電話向自己求教，**這不是給自己找麻煩嘛?!**

黃立海壓抑著滿腔的怒火說道：「什麼？你剛才說什麼？我好睏啊，一句話都沒有聽清楚，有什麼事明天再說吧。」說完，便直接掛斷了電話。

聽到哥哥如此不冷不熱的回答，黃立江便知道這下慘了，以他對哥哥的瞭解，哥哥是不會不理會自己的，一定是這件事有很大的麻煩，使他不願插手，那麼**這件事的麻煩點到底在哪裡呢？**

黃立江左思右想，終於理出了一絲端倪——這件事情最大的麻煩點就在柳擎宇的身上！

柳擎宇這個人實在是太難搞了，他到了南華市後，已經在青峰縣大鬧了一場，幾乎將青峰縣官場給查了個底朝天，現在又無聲無息的殺到了瑞源縣，而且還趕上了強拆，以柳擎宇的做事風格，是絕不可能善罷甘休的，勢必會調查到底，哥哥一定是擔心這件事要是查起來會牽連到他，所以假裝不知道，那樣他還多了一分迴旋的空間。

想明白了這些關節，黃立江眼中寒芒爆射，一道怨毒的神色一閃而過，咬牙切齒的說道：「柳擎宇啊，既然你小子要找死，那可就別怪我心狠手辣了。」

隨即，黃立江撥通了一個電話號碼，說道：「程志傑，你聽清楚了，現在你們已經無需再管拆遷的事了，但是你們要給我辦一件事，辦好了獎金照發。」

此刻，在距離柳擎宇五十米遠的地方，一個胳膊上紋著紋身的男人正拿著手機在與黃立江通電話，此人正是隊伍中的三號人物——程志傑。

程志傑立刻說道：「老闆，您說吧，要我們幹什麼？」

黃立江命令道：「給我把柳擎宇幹掉！幹掉他之後，你們馬上離開現場，到時候我會給你安排好潛逃路線和汽車的。」

程志傑有些猶豫地說道：「老闆，老大現在還在柳擎宇的手中，槍也被柳擎宇給搶走了，如果輕舉妄動的話……恐怕……」

黃立江打斷他的話說：「你現在有兩個選擇，第一，想辦法幹掉柳擎宇，以後你就是這支隊伍的老大，我會持續向你們保安公司提供資金，同時，也會為你引薦南華市高層領導，讓你洗白；第二，如果你不願做這件事，那樣的話，你該幹什麼還幹什麼去，以後我們之間的關係一刀兩斷，井水不犯河水。」

程志傑聽到黃立江這樣說，便知道黃立江起了殺機，如果自己搞不死柳擎宇，那麼他敢肯定，以黃立江的狠辣，他所說的什麼井水不犯河水根本是不可能的，**自己唯一的下場就是死**，所以他趕忙說道：「好的，老闆，您放心吧，我保證完成任務。」

掛斷電話，程志傑把自己的心腹給喊了過來，低聲吩咐了一番，這些人便慢慢向著柳擎宇的方向靠了過去。

一股濃濃的火藥味和殺氣逐漸蔓延開來。

柳擎宇的目光一直注意著打手那一方的情況，他非常清楚，雖然他暫時控制住了對方的老大，但是一旦對方真的不要命的衝上來，恐怕也無法抵抗住對方的強勢衝擊。

柳擎宇期待著援兵的到來，然而讓他感到失落的是，到目前為止，瑞源縣公安局沒有來人，木橋鎮沒有來人，瑞源縣縣委縣政府也是沒有半個人來，通往嘉山村的道路上一片漆黑寂靜，空無一人。

突然，柳擎宇發現了程志傑一行人正在緩緩地向前移動，柳擎宇抬起沙漠之鷹，指著最前面的一個打手喝阻道：

「都給我退後，不准再動，不然別怪我不客氣。」

程志傑走在隊伍的中間，仍然不為所動的向前走著，手下的小弟們自然也繼續向著柳擎宇的方向前進，眼看著這群人與柳擎宇、曹淑慧的距離越來越逼近了，十米……八米……五米……

隨著距離越來越近，程志傑臉上殺氣騰騰，突然高喊一聲：「大家一起上啊，把老大搶回來，搞死柳擎宇，他不敢對我們開槍的。」

隨著這聲大喊，眾人情緒立刻被調動起來，激動地朝柳擎宇的方向飛快衝去，高舉著棒球棍，向柳擎宇、曹淑慧狠狠地打了過去。

柳擎宇知道原本計畫的擒賊擒王的策略失敗了，看來對方並不在意他們首領的死活，於是一腳踹在紋身男的後腰上，同時攔在曹淑慧身前，保護曹淑慧不受到傷害。

只是柳擎宇的四周全都是打手，才短短一會兒工夫，柳擎宇的身上便挨了好幾次悶棍，打得他幾乎吐血。

但是柳擎宇死守住地盤，不敢後退分毫，因為他的身後就是曹淑慧，就是老百姓們，**柳擎宇寧願自己戰死，也不願意老百姓們受到一絲傷害**，他能做的就是儘量拖延時間，爭取援兵。

在打鬥中，柳擎宇從對方手中搶過一根棒球棍，舞得虎虎生風，終於硬生生的逼出了一小方空間，牢牢地把曹淑慧給護在身後。

曹淑慧看到柳擎宇胳膊上、頭上汩汩流出鮮紅的血液，一直古井無波的眼神中怒意沖天，手中的手槍毫不猶豫的響起。

砰砰砰砰！四聲槍響！四個衝在最前面的打手直接中槍倒地！

曹淑慧毫不猶豫接著扣動扳機，又是砰砰砰砰四聲槍響，又有四個人倒在地上。

與此同時，曹淑慧聲嘶力竭的吼著：「上啊，你們倒是上啊，誰要是再敢上前一步，姑奶奶我直接打爆他的腦袋！奶奶的，竟然敢欺負我曹淑慧的男人，姑奶奶拼著這身警服不穿了，也要和你們同歸於盡！」

曹淑慧向前兩步，與柳擎宇並肩而立，右手沙漠之鷹、左手持著左輪手槍，槍口對準了最前面打手們的腦袋上。一副巾幗不讓鬚眉的樣子，十分英勇。

隨著那八聲槍響，所有打手們都震驚不已。之前被程志傑給鼓動起來的情緒一下子便偃旗息鼓了！

沒想到這個看起來美艷無比的女警是朵霸王花，如此狠辣果決，毫不猶豫的開槍，而且一連八槍，槍槍彈無虛發，八個人倒在地上，鮮血流了滿地，生死不明。

而且人家說得十分清楚，下一次就要直接爆頭了。這時候，誰也不敢亂動一下，尤其是站在最前面的那些人，臉色慘白，誰也不希望自己成為下一個躺在地上的人，金錢雖然讓人心動，但是小命卻只有一條啊。

此刻就連柳擎宇都被曹淑慧的魄力給嚇到了，柳擎宇手中的沙漠之鷹也毫不猶豫的舉了起來，殺氣凜然地道：「誰再敢上前一步，老子也會將他爆頭。」

雙方人馬再次出現對峙。

程志傑心中不由得焦急起來，如果手下們不往前衝的話，他就完成不了老闆交代的任務，到時候，不僅自己得不到酬勞，還有可能被殺人滅口，所以異常焦急，腦中不斷尋思著該怎麼樣，才能讓手下們再次發起衝擊。

就在這時候，一陣震耳欲聾的巨大響聲響徹雲霄，與此同時，三輛直升機呈品字形向柳擎宇他們這個方向飛了過來。

程志傑等人臉上都露出恐懼之色，因為就在一眨眼的功夫，剛才還遠在天邊的直升飛機就已經飛到了他們上方。

那是綠色的軍用直升機，隨著直升機一起降落的，還有幾十名荷槍實彈、身穿迷彩服的戰士。

當他們到達現場後，馬上訓練有素地佔據了四個對角位置，牢牢地鎖定所有人可能逃出的路線。

一名上尉軍官斜背著衝鋒槍來到柳擎宇面前，向柳擎宇敬了個禮說道：「柳主任，白雲省軍區部上尉謝天強帶隊前來支援，請指示。」

柳擎宇向謝天強回了個軍禮，沉聲道：「謝連長，麻煩你控制好所有路口，確保這些打手們一個都逃不了，如果誰敢逃跑的話，不要給我面子，直接開槍射殺，一切後果由我柳擎宇一人承擔！」

柳擎宇滿身殺氣，看得對面的程志傑害怕得縮了起來，他沒想到情勢會急轉直下，柳擎宇竟然能調動軍方出面，還下達了死令，這讓他原本計劃幹掉柳擎宇後逃跑的計畫徹底落空。他知道，**自己已經錯失幹掉柳擎宇的機會了**。

謝天強對柳擎宇報告說：「柳主任，我們另一支武裝部隊正在向這邊馳援，估計再有十多分鐘他們就會趕到了。」

柳擎宇滿意地點點頭，對謝天強投以感激的眼神。不過，柳擎宇心中也不禁納悶，**自己並沒有向軍方求援啊，那麼這些軍區的援兵到底是誰找來的呢？**

十分鐘後，三百多名荷槍實彈的戰士趕到了現場，將程志傑、紋身男等全部圍在當中，大局已定。

謝天強和另外一名少校營長陸志明一起來到柳擎宇面前，請示柳擎宇接下來要如何處理。

「陸營長，這裡距離你們的營地有多遠？」柳擎宇問。

陸志明回道：「差不多三十公里左右。」

「你們那裡地方夠大嗎？」柳擎宇看向對面那浩浩蕩蕩的五百人。

陸志明笑道：「要說別的東西，我們那兒可能不足，但是地方絕對夠大。」

柳擎宇聞言，猶豫了一下說道：「那這樣吧，你們押解著這批人向貴部進發，暫時把這些人全都給控制起來，我馬上向省公安廳請求支援，讓他們派人協助調查此案，只是這一路上要麻煩你們費心了。」

陸志明微微一笑：「沒什麼好費心的，保家衛國，保護人民財產安全是我們軍人的責任，我們責無旁貸，是應該的。」

說完，陸志明向手下們一陣吩咐。隨後有士兵拿出繩子，將這些打手們二十個一串，全都用繩子捆住雙手拴了起來，全部捆好後，隨即押送著這些人趕往軍營駐地看押。

同時，柳擎宇也找了輛車坐了進去，然後拿出手機撥通省紀委書記韓儒超的電話，把這邊發生的情形彙報了一下，隨即請求韓儒超協調公安廳，讓他們協助調查這次的強拆事件。

韓儒超憂慮的說道：「擎宇，我看瑞源縣情形十分嚴重啊，你的處境很危險，要不要我再多派些人手過去支援你？」

柳擎宇搖搖頭說：「不用了，這邊情勢非常複雜，多派人也於事無補，事情關鍵在於找到癥結所在，有我們第九監察室就足夠了。不過韓書記，有一件事我需要拜託您。」

韓儒超問：「什麼事，你儘管說。」

柳擎宇沉重地說道：「據我的瞭解，瑞源縣的問題已經嚴重到難以想像的地步，我認為其中還牽涉到南華市某些大領導的身上，所以，這一次**我打算將所有腐敗勢力連根拔起，一個不留！**到時候造成的影響將不低於之前在向東市的那次官場大地震，所以，想請您先和省委譚書記打好招呼，否則，我擔心我這邊會受到來自各方的掣肘。」

韓儒超心頭一顫，震驚的說道：「擎宇，你確定你所說的事會發生嗎？你要知道，我在沒有證據的情況下是不能輕易向譚書記彙報的。」

柳擎宇肯定的說道：「韓書記，您放心，我之所以敢這麼說，是經過充分研判的。我跟您說幾點，您仔細想想就知道我為什麼會如此肯定了。

「第一，這次強拆事件中，拆遷公司竟然出動了足足有五百人，如果不是我事先得到情報，趕到現場制止強拆的話，一定會爆發大規模的群眾抗議事件，不知道會有多少人在這次強拆中送命。

「您想想，那可是五百多人啊，一般的強拆公司哪裡能夠湊到這麼多人？而且這些人都受過訓練，行動十分一致，並不是普通的素人，問題就來了，這些人到底是什麼人？

有誰能夠擁有這種力量？他們以前有沒有做過類似的事？為什麼南華市存在著這麼一股強大的勢力，公安局竟然一無所知？

「第二，關於拆遷補償的問題，我在任時所制定的拆遷補償標準竟然全部被廢除了，取而代之的是一個條件苛刻、老百姓根本無法接受的補償方案，這件事的背後絕對有相當大的貓膩和黑手在操控。

「第三，嘉山村事件發生後，村民多次打電話報警，但是直到現在，沒有半個警方人員出現，這事您說邪不邪門?!而且我也通報了瑞源縣縣委書記魏宏林，但是別說是瑞源縣的幹部，就連木橋鎮的幹部也沒有出現一個！完全是三不管的狀態。

「第四，我聽說三省交通樞紐項目已經招標完畢，據參與招標的公司反映，招標文件設置了很多指向性的條件，而且評判專家也有問題，所以紛紛質疑招標過程的公平性。」

說完這許多疑點之後，柳擎宇沉聲道：「韓書記，您想想，僅僅是這四件事，如果查清楚的話，得牽連到多少人？尤其是三省交通樞紐項目，弄不好連省裡的人都要被牽扯進去，如果沒有譚書記和您的支持，我怎麼可能調查得下去呢？」

韓儒超臉色也凝重起來，點點頭道：「好，這件事我馬上向譚書記進行彙報，一會兒給你消息。」

掛斷電話後，柳擎宇走出汽車，看到陸志明已經帶著那些打手們浩浩蕩蕩向著軍營的方向走去。嘉山村的村民們紛紛展開自救，村裡的醫生也趕快為之前與打手們發生衝突時被打傷的村民包紮傷口，傷勢比較嚴重的，柳擎宇則是請謝天強用直升機送往最近的醫院。

至於那些受傷的打手們，在經過簡單的包紮後，則在原地等候救護車的到來。

至此塵埃落定之際，十幾輛警車這才浩浩蕩蕩的駛進了嘉山村。當警察來到現場時，看到的只是扔得到處都是的棒球棍、滿地的鮮血和散落的鞋子、雜物。

為首的警官叫李德寶，一臉嚴肅的來到正展開自救的老百姓面前，板著臉道：「誰能告訴我這邊到底發生了什麼事？為什麼會到處一片狼藉的樣子？」

老百姓全都用一種近乎無視的眼神看了李德寶和他身後的二十多名員警一眼，眼神中寫滿了失望、蔑視和不信任。

一名老百姓見李德寶耀武揚威的樣子，忍不住頂了一句：「你們來得可真快啊，比蝸牛快了好幾倍呢！我呸！」

「呸！」

「呸！」憤怒至極的百姓們紛紛向警方的方向狠吐了幾口吐沫，發洩著滿心的不滿。

他們早早就報警了，但是這些警察卻一個都沒有出現，如果不是柳擎宇和曹淑慧及時救援，恐怕整個村子都要被那些打手們給拆了！

李德寶看到百姓對他的唾棄，不由得怒火中燒，氣道：「你們這是蔑視員警知不知道？誰再敢耍橫，看我不把他給拷起來！」

李德寶萬萬沒有想到，他隨意的一句話竟然捅到了馬蜂窩，徹底引爆了現場嘉山村老百姓的情緒，剛剛被打手們壓著打、隱忍許久的村民，憤怒地揮舞著手中的農具向李德寶和他的手下逼近。

危機再次一觸即發！

憤怒！

強烈的憤怒！

我們報警的時候你們在哪裡？

我們被那些打手們包圍被毆打的時候，你們在哪裡？

我們的房屋被強拆、我們的財物受到嚴重損失的時候，你們在哪裡？

你們有什麼資格到這裡耀武揚威、呼三喝六？憑什麼?!

這就是老百姓此刻的心聲！他們已經對木橋鎮和瑞源縣公安局的辦事效率、辦案精神產生了嚴重的質疑！

他們在最重要的時刻沒有得到警方應有的、最基本的保障，現在警方還如此囂張，村民們完全無法接受！在經歷了剛才那場劇烈的衝突之後，村民們壓抑的情緒正好借此機會徹底發洩出來。

李德寶一看形勢不妙，心中立刻升起強烈的危機感，毫不猶豫的拿起手槍朝天空連開三槍，大喊道：「誰要是再敢過來，我可要開槍了，都給我老實的站好！」

其他警察也紛紛拿出手槍，對準了嘉山村的村民。

眼看著局面即將一發不可收拾。這時，柳擎宇走到雙方的中間，站在老百姓前面，擋住了李德寶槍口的方向。

看到柳擎宇突然出現，李德寶的臉瞬間變色。

「你認識我嗎？」柳擎宇冷冷的看著李德寶。

李德寶早就知道柳擎宇在瑞源縣的強勢，也聽說柳擎宇離開瑞源縣後，進入省紀委更是威風八面，所以在柳擎宇面前他可不敢像對老百姓那樣耀武揚威，連忙躬身道：「柳主任您好，我認識您。」

「你們是哪裡的單位？」柳擎宇問。

「我們是瑞源縣公安局的。」李德寶老實回道。

「你是什麼級別？為什麼老百姓們報案，你們到現在才過來？瑞源縣發生了這麼重要的事，難道你們瑞源縣公安局連一個副局長壓陣都沒有？」柳擎宇質問道。

李德寶苦笑道：「柳主任，我是縣公安局刑警隊的副隊長，我們是臨時拼湊起來的隊伍，所以來得晚了些，畢竟現在已經是深夜了，大家都回家睡覺了；至於領導們為什麼沒有人過來，我也不知道。」

「我要求你們馬上把手槍收起來！哼！真是威風啊，老百姓需要你們的時候，你們連一個人影都看不到，事情結束了，卻威風凜凜的出現，還對老百姓呼來喝去的，你們自己看看，你們有沒有一點人民保母的樣子？警察的形象都讓你們這些人給破壞了！」

被柳擎宇這麼一訓斥，這些人連忙收起槍支來，全都老實的站著，再也不敢有絲毫的動作。

柳擎宇這才看向身後的老百姓道：

「各位村民，大家先查看一下其他受傷的人，連絡救治一下；另外，誰的家被拆了，大家一起搶救財物，人多力量大，互相幫幫忙；同時，請村民代表統計一下今天晚上大家所受到的損失，寫一個清單給我，我會拿著這份清單交給南華市的市委書記，為大家討回一個公道。」

聽到柳擎宇這樣說，村民們立即聽命地各自行動去了。

對他們而言，就算是縣委書記站在他們的面前，也沒有柳擎宇在他們心中的分量重，因為他們知道，**縣委書記不一定會為他們的利益去盡心盡力的辦事，但是柳擎宇一定會！看看柳擎宇還在流血的額頭吧？那就是證據！**

柳擎宇身上多處瘀青之處，更是寫滿了柳擎宇對百姓的關心和維護。他們知道，哪怕柳擎宇已經不再是瑞源縣的縣委書記了，但是他依然牽掛著瑞源縣的老百姓，這才是老百姓心中的好官！

他們此刻唯一信任的，也只有柳擎宇！

看到柳擎宇三言兩語就讓老百姓順從地離開，李德寶眼中寫滿了震驚之色，他怎麼也想不明白，為什麼一個已經卸任的縣委書記竟然在老百姓心目中有這麼重要的地位，說話這麼管用?!

這時，柳擎宇拿出電話，準備打給南華市市委書記黃立海。

電話鈴響了足足有半分鐘的時間，黃立海這才帶著一絲不爽的聲音說道：「柳擎宇，這深更半夜的，你有什麼事嗎？」

「黃書記，瑞源縣出大事了。」

柳擎宇簡單的一句話，卻在黃立海心中掀起了軒然大波，為什麼柳擎宇竟然沒事，還有工夫給自己打電話！那麼拆遷公司那批人現在的狀況呢？

想到此處，他開始緊張起來，強自鎮定的說道：「出大事？出什麼大事了？怎麼沒有人向我彙報啊？」

柳擎宇淡淡說道：「黃書記，就在不久前，五百多名訓練有素的黑道分子，意圖以武力強拆瑞源縣嘉山村村民的房子，村民為了保護自己的財產，拼死反抗，現場發生嚴重衝突，有多人受傷住院，而且惡勢力還使用國內嚴格管控的沙漠之鷹等重型武器！

「這起事件性質十分嚴重，影響更是惡劣，老百姓的利益受到嚴重侵犯，心靈受到嚴重創傷，對當地政府和官員的信任度降到了冰點，剛才還差一點和才趕到現場的員警發生衝突，黃書記，都這個時候了你還能睡得著覺，我柳擎宇真是佩服得五體投地啊。」

柳擎宇嘲諷的話，令黃立海老臉一紅，同時心中更加焦慮了，連忙問道：「事件的結果如何了？有沒有人死亡？」

柳擎宇淡淡的說道：「不好意思，這個我也不太清楚，不過呢，在事情發生前，我已經向瑞源縣縣委書記魏宏林通報此事了，非常遺憾的是，瑞源縣到現在為止，除了姍姍來遲並引發群眾極度不滿的員警以外，再也沒有任何人來了。針對此點，我正打算向省紀委彙報此事，同時準備向省委領導進行彙報；至於媒體方面，我也打算知會一下，讓白雲省的老百姓們看一看，瑞源縣的縣委領導們是如何解決這種群眾事件的。」

說話間，柳擎宇的語氣顯得輕描淡寫，但是聽在黃立海的耳中，卻猶如一顆顆重磅炸彈，**柳擎宇每說一句，黃立海心中便會發生一次劇烈的爆炸！**

通知省紀委——別說瑞源縣了，南華市領導層都要面臨查處！

通知省委領導——南華市領導層還是要承擔重要領導責任！

通知媒體——南華市領導還要不要混了？發生了這麼嚴重的事，誰來承擔責任？自己這個市委書記會不會被問責？

最讓黃立海揪心的是，他不知道現場死了多少人？受傷的又有多少？不知道現場的衝突規模到底到何種程度！

不過黃立海卻非常清楚，這件事絕對不能讓柳擎宇給捅出去，否則，別說是瑞源縣了，就連南華市都要麻煩了。

想到此處，黃立海當機立斷，對柳擎宇懇求道：

「柳同志，我認為這件事具體的情況如何，還需要經過調查，我們南華市方面也會儘快就此事展開調查，並且會積極主動的向上級領導彙報此事，我看你還是暫時先不要彙報這件事了，畢竟你是紀委的人，你們紀委的主要職責是查處違法違紀官員嘛。而且你也知道，這種群眾事件對各個地方政府的影響十分巨大，所以並不適合公開，一旦公開，將會給我們南華市市委市政府帶來巨大的壓力，並不利於事情的處理。」

柳擎宇依然語氣平淡的說道：「黃書記，你說的不對啊，我之所以要彙報此事，恰恰是因為這是我的職責。我及時來到現場，親歷了整個衝突的過程，所以非常清楚在這次衝突中各方所扮演的角色。我可以十分負責、肯定的說一句，這次群眾事件之所以會發生，瑞源縣縣委、木橋鎮鎮委鎮政府等主要領導、瑞源縣公安部門的負責人要承擔主要責任，如果各方都能夠積極介入此事，這次的群眾事件根本就不可能發生！一定要有人為這起事件承擔責任！老百姓的利益必須要得到切實的維護！整個事情的處理絕對不能再有任何的推拖！」

見柳擎宇態度強硬，黃立海有些怒了，說道：「柳擎宇，你到底有什麼意圖，直接說出來吧！不要跟我在這裡兜圈子了！」

柳擎宇仍是語氣平靜地說：「我只希望瑞源縣的縣委班子、木橋鎮的鎮委班子、瑞源縣和木橋鎮公安局派出所方面的主要負責人、南華市的主要領導及公安局的負責人都能夠趕到現場，召開現場辦公會議，就此事展開後續的協調和調查，確認整個事件的責任歸屬，對相關負責人進行問責。」

黃立海立刻明白柳擎宇的意思了，很顯然，**柳擎宇這是在向自己施壓**，希望南華市方面能夠追究在這次事件中瑞源縣縣委主要領導的責任。

黃立海很清楚，如果真的按照柳擎宇所說的那樣去做的話，瑞源縣至少有一到兩名縣委常委會被拿下，瑞源縣公安局局長的位置肯定也要保不住了，而這些責任負責人恰恰都是他的嫡系人馬，所以，柳擎宇的意思他是絕對不可能去照做的。

黃立海略微思考了一下，沉聲道：

「柳擎宇，現在事情的經過還沒有弄清楚呢，就召開現場辦公會，甚至直接進行問責是不是有些不太妥當啊，而且這次事件發生的太過於突然，直接對我們幹部進行問責，是不是顯得太過倉促了？這樣的話，以後誰還敢再專心工作啊？那樣，整個瑞源縣的班子就要散架了！

「柳同志，你也擔任過瑞源縣的縣委書記，應該為瑞源縣的長遠考慮一下吧！哦，對了，我記得上次好像跟你提過一件事，就是咱們南華市一位老資格的副市長要退休了，我有意讓你來接替這個位置，你如果同意的話，我明天一上班就召開常委會，大家討論一下這件事，並且爭取在當天就通過，向省裡提交推薦資料。」

無奈之下，黃立海只能再次打出利誘這張牌，希望柳擎宇能夠接招。

這一次他是真正的想要把柳擎宇給招攬到麾下來，因為經過這段時間的觀察，他算是徹底了解到，魏宏林根本就鬥不過柳擎宇，就連青峰縣的趙志強也不行，自己對上柳擎宇也有些力有不逮，而且之前自己把柳擎宇從瑞源縣縣委書記的位置上踢走，讓柳擎宇對自己恨之入骨，如果柳擎宇繼續在第九監察室主任的位置上幹下去，並且一直在南華市巡視的話，今後還不一定會發現什麼問題呢！

他沒有想到，柳擎宇在紀委的工作這麼順手，能力這麼強，他的破壞力已經充分展現了出來，這種情況下，把柳擎宇招攬到麾下，讓他沒有機會通過紀委這個平臺去興風作浪，這樣就可以大大減小柳擎宇對南華市的衝擊，同時也方便他就近監視、控制柳擎宇的一舉一動，因為現在南華市上上下下幾乎全都是自己的人，即便柳擎宇當了副市長，也不可能在南華市這一畝三分地上鬧出什麼大動作的。

然而，讓黃立海鬱悶是，柳擎宇依然和之前一樣，沒有任何妥協的意思，聽完後，只是淡淡說道：

「不好意思啊黃書記，我這個人一向公私分明，如果你們南華市方面願意推薦我擔任副市長，我並不會反對；但是，我現在是省紀委第九監察室主任，我的工作是就今天發生的事向老百姓有一個交代，向上級領導有一個交代，我希望能夠把事件處理妥當了。

「哦，對了，黃書記，我記得剛才好像已經有老百姓把當時發生的場面用手機拍了下來，我想你應該非常清楚，現在微博微信十分方便，如果我猜得不錯的話，恐怕這件事已經在網路上有所反應了。」

黃立海心中一顫，他對柳擎宇所說的深信不疑，現在這個社會，老百姓們普遍缺乏安全感，同時維權意識卻在逐漸增強，而網路的便利，又給了人們快速傳播資訊提供了一個很好的平臺，所以黃立海不能不擔心啊，一旦柳擎宇將他手中掌握的資料發佈到網路上，將會引發什麼樣的效應！

黃立海別的不清楚，當初柳擎宇在吉祥省直播的事他可是記得清清楚楚，那次事件所帶來的餘陣威力至今依然存在，尤其是柳擎宇的粉絲數量實在是太多了，想要不轟動全國都難啊！

想到這裡，黃立海咬著牙說：「柳擎宇，你到底什麼意思？」

「我的意思已經表達的很清楚了，還需要我再重複一次嗎？」柳擎宇心寒的說道：「黃書記，瑞源縣的領導真的太讓我失望了，事情都結束半個多小時了，瑞源縣依然沒有一個領導出面，真的是讓我非常寒心啊。」

說完，柳擎宇便掛斷了電話，再也不給黃立海任何解釋或者回應的機會。

這一下，黃立海可急了，他趕忙給柳擎宇發了一則簡訊：「先不要公布這件事，我會親自前往現場召開辦公會，瑞源縣的領導馬上就到。」

發完簡訊，黃立海立即一個電話打到瑞源縣縣委書記魏宏林的手機上，罵道：「魏宏林，你在幹什麼？」

魏宏林回道：「黃書記，我正準備睡覺呢。」

「睡覺？現在你他媽的還有心情睡覺？魏宏林，你腦袋進水了嗎？你知不知道嘉山村那邊發生了嚴重的群眾事件？柳擎宇正叫嚷著要把這件事公之於眾，並且向上級彙報呢！你身為縣委書記，為什麼不在第一時間趕去？還有心情睡覺？我限你半個小時內給我趕過去，否則老子立刻撤了你這個縣委書記！」

魏宏林被黃立海給罵暈了，他之所以沒有去現場，是因為他知道，嘉山村的事主要是黃立海的弟弟黃立江在操盤，他擔心自己過去了，反而會妨礙黃立江行事，那樣豈不是等於不給黃立海面子嗎？沒想到黃立海竟會把他給罵了個狗血噴頭！

他連忙說道：「黃書記，您先不要著急，到底發生了什麼事？」

「不著急？現在都火燒眉毛了你還說不著急！你自己上網看看吧！」黃立海氣得摔掉電話。

就在剛才，他一邊給魏宏林撥電話，一邊上網看了一下，讓他震驚的是，當他搜索「嘉山村」這三個字的時候，便發現已經有村民把現場幾百人對峙和打架衝突、鮮血橫流的場面給上傳到了網路上，並且瀏覽人數正在快速增加中。

黃立海真的有些擔心了，趕忙給市委宣傳部部長打了個電話，讓他連夜展開危機公關，儘快刪除相關的影片，想辦法把事件壓下來。隨即又給市長于正濤打了個電話，向他通報此事，並且讓他安排完善後工作後，就立刻趕往嘉山村與自己會合，到現場舉行現場辦公會解決此事。緊接著，再給市紀委書記高景全打了個電話，讓他陪同自己前往嘉山村。

短短幾分鐘的時間，整個南華市市委班子大為震動！嘉山村事件徹底讓整個南華市的高層們今夜無法入眠了，所有人都在權衡著這件事情的緣由以及它將帶來的後果。

第七章

問責機制

「啟動問責機制？」聽到柳擎宇的這個要求，黃立海的臉色立刻變了。

這是他最不願意做的事，不僅僅是因為這樣做會得罪人，更因為這樣做簡直跟自殺沒有什麼兩樣！問責機制之下，被問責的可以說幾乎都是他的人。

打完電話，黃立海和高景全分別上了自己的專車，風馳電掣的趕往嘉山村。

在路上，黃立海拿出一個新手機，啟動安裝在電話內的變聲軟體，隨即撥通弟弟黃立江的電話：「老黃啊，我是小馮啊。」

電話那頭，黃立海的聲音聽在黃立江的耳裡已經變成一個溫柔的女孩聲音。

黃立江心領神會地說道：「哦，是小馮啊，有什麼事嗎？」

「拆遷公司那件事辦得怎麼樣了？員工們都回來了嗎？」

黃立江立刻說道：「還沒有，我也正在等他們回來呢，今天真是邪門了，我給他們打電話，竟然一個個的電話都沒有人接，也不知道那邊發生了什麼事。」

「我剛剛得到消息，柳擎宇在現場，處境非常安全。」

黃立江頓時心頭一顫，他明明給那些打手們下達了殺死柳擎宇的命令的，但是柳擎宇卻是安然無事，那那些打手們呢？那可是五百多人啊？柳擎宇一個人能夠搞定嗎？

「**柳擎宇真的安全嗎？**」他再問一次。

問出這句話時，黃立江的聲音都有些顫抖了。

「絕對安全。」黃立海回答的語氣也有些低沉了。從弟弟的語氣他可以聽出來，弟弟之前一定指示那些打手們採取行動，但是柳擎宇卻沒有事，這也就意味著那些打手們出事了。

問題的關鍵在於，那是五百多人的打手隊伍啊，全都是南華市江河保安集團的精英，還由一個退役的特種兵作為總教官帶隊，即便柳擎宇再厲害，也不可能敵得過五百人啊！而且按理說，就算是那些打手們失敗了，也得有人回來報信吧？竟然一個回報的都沒有，這才是黃立海最為擔心的。

「拆遷公司的事情要儘快解決，不要拖得太長了。」說完，黃立海便掛斷了電話。

黃立江聽到哥哥斬釘截鐵的語氣，便知道這件事恐怕會有麻煩，這是在暗示自己要儘快把相關的線索全部清除斬斷。黃立江眼中殺機立現，開始安排起來。對他來說，只有確保哥哥的安全，自己才能安全，也才能繼續過著這種紙醉金迷的生活。

隨著黃立海、于正濤連夜趕往瑞源縣木橋鎮嘉山村，瑞源縣整個縣委班子都手忙腳亂起來。

這一次，可是市委市政府兩位大老親自蒞臨，還是在嘉山村出了那麼大的事情的情況下，當他們通過手機上網查看後，更是嚇得臉色蒼白，誰都沒有想到，小小的拆遷竟然鬧得如此沸沸揚揚的。

魏宏林這次是真的焦慮了。他本以為憑藉黃立江的實力，這種事應該可以輕鬆搞定，這才決定放任他為所欲為，沒想到事情竟然出現了偏差，所以，在讓縣委辦主任宋曉軍通知所有常委們立刻趕往嘉山村後，他一邊坐在車上，一邊思考起趕到現場後可能面臨的情形以及應對之策。

對於宋曉軍，他本來的計畫是柳擎宇離開後，就立刻把他一腳給踢開的，但是當他正想對宋曉軍下手的時候，卻接到黃立海打來的電話，暗示他在宋曉軍的事情上不要輕舉妄動，說是省裡有人打了招呼，宋曉軍大有背景，能夠不招惹就不要招惹。黃立海還說他會找機會把宋曉軍調離瑞源縣的。

魏宏林也只好暫時容宋曉軍在縣委辦主任的位置上繼續蹲著，他則另外扶植了一個縣委辦副主任作為自己的親信，基本上把宋曉軍給架空了。

宋曉軍倒也不吵不鬧，對於現狀還算滿意，平時該怎麼上班還是怎麼上班。

兩個小時後，瑞源縣縣委常委們趕到了現場，黃立海和于正濤沒多久也到達了。

這時是凌晨五點左右，東方早已露出了魚肚白，嘉山村漸漸恢復了往日的寧靜，整整一個晚上沒有睡覺的村民大部分都回去補眠去了，只有少數的村民留下來繼續整理那些被強拆的民房。

打穀場上一片狼藉，當眾人看到現場雜亂的場面，心中都有些惴惴不安，僅僅是散落一地的棒球棍便夠讓人不安了，更別說是那些東一塊西一塊的血跡。而不遠處那些在強拆廢墟中，正在努力挖掘著被埋壓財物的老百姓看向他們的眼神，更讓人感到不寒而慄。

那是一個什麼樣的眼神啊！**眼神中沒有一絲一毫的尊敬，有的只是怨恨、不滿、冷漠，還有厭惡！**

柳擎宇看向黃立海道：「黃書記，于市長，現場的情形你們都看到了吧？當時發生衝突的狀況有多嚴重，你們應該能夠想像出一二了。現在，現場辦公會就正式開始吧。在召開之前，我有幾個問題提供給各位，希望能夠在辦公會上討論清楚。」

柳擎宇掃了魏宏林一眼，拿出一份村民們交給他的補償協議書，和柳擎宇在任時所擬定的那份補償協議書，同時遞給黃立海。

「黃書記，請看看這兩份協議書的內容為什麼變動如此之大？為什麼會發生這樣的事？第二種補償協議書的內容到底是誰擬定的？又是誰提議和決策的？這在今天的會議上必須先弄清楚，因為之所以會發生這種嚴重的群眾事件，這份協議書要承擔很重要的責任，所以，今天問責的第一個重點，就是到底是誰做出這二份協議書的。」

黃立海接過協議書，仔細地看了，一邊沉思著對策。

這兩份協議書的內容他自然很清楚，瑞源縣在出爐這兩份協議書之前，魏宏林曾經拿去親自讓他看過，他還指出協議書中一些需要改動的地方，他自然不會留下任何的證據。他需要思考的是怎麼樣才能儘量為瑞源縣方面開脫罪責。

此刻，看到柳擎宇把兩份協議書拿了出來，魏宏林的臉色顯得極其難看，他知道這是柳擎宇對他的報復。

所以，就在黃立海看協議書的時候，魏宏林站了出來，看向柳擎宇道：

「柳主任，不用查了，我可以直接告訴你，這份協議書是我們瑞源縣縣委常委會上經過集體討論後出爐的，是全體縣委班子的決定。我們之所以採用這份新的版本，是因為整個工地需要用錢的地方太多，所以在補償款上不得不進行壓縮，而且你在任時所制定的那份協議條件實在是太誇張了，大部分常委們都認為不合適，應該適度調整補償標準。」

柳擎宇反問：「魏同志，既然說用錢的地方太多，那你告訴我，省出來的補償費你們用到哪裡去了？」

魏宏林搖搖頭說：「具體用到哪個項目我是不清楚，這是由工程部那邊統一協調的。」

柳擎宇臉色一沉，厲聲道：「不清楚？魏同志，你這話說得不對吧？你應該對此事非常清楚才是，我們紀委已經接到舉報，關於瑞岳高速公路的工程，說你們瑞源縣採用行政干預的手段，要求所有得標公司把所負責路段的全部拆遷和基建工作都交給南華市交通建設集團，魏同志，你不會不知道這件事吧？」

柳擎宇的話猶如一記重錘，狠狠地砸在魏宏林的心頭。魏宏林沒有想到，柳擎宇竟然連這件事都知道。

當初柳擎宇離開瑞源縣，他上任後的第一件事，就是為了還黃立海人情，採取行政手段，召集了幾家瑞岳高速公路的得標公司，協調他們讓出得標項目中的拆遷和基建工程，以外包的形式交給南華市交通建設集團去做。而南華市交通建設集團的董事長，就是黃立江。

有些公司不同意，甚至拍桌子抗議，當時魏宏林沒說什麼，但是事後這些公司展開拆遷和基建工作的時候，總是會出現這樣或那樣的意外。

尤其是之前答應要拆遷的老百姓根本就不買帳，釘子戶到處都是，弄得那些建設公司無法繼續工程，無奈之下，只能再次找到瑞源縣方面，表示願意讓出拆遷和基建這部分的利益。

然而，這時候南華市交通建設集團卻不樂意了，他們表示接手這些工作可以，但是必須要按照之前項目預定資金的二十趴支付工作的費用，那些得標公司為了能夠順利履行合同，也只好忍痛同意支付這筆費用。

這些事，柳擎宇早就派出秦帥和程鐵牛悄悄到瑞源縣查探了，加上宋曉軍也在瑞源縣，所以瑞源縣有什麼不法情事，柳擎宇全都掌握得清清楚楚。

魏宏林忿忿地看著宋曉軍，柳擎宇會知道這些事，八成是宋曉軍洩密的。

宋曉軍對魏宏林的怨恨眼光卻是渾若未覺，根本就不在意。

「魏同志，我想知道，你們瑞源縣為什麼要那樣做？為什麼不遵守合約的約定，強行逼迫那些建商讓出拆遷和基建的項目呢？你們讓所有建商拿出二十趴的預定資金也就罷了，為什麼在南華市交通建設集團拿到了那麼多資金後，偏偏要在補償金上大幅度減少呢？這一點，你必須要給老百姓一個交代，給我們省紀委一個交代！」柳擎宇用充滿強勢的語氣說道。

柳擎宇一連串的問題，不僅魏宏林感到頭大，就連黃立海都感到十分頭大，柳擎宇竟然掌握了這麼多內幕，最重要的是，這件事牽扯到了南華市交通建設集團，牽扯到了他的哥哥。

所以，沒等魏宏林說話，黃立海便接口道：

「柳同志，你這話說得有些武斷了，據我所知，南華市交通建設集團之所以接手瑞岳高速公路拆遷和基建項目，主要原因是那些外地的承建商由於對本地的情況不太瞭解，所以和村民溝通起來比較困難，拆遷工作進展一直不順利，他們才主動找到南華市交通建設集團要求合作的，這件事和瑞源縣並沒有什麼關係。」

黃立海這樣說打算一舉兩得，一方面為瑞源縣方面開脫，一方面為南華市交通建設集團開脫。

柳擎宇冷哼道：「黃書記，我認為我們應該先聽一聽當事人的意見，您說是不是？」說完，看向魏宏林：「魏同志，你說吧，究竟是怎麼回事？」

魏宏林此刻頭更大了，他自然不能告訴柳擎宇實情，但是他又擔心柳擎宇知道實情，所以很是為難。

黃立海看出了魏宏林的猶豫，不由得眉頭一皺，不過，他相信魏宏林會做出最正確的選擇。

黃立海猜得不錯，魏宏林猶豫片刻之後，便沉聲道：「柳主任，在南華市交通建設集團與瑞岳高速公路得標商之間進行合作的事情上，我承認我們瑞源縣的確參與了，但是我們的主要作用是協調雙方達成合作意向，並沒有像你說的有什麼不當的暗示或限制條款。」

柳擎宇追問道：「魏同志，你確定你所說的嗎？」

「我確定。」這時候，魏宏林自然不敢有絲毫猶豫。

柳擎宇點點頭宣布道：「好，各位，請大家記住魏同志剛才所說的話。針對此事，我們省紀委會展開調查，如果發現魏同志所說的與事實不符的話，我們會採取進一步的處理措施。」

聽柳擎宇這樣說，魏宏林、黃立海等人全都長長的出了口氣，只要柳擎宇目前手上沒有任何證據，那就好辦了。

官場之人，幾乎每個都很擅於處理善後事宜，只要給足他們時間，他們便有把握採取各種手段逼迫那些得標商在應付調查時說出對他們有利的話來。

正當魏宏林、黃立海稍為放鬆下來時，就見柳擎宇拿出手機撥通了程鐵牛的電話，說道：「鐵牛啊，我讓你調查的事辦得怎麼樣了？」

「老大，我已經辦好了。」

程鐵牛的聲音從人群外面傳了進來，接著，程鐵牛穿過眾人，出現在柳擎宇面前，他的手上拿著一個檔案袋，裡面裝滿厚厚的一疊文件。

柳擎宇接過程鐵牛遞過來的檔案袋，隨手翻了翻，隨即遞給市委書記黃立海，又從袋子中翻出一枝錄音筆，對程鐵牛道：「鐵牛，這枝錄音筆是怎麼回事？」

程鐵牛道：「這是一位得標商提供給我的，他說裡面錄的也是舉報資料，說是什麼證據，不過裡面到底有什麼東西，我沒有聽，所以不知道。」

程鐵牛的話，令現場眾人的臉色變得難看起來，尤其是魏宏林，面色蒼白不已，他最擔心的就是出現這種錄音、錄影的證據，而且程鐵牛說是得標商提供的，難道柳擎宇這麼快就把事情給調查清楚了？

柳擎宇拿出錄音筆來，環視一圈道：「各位，既然資料都送來了，我們就現場來驗證一下吧，大家先聽聽這錄音筆裡到底說的是什麼。」

說著，柳擎宇打開了錄音筆，一個十分嚴肅的聲音從裡面傳了出來：

「陳總，不是我說你，你真的應該好好的考慮考慮，雖然你們公司得標了，但是這個高速公路項目是不是在我們瑞源縣的地盤上？你們公司要想把這個項目順利的展開下去，需要不需要我們瑞源縣縣委縣政府方面的協調和支持？你們後續的工程款還想不想要了？

「我跟你說，這個拆遷和基建項目最多也就是占整個得標項目的百分之二十左右，你們就算讓出來也不會損失多少，但是卻可以換取整個項目的順利展開和後續工程款的順利結清。如果你們還是執迷不悟的話，後果你應該很清楚。

「現在你們拆遷工作無法完成對吧？你知道為什麼嗎？我不說其實你也應該很清楚是怎麼回事。我告訴你吧，在南華市，有些勢力不是你們這些商人能夠惹得起的，就算是我們縣委魏書記都要給人家幾分面子，人家那可是南華市交通建設集團，集團的老總是誰，你不會不知道吧？是黃立江！黃立江是誰？咱們南華市市委書記的親弟弟！」

「肖主任，在這件事情上，咱們縣裡是什麼態度？尤其是縣委書記魏宏林，他是什麼態度？」

「陳總啊，我不是說了嗎？咱們縣裡的態度就是魏書記的態度，魏書記的態度就是縣裡的態度，那就是你們公司要想繼續把得標項目做下去，必須要把拆遷和基建項目部分讓出來，否則的話，後果十分嚴重。」

「嗯，那我考慮考慮。」

「考慮什麼啊，陳總啊，我告訴你，明天如果沒有結果的話，你們公司會被以違反合同的名義趕出整個瑞岳高速公路項目，不要告訴我你們是得標商，我們瑞源縣想要挑你們的毛病，隨時都可以找到，就算是雞蛋裡挑骨頭也能挑出來。哦，對了，我兒子最近剛上大學，他想要一輛賓士，你也知道，我這個人一向廉潔奉公，買不起這麼貴的車，你看能不能幫忙解決一下，暫時找輛車借他用用……」

錄音播放完了，所有人都呆住了。

大家都聽得出來，說話的人正是縣委辦第一副主任、縣委書記和縣委副書記最為信任的人——肖明遠！

此時，肖明遠嚇得雙腿直哆嗦，他沒想到，自己與陳總間的私密對話竟然被對方給錄了下來，這個該死的商人！竟然敢陰自己，他還真是不怕死啊！等自己騰出手來，一定要好好的收拾一下這家公司，要讓他們徹底失去在瑞源縣的這個項目！

柳擎宇目光掃過眾人，最後落在肖明遠的身上，冷冷說道：「肖明遠，這段錄音裡的人是你沒錯吧？」

肖明遠額頭上冒出了豆大的汗珠，劈裡啪啦的往下掉，結結巴巴的說道：「不……不是……」

柳擎宇冷哼一聲，問向眾人道：「大家說這錄音裡的人是不是肖明遠？」

現場一片沉默，沒有人答話。

這時，柳擎宇拿出那疊資料，從中拿出一份賓士車的照片和相關的購買影本，遞給魏宏林道：「魏同志，麻煩你看一下這些資料到底有沒有問題？」

魏宏林接過資料一看，氣得火冒三丈，他只是讓肖明遠去做一做陳總的工作，結果這傢伙竟然對人家進行敲詐勒索，逼對方給他兒子買了輛價值七十多萬的賓士車！

這小子也太黑了，竟然沒有分一點好處給自己！最重要的是，**這傢伙被人陰了都不知道，還被人把證據給提供出來，**自己就算是想要救他都救不了啊。

不過魏宏林卻不能袖手旁觀，皺著眉頭說：「這些都是影本，不能作為呈堂證據。」

「難道錄音也不能算是證據嗎？」柳擎宇反問。

魏宏林依然嘴硬地說：「這個也不能確定是肖明遠啊。」

柳擎宇又拿出一份資料遞給魏宏林道：「那你看這份呢？這是陳總直接用手寫的舉報資料，並且有簽字和手印，證明對話中的人的確就是肖明遠，這總夠了吧？」

這下子，魏宏林不再說話了。

柳擎宇朝遠處招了招手，包凌飛和一名省紀委工作人員立刻走了過來。

柳擎宇手指肖明遠道：「先把肖明遠給雙規了，就此事展開深入調查。」包凌飛和工作人員立刻走過來把肖明遠給帶走了。

由於太過震撼，現場頓時一片靜默。

黃立海和市長于正濤的臉色不是普通的難看。

雙規！又見雙規，還是在這種現場辦公會的當口，**這簡直和打他們的臉沒有什麼兩樣**。

黃立海沒有想到，柳擎宇竟然來這麼一手，現場就雙規了肖明遠，這大大出乎他的意料之外，也讓他意識到，今天的現場辦公會恐怕沒有想像中的那麼簡單了。

雖然肖明遠只是一個縣委辦副主任，但是他的身分卻十分重要，算是兩位省委大老的親信，是實質上縣委的大管家。

不過，黃立海知道，這時候他們不適合出面阻止，也不能阻止，誰讓柳擎宇抓住了肖明遠確鑿的證據呢？如果阻止的話，那就是包庇了，弄不好還會為自己惹上麻煩。

黃立海鐵青著臉說：「柳擎宇，你之前不是說還有幾件事情嗎？都有什麼事先說出來吧，說完了我們還要開會呢。」

柳擎宇點點頭：「好，既然黃書記這樣說，那我就直言不諱了。我要說的第二件事，和瑞源縣縣委縣政府有關。據我們省紀委掌握的情況，今天在嘉山村之所以會出現如此嚴重的群眾事件，和拆遷補償標準過低有直接的關係，所以，我認為在開會前應該先明確這份補償標準到底是怎麼出爐的，在這份補償標準的制定過程中，**到底誰起到了關鍵的作用？**

「之前魏同志曾經說這份補償標準是瑞源縣縣委班子集體討論出來的，但是我認為，即使是集體表決通過的，也該有個出處吧？這麼低的補償標準到底是誰提出來的？這個責任人應該先明確了。」

現場再次安靜下來。

這一次瑞源縣所有縣委常委們全都趕到了現場，卻沒有一個人出聲，因為所有人都知道，這個時候如果把誰給推出去了，那麼下場一定不樂觀，前面肖明遠可是剛剛被雙規了，現在柳擎宇要找這個首要責任人，**是不是準備雙規第二個人呢？**

所以，沒有一個人願意表態。

魏宏林的臉色更是顯得有些緊張和憤怒。因為這個提議最早就是由黃立海的弟弟黃立江提出來的，然後建議他實施。

當時，魏宏林剛剛上任縣委書記，出於對黃立海的感恩之意，同時也是因為黃立江給予他的高額回扣，在雙重的誘惑下，他才授意下面的人提出這個建議，並且拿到縣委常委會上進行討論的，所以此刻，魏宏林是最緊張的一個。

同樣緊張的還有瑞源縣縣委常委常務副縣長許建國。許建國則是在魏宏林的授意下，在縣委常委會上提出這個建議。

雖然許建國很清楚這絕對不是什麼好事，但是他更清楚，事情背後站著的是市委書記的親弟弟黃立江，而且魏宏林也分了他一部分好處，所以他也只能跟著一起下水，來蹚這件事了。

緊張的氣氛漸漸濃郁，黃立海的臉色也變得異常凝重起來。

這時候，柳擎宇直接點名道：「孫旭陽同志，你是縣長，這份行政命令最終的簽發是由你們縣政府簽發的，該不會是你提出這個建議，並且在縣委常委會上通過的吧？」

看到沒有人出面，柳擎宇只能採用點名逼問的方式了。

如果柳擎宇不問，為了顧全大局，孫旭陽自然不會說什麼，但是現在柳擎宇似乎有要把責任落在他頭上的意思，他就不能不說話了，所以孫旭陽立刻撇清道：

「柳主任，你可千萬不要冤枉好人啊，在縣委常委會上，我和宋曉軍同志一樣，都是堅決反對這項提議的，只不過由於反對的聲音太小，所以這項協議才通過的。雖然協議上蓋的是我們縣政府的章，但是我卻沒有在上面簽字，真正簽字的人是魏宏林書記和許建國副縣長。」

柳擎宇質問道：「這個提議到底是由誰在常委會上提出來的？」

孫旭陽沒有說話，但是目光卻看向了許建國。

許建國看到孫旭陽看向自己，心中那叫一個怒啊，看這架勢，如果自己不主動承認的話，孫旭陽也會供出是自己來的，為了爭取主動，許建國只能恨恨的站了出來：

「柳主任，這個提議是我提出來的。」

對於許建國的立場，在柳擎宇擔任縣委書記的時候，就知道許建國一直和魏宏林站在一起，問道：「你為什麼要提出這樣一個建議？難道你不知道這樣做會嚴重影響到拆遷進度和老百姓的權益嗎？」

「柳主任，我不認同你的說法，我之所以提出這個建議，是因為您在任的時候，基建勘探考察工作做得並不準確，導致後來在進行拆遷的時候，真正涉及拆遷的老百姓與預估的數量有極大的差異。如果全部按照你當時所制定的標準去執行的話，建商的成本會非常巨大，到時候在利潤嚴重壓縮的情況下，建商為了利益著想，肯定會在建設品質上做手腳，那樣的話，最後受到傷害的不僅僅是老百姓，還有瑞源縣的整體形象，所以為了防止這種事的出現，必須要未雨綢繆，稍微減少一點拆遷補償，以確保所有老百姓都能夠領到補償費。」

許建國高高的昂起腦袋，他自認這番話說的是滴水不漏，柳擎宇不可能找出任何反駁的理由。

然而他沒有想到，他剛說完，柳擎宇便提出質疑道：「許同志，你確定領取拆遷補償的人數有出入嗎？」

許建國不假思索的點點頭：「我確定。」

「差多少呢？」柳擎宇追問道。

「差不多多了一半。」許建國心裡早就盤算好了，所以說起來毫不費力。

「那麼我問你，整個施工規劃是不是你們後期進行了改動？」柳擎宇瞪大了眼睛，目光中寒光閃爍。

「這個……」許建國不敢再回答下去了。

因為魏宏林上臺後，的確對施工規劃做了改動。柳擎宇在任時所規劃的那條路線，是按照最短距離、最合理的施工條件來設計的，可以說，那條路線是建築成本最低、施工條件最簡便、里程最短的方案。

但是，魏宏林上臺後，和黃立海商量了一下，由於得標的廠商已經確定，而且也都是大公司，有一定的背景，所以不可能任意改動，但是為了能夠撈更多的錢，他們決定把交通規劃稍微更改一下，相當於是多把兩個村莊劃入到高速公路沿線上。如此一來，拆遷的成本便增加了，高速公路的里程也增加了，增加的這部分成本自然是由瑞源縣來負擔。

這一點瑞源縣已經向該路段的承建商說明白了，承建商自然理解，只要能夠賺到合理的利潤，自然不會多事；而新增的這兩個村莊的拆遷基建工作核算下來，可以讓南華市交通建設集團多賺六千多萬的利潤，魏宏林便可以分到這多出來利潤的三成，也就是一千兩百萬左右。

柳擎宇見許建國不說話，心頭就是一驚。

他最擔心的就是自己離開後，這個瑞岳高速公路和三省交通樞紐項目出問題。因為這兩個項目的建設是把瑞源縣以及南華市打造成三省交通樞紐的核心工程，工程的成敗直接關係到當地老百姓的切身利益，甚至是國家戰略利益，所以，**他不能容忍這兩個工程出現一點問題，更不能容忍有人意圖染指它們，成為自己斂財的工具。**

而現在，聽許建國的意思，是魏宏林上臺後便將規劃做了更動，這個問題可就不是一般的嚴重了。

柳擎宇疾言厲色的問道：「許建國，你回答我，瑞岳高速公路建設的規劃到底有沒有改動？」

許建國依然保持沉默，一句話都不說。

柳擎宇目光改為看向孫旭陽：「孫旭陽同志，你身為縣長，這件事不應該不知道吧？」

孫旭陽雖然不想回答，卻又不能不回答，點點頭說：「規劃的確被更動過，這個提議也是由許建國同志提出的。」

柳擎宇壓抑著自己的怒氣問道：「孫縣長，我想問一下修改後最終的結果是什麼？」

孫旭陽苦笑道：「增加了一點五公里的路程，多了一點八億的預算，需要多拆遷兩座村莊。」

對於這個更動，他是極其反對的，也曾經在會議室拍桌子力爭，但是，在魏宏林完全掌控常委會的情況下，他無能無力。他也曾經向市裡反映，卻沒有收到任何的回應。

孫旭陽只能沉默以對，盡力做好自己的分內工作，瑞源縣就放任魏宏林去折騰吧，因為他相信，柳擎宇遲早會對魏宏林以及黃立海展開反擊。

果然如此！柳擎宇是絕對不會甘心自己精心策劃的工程被人如此踐踏，所以，他毫不隱瞞地說了出來。

柳擎宇聽了，臉色更加難看了，繼續問道：「孫縣長，這多出來的預算，你們縣委班子打算怎麼解決？」

孫旭陽這一次沒有直接回答，而是說道：「柳主任，這個問題您得問魏書記和許副縣長了。」

「哦，魏宏林同志，你說說吧？」柳擎宇冷面射向了魏宏林。

魏宏林聽孫旭陽把矛頭轉向自己，心中那叫一個怒啊，他算是看出來了，柳擎宇今天不問出個水落石出是不會罷休了，只好硬著頭皮說道：

「初步的打算是分兩部分來解決，一是由財政資金解決一部分，另外一部分，則透過向社會融資或者向銀行貸款來解決。」

柳擎宇問：「那這部分錢解決了嗎？」

魏宏林道：「財政資金部分基本上解決了，向社會融資的部分還在招商中，同時，也在積極向銀行申請貸款，相信很快就能解決了。」

柳擎宇冷笑一聲道：「魏宏林同志、許建國同志，我想要問問你們，新增加的這一點五公里的路段有必要嗎？」

許建國回嘴道：「柳主任，你這是什麼話？如果沒有必要的話，我們幹嘛要做那種費力不討好的事呢？經過專家評估後認為，雖然之前那份方案非常優秀，但是如果增加了這一點五公里後，能夠多讓兩個村莊享受到高速公路所帶來的便捷，對這兩個村莊的發展很有好處，這是利國利民的工程。」

柳擎宇不屑的說道：「利國利民？簡直是胡說八道！」

柳擎宇聲調提高道：「許建國同志，公路的造價我就暫且不提了，你口口聲聲說增加的里程對這兩個村子的老百姓有利，那麼我問你，經過這兩個村子的高速公路，你們規劃中設置入口了嗎？」

「沒有。」許建國不敢隱瞞。

「既然沒有，這是不是說這兩個村子的村民要想上高速公路，還得由原來規劃中距離最近的地方上高速公路？」柳擎宇逼問道。

許建國冒著冷汗回答道：「原則上是這樣的，但是這個高速公路的入口，我們還在規劃中。」

許建國已經明白柳擎宇的攻擊點了，所以試圖挽回一些漏洞。

但是已經晚了。柳擎宇冷冷說道：「什麼叫規劃中？許建國同志，我就問你一句話，你們新的規劃圖紙出來了嗎？」

「出來了。」

「圖紙上有沒有入口？」

「沒有！」

「你們是不是已經按照新的規劃圖紙展開了拆遷工作？」

「是的。」

柳擎宇連珠炮式的逼問，讓許建國沒有任何時間去思考答案。

等問完問題後，柳擎宇雙眼怒視著許建國道：

「好，許建國同志，讓我們來梳理一下你剛才的回答，第一個，在新的規劃圖紙中沒有為這兩個村子設置高速公路路口，這樣做我可以接受，因為不可能每條經過某個村子的高速公路都要為這個村子設置一條入口道路，而且高速公路的建設規範中，在設置高速公路路口的事情上也有一定的標準，所以這部分沒有問題。

「但是接下來就有問題了，既然你們新規劃的高速公路沒有給這兩個村子設置入口，那麼這兩個村子的人要想上高速公路，還是得像以前一樣去就近的地方上高速公路，那麼這樣的高速公路對這兩個村子到底有什麼好處呢？

「至少我看不出有任何好處，反而看到了成本的大幅增加。那麼我想請問，這個新的規劃到底請的是哪裡的專家來評估的？是否合理？」

「這個……」許建國又猶豫了。

雖然他們的的確確是請了專家來，但是其實就是走個流程，專家拿到評估費後，隨隨便便按照他們的意思搞出一個新的規劃方案後就離開了。

看到柳擎宇如此較真，許建國不敢輕易回話。

「怎麼？許建國同志，你們到底有沒有請專家進行評估？如果請了，為什麼不說出他們的名字？我明著跟你說吧，這件事我們省紀委肯定要進行深入調查的，你說也好，不說也罷，我絕對會弄清楚的。」

說到這裡，柳擎宇看向在旁邊已經憋了半天氣卻又無法發作的黃立海，意味深長地說道：「黃書記，您說是不是？這麼重要的事怎麼也不能隨隨便便的就過去了吧？既然是使用財政資金或者銀行貸款來解決，這筆錢到底花得值不值，是否合理，都應該好好的調查確認一下吧？」

黃立海那叫一個鬱悶啊，自己到現場都這麼長時間，竟然沒有機會去唱主角，反而成了柳擎宇的陪襯，他想起柳擎宇之前在向東市的所作所為，心中暗道：「柳擎宇這小子到底想要在瑞源縣搞出什麼樣的風浪啊？」

不過面對柳擎宇的問題，黃立海不得不隨口應付說：「嗯，這件事的確需要好好的調查確認一下。」

黃立海說完，柳擎宇立刻說道：「哦，對了，黃書記，據我所知，像這種增加一億多預算的項目規劃，是需要經過市裡批准的吧？至少也要有您的簽字才能確定並實施吧？不知道在相關的批准文件上，您簽字了沒有？」

現場的氣氛立刻緊張起來，黃立海的臉色也變得難看起來，因為他的確在新的規劃上簽字審批通過，如果柳擎宇真的要繼續查下去的話，自己很有可能要為此承擔責任的。

黃立海打哈哈道：「我記不清楚了，得瞭解一下才能回答你。」

柳擎宇笑道：「這個倒是沒什麼，我只是這麼一問，不回答也沒什麼關係，畢竟您是領導嘛，級別也比我高得多。不過，我有一個提議，希望黃書記您能夠考慮一下。」

黃立海眼神立即變得警惕起來，看向柳擎宇道：「什麼提議？」

柳擎宇沉聲道：「黃書記，我認為瑞源縣在瑞岳高速公路項目建設上存在著嚴重的弊端。首先就是規劃修改的問題，這絕不是一個簡簡單單的修改而已，一點五公里的公路雖然不起眼，但是由於高速公路造價成本比較高，其中牽扯到的利益關係也十分複雜，所以這個問題必須要調查清楚。

「其次呢，就是關於拆遷補償標準大幅下降的問題。雖然許建國同志解釋補償標準下降和領取保證金的老百姓過多有關，但是我認為這個理由十分牽強，而且新增加的高速公路路段在規劃上也增加了預算，按理說，多出的拆遷費用也應該從預算裡來支出。「僅僅是這兩個問題，我認為必須要立即啟動項目追溯問責機制，並展開深入調查，追究相關領導的責任。」

「啟動問責機制？」聽到柳擎宇的這個要求，黃立海的臉色立刻變了。

這是他最不願意做的事，不僅僅是因為這樣做會得罪人，更因為這樣做簡直跟自殺沒有什麼兩樣！問責機制之下，被問責的可以說幾乎都是他的人。

黃立海立刻反對道：「柳主任，我看沒有這個必要吧，這次的事件並非那麼嚴重，只要我們做好老百姓的工作，做好輿論宣傳工作，維護好社會的穩定就可以了，不能什麼時候出現一點小事就要問責我們的官員吧？他們可是政府最為寶貴的資產啊，沒有他們的付出，很多工作都無法展開的。」

柳擎宇冷冷地看著黃立海，一句話都不說。黃立海也這樣和柳擎宇對視著，誰也沒有退縮的意思。時間在這一刻似乎停止了，所有人都保持著沉默，目光默默的在柳擎宇和黃立海之間逡巡著。

時間一分一秒的過去，現場的氣氛變得越來越壓抑。

差不多兩分鐘後，柳擎宇見黃立海沒有一絲一毫退縮的意思，也就不再廢話，直接拿出手機，當場撥通了省紀委書記韓儒超的電話：

「韓書記，瑞源縣發生了一起嚴重的群眾事件，過程是這樣的……」

柳擎宇便當著黃立海和瑞源縣所有人的面，把細節向韓儒超彙報了一遍。

韓儒超聽完勃然大怒：「什麼？竟然會有這種事情？南華市的那些官員是幹什麼吃的？瑞源縣的那些縣委領導們是幹什麼吃的？公安局的人是幹什麼吃的？真是豈有此理！柳擎宇，那些手持武器現場打殺老百姓的嫌犯人在哪裡？抓到了沒有？」

韓儒超的聲音很大，站在柳擎宇對面的黃立海自然也聽得到。

當他聽到韓儒超問出這個他最關心的問題時，他的臉上同樣表現出濃濃的好奇關切之色。

包括魏宏林等人此時也緊張地看著柳擎宇。

對整個瑞源縣的官場來說，那些嫌犯是否逃跑、是否安全至關重要，如果那些人能順利脫身，那麼這個案件就成了無頭公案，再加上發生在瑞源縣，只要雙方都對此事持一種消極調查的態度，基本上這次群眾事件就很難發酵，更談不上追查責任人和策劃者。

所以，眾人把目光都集中到了柳擎宇身上，想聽聽柳擎宇怎麼回答。

柳擎宇回答道：「韓書記，這些人十分囂張，當時如果不是山中有駐軍出動幫忙的話，恐怕我已經被那些人給打死了，那些村民也要發生重大傷亡。幸好那些軍人及時趕到，將罪嫌全部押到了軍營裡，我已經協調省公安廳的人過去進行審問了，一定會將整個事件的幕後主使者給找出來。」

黃立海臉色一下子蒼白起來，差點搖搖欲墜，那些人竟然一個都沒有跑走，還被抓到了軍營裡！難怪弟弟一直沒有得到相關的消息。不過，黃立海突然升起了一個濃濃的疑問，南華市的駐軍怎麼會被柳擎宇給調動過來了呢？

黃立海身為南華市的市委書記，自然清楚這些駐軍的調動可不是三言兩句就可以解決的，是有著極其複雜的程序，而且自己這個市委書記竟然一點都不知道，這到底是怎麼回事？

不過現在黃立海卻沒有深思的時間，因為韓儒超正大聲的說道：

「好，柳擎宇，這件事你做得非常漂亮，在南華市當地警方不給力的情況下，你唯一能夠做的只有求助於國家最後一道屏障了，不過柳擎宇，你確定你在事件發生時就已經報警了嗎？」

柳擎宇毫不猶豫的答道：「我十分確定，因為所有的通話都有電話錄音，那些村民在報警的時候也全都錄音了，針對瑞源縣和南華市方面接到民眾報案，卻一直不見人影，行動效率之慢堪稱龜速，我已經提議展開問責機制，不過黃立海同志態度很堅決，認為沒有必要啟動問責機制。」

韓儒超怒道：「好，既然黃立海不啟動問責機制，那麼我們省紀委直接就此事展開調查，發現問題一定嚴懲不貸。」

就在這時候，柳擎宇的手機響了起來，柳擎宇一看是孟歡打來的，立刻對韓儒超說道：「韓書記，您稍等我一下，我有個緊急電話要接，我隨後再向您接著彙報。」

「好吧，你先接，我等你。」

黃立海、魏宏林等人都是一驚，柳擎宇竟然敢在和省紀委書記通話的時候去接別人的電話，讓省紀委書記等著，這小子的膽子也太大了些吧？

但是，柳擎宇就是這樣做了。

柳擎宇接通孟歡的電話，問道：「孟歡，你那邊的情況怎麼樣了？」

孟歡是跟著那些犯人一起前往軍營的，柳擎宇交給他的第一個任務，便是對這些參與事件的嫌犯進行瞭解和摸底。

「老大，這些嫌犯的身分我們已經摸清楚了，這些人都是來自南華市海江保安集團，其中有一部分平時是海江集團的保安，到了重要時刻，就是南華市交通建設集團強拆隊的成員；還有一部分則是來自南華市的無業遊民、流氓地痞和黑社會分子。

「這些人都是接到了南華市交通建設集團的高層電話，要他們過來對嘉山村進行強拆的。據有些人供稱，這次的行動是出於董事長黃立江的授意才這麼做的，只是他們無法提供任何證據。」

柳擎宇十分滿意地說道：「好，我知道了，省公安廳的人馬上就過去，你們繼續進行調查。」

掛斷電話後，柳擎宇又打給奉他的指示，中途掉頭前往南華市的沈弘文說道：「弘文，你直接趕到黃立海的家裡，將他控制住，準備進行下一階段的配合調查。」

聽到柳擎宇的指示，沈弘文心頭一顫，有些擔憂的說道：「柳主任，黃立江好像是南華市市委書記的親弟弟……」

柳擎宇正義凜然的說道：「市委書記的親弟弟怎麼了？如果調查發現他存在違法問題，該抓還是要抓，絕不寬貸。」

柳擎宇語氣堅定，沈弘文便不再有任何猶豫，點頭道：「好的，我們已經進入市區，馬上趕到黃立江家裡。」

此時，黃立海就站在柳擎宇的對面，當他聽到柳擎宇要派人去控制自己的弟弟時，頓時氣得臉色發白，雙拳緊握，額頭上青筋暴起，卻無計可施。

柳擎宇結束和沈弘文的談話後，趕忙撥通了韓儒超的電話，把自己剛剛得到的資訊報告給韓儒超。

韓儒超大為支持道：「好，柳擎宇，這次你做的非常對，既然海江保安集團是隸屬於交通建設集團旗下的企業，同時，黃立江又是集團的法人代表，那麼他就必須要為他們集團所做下的事情負責，必須要將他控制住進行深入調查。最近我們省紀委也接到了很多關於南華市交通建設集團的舉報，正好將這些訊息一同進行調查。哦，對了，柳擎宇，黃立海是不是和你在一起？」

柳擎宇點點頭：「是的。」

「你把手機給黃立海，我要和他說話。」

柳擎宇把手機遞給了黃立海。

黃立海接過電話後，韓儒超威嚴的聲音立時從電話那頭傳了出來：

「黃立海同志，現在我們省紀委的工作人員要暫時控制你的弟弟配合調查，你不會指使手下的人故意向他洩露消息，好讓他提前逃跑，或者是故意派人百般阻撓我們的調查吧？」

黃立海一聽，自然不敢有異議，忙道：「不會的不會的，王子犯法與庶民同罪，如果立江真的犯了法的話，我絕對不會包庇他的。」

聽到黃立海的回答，韓儒超點點頭：「這就好，希望你的承諾能夠實現。省紀委能否順利抓到黃立江，就看你的態度了。對了，柳擎宇和他的第九監察室要對今天發生的群眾事件進行調查追責，既然你們南華市不願意啟動問責機制，我們省紀委也沒有資格說三道四，但是呢，省紀委的工作還是需要你們支持的。」

說完，韓儒超直接掛斷了電話。

這一下，黃立海徹底鬱悶了。他一是沒有想到柳擎宇會當著自己的面向韓儒超告狀，二是沒有想到韓儒超竟如此力挺柳擎宇，三是沒有想到柳擎宇敢直接派人去控制自己的弟弟。

他深深地感覺到，**自己還是過於小看柳擎宇了。輕視對手的下場就是自己倒楣啊！**他開始後悔當初柳擎宇在瑞源縣的時候，自己把他整得太狠了，所以柳擎宇報復起自己來，幾乎沒有任何的顧忌！

一時間，黃立海頭大如斗，眉頭緊皺，一言不發。

事已至此，大家都認為今天的事差不多也該結束了，但是，柳擎宇卻並沒有讓他們如意。

柳擎宇的目光再次看向了黃立海道：「黃書記，剛才韓書記的意思，你應該聽清楚了吧？既然你們南華市不願意啟動問責機制，那麼我們省紀委決定對此事展開單方面調查，希望你們南華市能夠配合我們的工作，這應該沒有問題吧？」

黃立海還能說什麼呢，只能苦笑著點點頭。

柳擎宇的目光直接落在了許建國的臉上，道：「許建國同志，朱明強同志、康建雄同志，請你跟我們一起走一趟吧！」

不僅三人都呆住了，就連黃立海和魏宏林也呆住了。

要知道，許建國可是瑞源縣的常務副縣長，朱明強則是瑞源縣的政法委書記，而康建雄則是瑞源縣公安局的局長，現在柳擎宇竟然**要帶他們三人走，這是什麼意思？是要進行雙規嗎？**

魏宏林這下子可不幹了，憤怒地看向柳擎宇道：「柳擎宇，你到底是什麼意思？他們三個是我們瑞源縣的重要人物，你要把他們帶走做什麼？」

柳擎宇冷冷地說道：「帶走調查可以嗎？怎麼，難道魏同志你要插手我們省紀委的工作嗎？」

魏宏林立刻閉嘴了。

隨即，在眾目睽睽之下，柳擎宇一行人便向外走去，這時，一輛麵包車緩緩駛了過來，同時，在打穀場旁邊的一棵大樹上，程鐵牛從上面跳了下來，手上還抱著一台攝影機，向麵包車走了過去。

第八章

殺手之王

「孤陋寡聞！」墨鏡男瞥了魏宏林一眼，「柳擎宇曾經是狼牙特戰大隊最出色的一代狼牙，也是國際雇傭兵界最神秘的兵王之王，是被業界稱為殺手之王的殺手！你知道國際殺手界關於擊殺柳擎宇的懸賞是多少嗎？」

當黃立海看到程鐵牛手中的攝影機時，臉色再次陰沉下來，恐怕今天發生的一切經過都已經被錄了下來。

黃立海立即抗議道：「柳擎宇，請你們把這人手中的錄影機交給我們，我們公安局要拿回去仔細研究。」

柳擎宇直接拒絕道：「黃書記，不好意思，這些資料是我們省紀委的人冒著生命危險拍下來的，你覺得我會交給你嗎？更何況，你們南華市公安局的人值得我信任嗎？事件發生後，我們曾經向南華市公安局報警，但是你們卻沒有出一兵一卒，所以我可能把這麼重要的資料交給你們嗎？」

黃立海最擔心的就是柳擎宇把裡面的視頻交給上級或者是發佈到網上，一旦公諸於眾，對南華市的打擊相當大，無論如何，他絕對不能讓柳擎宇把攝影機給帶走。

黃立海朝南華市公安局局長石金生看了一眼，石金生會意，指揮現場趕過來的那二十多名員警說道：「你們去把攝影機拿過來，暫時由我們南華市公安局進行保管。」

那些員警立即荷槍實彈的衝了過來，把程鐵牛給包圍起來，黑洞洞的槍口指向程鐵牛的腦袋和心臟，想要逼程鐵牛把攝影機交出來。

黃立海竟然打算以這種強硬的方式拿走攝影機，這是柳擎宇絕對不能容忍的。柳擎宇沉著臉對黃立海道：「怎麼，黃書記，你難道想要以人數的優勢強行把攝影機和裡面的物證拿走嗎？」

黃立海狡猾的說道：「當然不是，我們只是想要暫時保管一下這台攝影機而已，好方便我們南華市公安局進行深入調查。」

柳擎宇正色說道：「黃書記，我奉勸你一句，最好不要玩這些小動作，我可以明白的告訴你，今天發生在嘉山村的事，不僅省紀委的韓儒超書記知道了，省委書記譚正浩也知道了，他們現在都在等著這台攝影機裡的資料呢，如果你把攝影機搶走，萬一裡面的資料遺失，這個責任恐怕你承擔不起。」

黃立海態度強硬地說：「柳擎宇，你們省紀委的工作範圍，並不包括調查治安案件，我看你還是乖乖地把這份資料交給我們南華市公安局，再說，我們怎麼可能把這份資料弄丟了呢。」

黃立海沒有絲毫的退意，不管是為了南華市官場，還是為了自己的親弟弟，他都不能讓這份資料落在柳擎宇的手中。

黃立海說完，石金生立刻大手一揮，那些員警們紛紛向程鐵牛衝去。程鐵牛沒有任何的反抗，攝影機便被他們給拿走了。

柳擎宇向程鐵牛擺了擺手說：「上車，咱們走。」

臨走前，柳擎宇冷冷的看了黃立海一眼，說道：「黃書記，希望我們紀委需要調取這份資料的時候，這份資料千萬不要出現任何問題。」

黃立海大言不慚地說：「肯定不會出現什麼問題的。誰要是把這份資料弄丟，我直接把他給免了。」

柳擎宇冷哼一聲，轉身向外走去。

等柳擎宇離開後，魏宏林憂慮的看向黃立海道：「黃書記，現在許建國、朱明強、康建雄都被柳擎宇給帶走了，該不會有什麼問題吧？」

黃立海此刻早已心亂如麻，隨口應付道：「這就得看他們的意志了，這件事你繼續跟進吧，一定要確保瑞源縣大局的穩定。于市長，接下來的現場辦公會你來主持吧，我有點事先走了。」

黃立海再也沒有什麼心思繼續開什麼現場辦公會了。

從今天的事件，他算是徹底看清楚柳擎宇了。

柳擎宇這傢伙根本就是個冷血的魔鬼，**他根本不管你是皇親國戚，不管你是誰，只要你犯了法，就像獵狗一樣，會毫不猶豫的追上去，將你給咬死。**

雖然柳擎宇沒有提及要雙規許建國等人，但是黃立海已經隱隱感覺到，這三人被雙規是早晚的事，否則柳擎宇是不會輕易把三人帶走的，他得趕緊回去部署善後事宜，不然南華市這一次真的要出大事了。

第二天上午剛剛上班，韓儒超便出現在省委書記譚正浩的辦公室內，把昨天晚上發生在瑞源縣的事詳詳細細的向譚正浩進行了彙報。

譚正浩聽完，臉色暗沉，要知道，黃立海算是他一手提拔起來的，現在南華市出現了這麼重要的事，而且還和黃立海的親弟弟黃立江有脫不開的關係，這件事接下來如何處理，可就有些棘手了。

韓儒超說完，默默的看著譚正浩的表情。

譚正浩沉默了足足有五分鐘的時間，雖然他臉上的表情看似平靜，但是韓儒超卻能夠感受到此刻譚正浩內心深處的波瀾起伏。

五分鐘後，譚正浩做出決定道：「老韓啊，雖然黃立海是我提拔起來的，但是我提拔他並沒有私心，只是出於對整個白雲省局勢的部署，所以，如果他的確存在腐敗問題，你們省紀委不必有絲毫的猶豫，該怎麼處理就怎麼處理，我全力支持你們。不管任何人，任何勢力，只要腐敗了，就要承擔相應的責任。」

得到譚正浩明確的答覆，韓儒超終於放下心來。

從譚正浩這邊離開後，韓儒超給柳擎宇發了一則簡訊：

「全力開火，不留餘力。」

看到這條訊息，柳擎宇心中熱血沸騰，渾身充滿了戰鬥力，因為自己的做法獲得了上級的肯定，他終於可以放手施為了。

對於南華市、瑞源縣存在的腐敗現象，柳擎宇早就看在眼中，卻是急在心裡，因為職務和級別的問題而無能無力，現在他終於可以為瑞源縣、為南華市拔除一批毒瘤了。

現在，**也是收拾黃立海的時候了**。

然而，柳擎宇不知道，就在他前往南華市準備展開進一步的工作時，黃立海也沒有閒著。

黃立海離開嘉山村時，連同魏宏林一起連夜乘車返回南華市。

車上，黃立海對魏宏林道：「你認為現在我們南華市的局勢如何？」

魏宏林大拍馬屁道：「我認為只要有您坐鎮，我們南華市就不會任何問題，柳擎宇絕對翻不出您的手掌心的。」

黃立海搖搖頭：「魏宏林，不用拍馬屁了，南華市的局勢我比你更清楚，實話告訴你吧，南華市現在的局勢十分危急。柳擎宇這次的行動大大出乎我的意料之外，這一次，不可控的因素太多了。不管是黃立江還是許建國、朱明強、康建雄，他們當中只要有一個人坦承招供，不要說是你們瑞源縣了，就是我們南華市都要被牽連進去，後果不堪設想啊。」

一想到最糟的結果，黃立海不禁長嘆一聲，臉上帶著濃濃的憂慮。

看到黃立海這副頹喪的樣子，魏宏林的心也跟著焦慮起來。

這位老領導的能力他是相當佩服的，在短短不到十年內就從縣委書記高升到市委書記，這種能力不是自己能夠比的，現在老領導竟然說局勢危急，那只有一種可能，那就是局勢的確是非常緊急了。

尤其讓魏宏林感到震驚的是，在返回南華市的路上，老領導竟然讓司機上另一輛車，他親自開車，叫魏宏林坐在副駕駛的位置上，這讓他在受寵若驚之餘，也意識到老領導肯定是有十分重要的話要對自己說，而這些話就連他平時最信任的司機都不能聽到。

因此魏宏林趕緊表態道：「老領導，眼前的局勢的確十分令人頭疼，您有什麼指示就直接說吧，我會全部照辦的！我絕對不能容許我們瑞源縣和南華市大好的局勢因為柳擎宇這個混蛋的介入，發生翻天覆地的變化。」

黃立海等的就是魏宏林這句話，因而說道：「宏林啊，一會兒咱們回到南華市後，你去見一個人，跟他好好談一談，看看對方有什麼條件，一定要讓對方幫我們搞定這件事。」

魏宏林問：「老領導，不知道我應該跟他談些什麼？」

黃立海說：「你認為在目前這種情況下，我們要化解南華市和瑞源縣的危機，關鍵點在哪裡？」

魏宏林不加思索就回道：「在柳擎宇身上。」

「沒錯，關鍵就在柳擎宇的身上，只要柳擎宇在我們南華市待一天，我們就一天不得安寧，所以……」

後面的話黃立海沒有再說下去，但是魏宏林心頭卻是一顫，他已經聯想到這句話後面的潛臺詞了。

豆大的汗珠順著魏宏林的額頭劈裡啪啦的往下掉，魏宏林有些害怕了。

「怎麼？你怕了嗎？要不我換個人去吧。」黃立海皺起了眉頭。

魏宏林看到黃立海的表情，便知道黃立海不高興了，想起自己的仕途早已和黃立海深深的綑綁在一起，魏宏林便曉得黃立海這個要求，自己是不能拒絕的，單說拒絕後能否再獲得黃立海的信任和支持，就讓他不敢冒這個風險。

一個人在官場上，如果沒有一個強大而穩定的靠山的話，要想步步高升是十分困難的，所以，有些事即使他不想做、不敢做，也得咬著牙去做，因為**機會很可能只有一次**，錯過了，以後就再也不會有了。

「我做！我做！」魏宏林咬了咬牙道：「老領導，柳擎宇和我們的矛盾衝突已經無法化解了，不管做什麼我都願意，我絕不允許柳擎宇再繼續在我們南華市和瑞源縣為所欲為。」

黃立海點點頭，不再說話，開著車快速向南華市方向駛去。

汽車進入了南華市市區，駛進南華市市委大院，黃立海把車停好，吩咐魏宏林道：「你直接去『春秋茶館』二〇八號包間，那裡有人等你，後面的事就交給你了。」

魏宏林點點頭，攔了輛計程車直接趕往「春秋茶館」。

「春秋茶館」是黃立海、魏宏林等一干黃系人馬聚會常去的地方，魏宏林懷著幾分忐忑敲響了二〇八包間的房門。

過了一會兒，一個戴著墨鏡，身高足有一九〇左右的彪悍男人打開門，放開一條小縫讓魏宏林進去，隨即動作迅速地關上了門。

等魏宏林進入房間後，這才看到門後站著兩個彪形大漢，他一進來，這兩人立刻把他身後所有的活路都封死，濃濃的殺氣鎖定了魏宏林。

戴墨鏡的大漢酷酷地看向魏宏林道：「你是哪位？」

「我叫魏宏林，是我的老領導讓我過來的。」魏宏林趕忙自我介紹道。

聽到魏宏林這三個字，這股殺氣才悄然散去，魏宏林額頭上的汗珠也不自覺的掉了下來。

「你來做什麼？」墨鏡男問。

「我來是找你們談一談柳擎宇的事的。」魏宏林回道。

「柳擎宇有什麼事？」墨鏡男又問。

「我想要讓柳擎宇從南華市消失，你們能夠辦到嗎？」

眼鏡男直接問道：「你能出多少錢？」

魏宏林盤算了一下，心想要弄死柳擎宇的話，五十萬應該夠了，這個價格如果放到南華市的黑市上，會有不少人趨之若鶩的，不過為了讓對方更加賣力，魏宏林便道：

「八十萬怎麼樣？」

墨鏡男聽到這個數字，眼中閃過一道輕蔑之色，還帶著幾分憤怒，回嗆道：「你知道柳擎宇的身分嗎？」

「他是省紀委第九監察室主任。」

「孤陋寡聞！」墨鏡男瞥了魏宏林一眼，冷冷說道：「你聽清楚了，柳擎宇是第九監察室主任不假，但這只是他現在的身分，他還曾經是狼牙特戰大隊最出色、最年輕的一代狼牙，也是國際雇傭兵界最神秘、最強的兵王之王，是被業界稱為殺手之王的殺手！不知道有多個最厲害的殺手被柳擎宇給擊殺，你想要讓柳擎宇消失，以為就憑區區八十萬可能嗎？**你知道國際殺手界關於擊殺柳擎宇的懸賞是多少嗎？**」

「多少？」魏宏林不禁問道。

「五千萬！美元！」墨鏡男又強調了一句。

魏宏林驚到眼珠子都快掉出來了。雖然他知道柳擎宇有些來頭，卻沒想到柳擎宇還有這樣輝煌的經歷，讓他心中有些膽寒。尤其是五千萬美元的價格更是讓他咋舌，墨鏡男說的是真的嗎？

墨鏡男見魏宏林猶如便秘一般的臉色，又說道：「我知道你不相信我剛才說的話，無所謂，因為真正知道柳擎宇身分的人少之又少，有很多事即便是我們知道，也不可能告訴你，如果不是因為我們美洲豹集團和柳擎宇之間有死仇，我們也不會千里迢迢追到這來的，坦白說，我們這次之所以來，就是為了殺柳擎宇，而你們恰好需要處理柳擎宇，這才和你們聯繫的，所以，如果你們要想我們對柳擎宇動手，只需要付給我們一千萬人民幣就可以了，算是服務費。」

「一千萬？」魏宏林瞪大了眼睛，不敢相信自己的耳朵。

對方張口就是一千萬！魏宏林忿忿地想，他在瑞源縣苦心經營十來年，殫精竭慮、嘔心瀝血、煞費苦心、刮地三尺後，到現在貪得的錢也不過才五千萬而已，畢竟瑞源縣是一個窮縣，一年的財政收入還不過億，這五千萬全都是他冒著巨大的風險貪來的，現在，這三個殺手竟然輕輕鬆鬆的一開口就要一千萬，這些人是瘋了嗎！

魏宏林搖搖頭說：「不可能！一千萬的價格我不接受。」

墨鏡男冷笑道：「魏宏林，你要搞清楚，如果不是因為我們也有除去柳擎宇的意願，就算你出五千萬美元我們也不會接受這個差事的。柳擎宇實力之強，不是你能夠想像得了的。你應該去過那個嘉山村的衝突現場吧，你難道不知道柳擎宇一個人面對五百多人的瘋狂砍殺竟然毫髮無損嗎？其中還包括一名特種兵。」

魏宏林心頭一顫。柳擎宇難道真的有這麼強嗎？

墨鏡男又說道：「魏宏林，雖然在你們看來，柳擎宇做什麼事情都是獨來獨往的，實際上，他身邊每時每刻至少有三個人在守護著他，那些人全都是超級高手；那些所謂的國際散打冠軍到了這些人面前，恐怕三五個回合都撐不過就得被ＫＯ了，而且人人都帶有槍枝，甚至不排除衝鋒槍。」

眼鏡男的話讓魏宏林張大了嘴，臉上寫滿了狐疑：「這不可能吧？你們怎麼知道他身邊有人保護？如果有人保護的話，嘉山村時候那些人為什麼不出面？」

眼鏡男像看白癡一般看著魏宏林道：「魏宏林，你好歹也是瑞源縣的縣委書記，拜託你能不能有點腦子！那些護衛只是守護柳擎宇的個人安全，確保像我們這種級別的殺手不會對他擊殺，對柳擎宇在官場上的事他們是不會介入的。魏宏林，我最後問你一次，一千萬的價格你到底接不接受？」

魏宏林想了想，還是覺得對方的要價太高，盤算了一下，他決定問一下老領導的意見，便對墨鏡男說道：「我需要打電話請示一下。」

墨鏡男做了一個隨意的手勢，魏宏林立刻拿出手機撥打黃立海的電話，然而，黃立海的電話卻處於無人接聽的狀態。

這時候，魏宏林瞬間秒懂黃立海的意思了，很顯然，黃立海想要在這件事情上置身事外，這從一路上黃立海的表現就可以看出來了。

這時候，他只能自己拿主意了。

魏宏林又看了看渾身充滿殺氣的三個人，突然意識到，自己要是不答應拿出一千萬來的話，這意味著對方的秘密被自己知道了，對方肯定是要殺人滅口的啊。

想到這裡，魏宏林渾身一個機伶，這才感受到這次會面的危險性，此刻，他只能咬咬牙說：「好，一千萬就一千萬，不過，你們能夠確保殺死柳擎宇嗎？」

墨鏡男十分瀟灑的搖搖頭說：「不敢保證，但是我們會盡力，因為柳擎宇是我們的死敵，他曾經接連刺殺了我們集團最為優秀的廿八個殺手，其中還包括集團的三名高層，我們和他之間不死不休，所以，你這一千萬花得並不冤枉，我們會盡一切可能在這次搞定柳擎宇的，因為我們已經得到消息，柳擎宇現在就落腳在南華市新源大酒店，這裡是最好擊殺柳擎宇的場所，不過，我們需要你幫我們安插幾個人進去酒店，這一點你應該能夠做到吧？」

魏宏林毫不猶豫的點點頭：「這個沒問題。」

隨後，魏宏林便讓老婆從這些人指定的帳戶匯去了一千萬，這才滿頭大汗的從包間離開。

之後便趕緊照殺手集團的吩咐，拜託朋友把臥底的人安排進新源大酒店。

辦妥這些事，魏宏林乾脆也不回瑞源縣了，直接待在南華市等起了消息。

與此同時，他的老領導黃立海也沒閒著，回到辦公室後，第一時間便給省紀委第二監察室的主任朱洪明打了一個電話，兩人在電話裡聊了許久才掛斷。

第二天，累了整整一晚的柳擎宇終於睡醒了，昨天他實在是太疲勞了。

柳擎宇洗漱時，孟歡走了進來，報告黃立江、許建國等人依然守口如瓶，一個字都沒有吐露。

柳擎宇聽完，表情顯得十分平靜，淡淡說道：「不用著急，繼續跟他們談心吧，像他們這些人是不見棺材不落淚，不到黃河心不死，咱們在沒有掌握確鑿證據前，想要攻破他們的心防很難。對了，咱們的公開郵箱裡還是沒有什麼有用的舉報資料嗎？」

孟歡苦笑頭：「沒有，最近不知道怎麼了，就連舉報郵件都很少。」

這時候，柳擎宇的房門再次被人敲響，孟歡打開門一看，便看到第二監察室主任朱洪明、副主任呂一德等人站在門外。

朱洪明滿臉含笑的看向柳擎宇道：「柳主任，聽說你們帶了幾個人來，我們今天是奉了王達飛副書記的指示，過來幫助你們一起審訊這些人的。柳主任，別的我不敢說，但是要論起審訊談話這些手段，我們第二監察室在省紀委可是首屈一指的，幾乎沒有我們突破不了的腐敗分子。」

柳擎宇微微笑道：「朱主任，不好意思啊，我們第九監察室自己有實力去審訊，就不用勞煩你們了。」

朱洪明熱情地說道：「不麻煩不麻煩，我們這也是上指下派嘛，王副書記都親自下達指令了，我們要是不來的話，上級會以為我們不聽指揮的。王副書記也說了，要咱們要儘快結束在南華市的巡視，別的地市還有重要任務等著咱們呢。」

柳擎宇質疑道：「朱主任，你能夠拿出王副書記明確的指示文件嗎？如果沒有的話，你讓我如何相信你的話？或者，你讓王副書記給我打個電話確認一下，否則，我是不敢輕易把我們分內的工作分給你們的，免得到時候領導認為我們拈輕怕重，甚至是瀆職，我們可承擔不起。」

朱洪明心裡想道：這個年輕人還真不簡單，做事竟然如此謹慎！不過，對柳擎宇的反應他早有預料，立刻撥通了省紀委第一副書記王達飛的電話，和王達飛聊了兩句後便把手機遞給了柳擎宇。

柳擎宇接過手機，王達飛的聲音從裡面傳了出來：

「柳擎宇啊，咱們第九監察室是剛剛成立的處室，也是我旗下主管很具有戰鬥力的處室，不過呢，現在全省巡視任務比較重要，南華市的問題我看似乎不是很嚴重，我希望你們能夠和第二監察室合作，儘快把南華市的工作搞定，省紀委這邊還有更重要的任務交給你們去做。」

王達飛話中之意，柳擎宇立刻領會了，王達飛這是在提醒他，你們第九監察室是歸我主管的，你必須要聽我的。

雖然柳擎宇很想頂撞王達飛兩句，然後去找韓儒超，不過他知道自己不能總是一遇到麻煩就找韓儒超，那樣並不合適，而且極易引起別人的反感。

在官場上，越級上報是大忌，在向東市的時候，他已經犯過一次這種忌諱了，這次柳擎宇決定給王達飛一個面子，便淡淡說道：

「好，既然王書記您有指示，我自然會遵從。不過，現在我們一共帶回了四個人，我建議第二監察室和第九監察室還是分開辦案的好，您看怎麼分配一下？」

「都有什麼人啊？」王達飛假意的問道。

「黃立江、許建國、康建雄、朱明強。」

王達飛道：「哦，黃立江是商人吧？」

柳擎宇點點頭：「沒錯。」

「那這樣吧，黃立江雖然是商人，但是他的位置十分重要，而且也有一些身分，這麼重要的人還是由你們第九監察室親自負責，至於許建國、朱明強和康建雄三個，算是一些小魚小蝦，就交給第二監察室來負責。怎麼樣，柳擎宇，你有什麼意見嗎？」

「既然王書記您都這樣說了，我自然要聽從您的指示，不過，我要先聲明，所有人員在沒有得到我們第九監察室允許和您的親筆批示下，絕對不能釋放。」柳擎宇鄭重地說道。

王達飛同意：「這是當然，我會和朱洪明說的。」

掛斷電話後，柳擎宇看向朱洪明：「朱主任，你跟著孟歡去辦一下交接手續吧，記得帶上你們第二監察室的公章，所有的過程都必須要按照流程辦理。」

朱洪明立刻露出不悅之色說道：「柳擎宇，我看沒有必要這麼麻煩吧，不過是幫你們審訊一下幾個嫌疑人而已，我們只是幫忙，你們直接交給我們不就得了。」

柳擎宇冷冷說道：「朱洪明，咱們之間就不要玩這些把戲了，既然你們想要插手，就必須按照紀委內部交接手續進行交接，以免萬一出什麼問題，這個責任該由誰來承擔？

更何況，我們第九監察室根本就沒有向你們提出任何協助要求，這是你們主動要求的，所以事情更要說清楚一點了。」

朱洪明沒有辦法，只能跟著孟歡去辦理了交接手續，這才把三人給帶走。

等朱洪明那些人離開後，孟歡不解地說道：「老大，你怎麼能讓朱洪明把那三人給帶走呢？那三個人都是關鍵證人啊，我看朱洪明和瑞源縣，甚至是南華市的關係非常好，不排除他們在審訊的時候會做手腳。」

柳擎宇沉吟道：「你說的這種可能性的確存在，不過，這無所謂，我相信這三個人是不會輕易透露任何事情的，相反，把人交給他們，我們反而更容易觀察一下這三人在瑞源縣的事件中牽扯到底有多深，如果從他們的操作手法中我們看出這三人牽扯很深，我們隨時可以把這三人給要回來，因為我是本次行動的主導者。」

孟歡擔心的說：「要是王副書記不同意放人的話呢？」

柳擎宇露出玩味的一笑：「不同意？我是現場總指揮，我想要審訊嫌疑人還需要他的同意嗎？」

孟歡露出恍然大悟的神色，嘆道：「哦，原來如此，我明白了，老大，**你這是要玩一招投石問路啊**。」

柳擎宇嘿嘿一笑：「還有**將計就計**，朱洪明利用王副書記來壓我，把人帶走，他以為他很聰明，卻不知道我一直發愁如何把這三人交到他手中呢，因為這三個人在我們手中對我們來說並沒有什麼好處，因為我們目前根本就沒有那麼多的時間、也沒有那麼多的人手去操作這件事，更何況，**我們手中還掌握著另外一張王牌。**」

「王牌？」孟歡不解。

「縣委辦副主任肖明遠！這個人我自始至終都沒有說出來，我不是把他給忘了，而是故意忽略這個人。我相信，對王達飛和朱洪明來說，只要我把許建國三人交給他們，也就達到他們的目標了，可是對我而言，肖明遠的重要性遠遠高於那三個，我曾經和肖明遠有過幾次接觸，我發現肖明遠意志並不堅定，一切利益至上，而且他已經被我們給雙規了，有很多問題我們都可以通過審訊他得知，等我們把這小子的嘴撬開後，再反過來和許建國他們談話，到那時候，我們將會更加主動。」

聽柳擎宇這樣說，孟歡撓了撓後腦勺說道：「看我這記性，我們雙規了肖明遠後，因為太忙，還沒有時間找他談話呢，現在沈弘文去訊問黃立江，我正好趁這個機會好好的和肖明遠談談。」

柳擎宇笑著點點頭。

自從有了孟歡和沈弘文這兩個得力幹將，他感覺輕鬆許多，自己只需要稍微佈置一下，兩人就能夠自動把工作做得妥妥的，根本不用操心，這樣一來，自己就可以把更多的精力放在思考和佈局上。

等到孟歡離開後，柳擎宇沉思了一下，撥通了黃立海的電話：

「黃書記，我是柳擎宇，今天你們從我司機手中取走的攝影機和裡面的視頻，我現在想要取回了，你們應該都研究得差不多了吧？」

黃立海推脫道：「柳主任啊，這件事你直接和市公安局的石金生同志聯繫吧，視頻是他們帶走的。」

柳擎宇看到黃立海的態度，怎麼能不明白他的意思，丟下一句：「黃書記，希望你能夠記得當時我所說的話啊。」

說完，便不再搭理黃立海，另外撥通了石金生的電話，電話嘟嘟嘟響了半天才接通，石金生聲音熱情的說道：「哎呦，是柳主任啊，你好啊，有什麼事嗎？」

「石局長，我是來向您要回被你們帶走的攝影機和裡面的資料的。」

石金生的聲音馬上降了下來，為難的說道：「柳主任，真是不好意思啊，那個錄影機在我們帶回來後，出現了一小點意外，一名工作人員在帶回市局的途中，不小心把攝影機掉進花池裡了，送去檢修後，發現攝影機已經徹底報廢了，不過你放心，我們會賠償你一台性能更高檔的攝影機，絕對不會讓你難做的。」

聽到石金生這樣說，柳擎宇聲音中多了幾分冷漠之色：「石局長，我最後提醒你一次，麻煩你回憶一下我昨天說過的話，我給你一個小時的時間，如果一個小時內，攝影機和裡面的視頻沒有能夠完整的送到我的手中，一切後果你們南華市自己承擔。」

說完，柳擎宇直接掛斷了電話。

電話那頭，石金生聽到柳擎宇喀嚓一聲掛斷電話的聲音，再想到他剛才那種強硬的語氣，嘴角露出一絲不屑的冷笑：「哼，不過就是一個小小的正處級罷了，竟然在老子面前擺譜，真以為你是誰呢！要不是因為你是省紀委的人，看老子不收拾死你！還想讓老子把東西給你送過去？做夢吧你！」

一個小時後，攝影機和視頻果真沒有送到柳擎宇的手中。

柳擎宇毫不猶豫的拿出手機，登陸省紀委的官網，直接上傳了一則視頻，並且將視頻設在置頂的位置，下面還加上一個十分醒目的標題——

「瑞源縣發生嚴重群眾事件，到底誰應該為此承擔責任？」

後面的副標——「南華市公安局現場拿走攝影機，事後說攝影機掉入水中損害，到底意欲何為？」

兩個標題下得都十分尖銳，最引人注目的自然是柳擎宇公佈的那則視頻，正是發生在嘉山村衝突的整個過程。

視頻中包括程鐵牛在事件發生前便打電話向南華市公安局和瑞源縣公安局報警，以及事件發生時報警的錄音。

這則視頻秀出後，立即有不少人點閱，王達飛第一時間便注意到了，立即打電話給柳擎宇，指責道：「柳擎宇，你是怎麼回事？誰讓你把這則視頻上傳到官網的，立刻給我下架，你知道這個視頻一旦登出來，對南華市和瑞源縣會帶來多麼大的傷害嗎？這對當地政府的形象也是一個極大的損失！」

柳擎宇沒有絲毫的退縮，頂撞道：「不好意思啊王書記，我之所以發佈這則視頻，是因為我早就有韓書記的授權，韓書記上次開全體會議的時候就說過，我們身為紀委監察室的工作人員，要敢於揭露白雲省存在的各種腐敗問題和侵犯老百姓利益的事件，要我們不要害怕揭露某些地方的傷疤，因為只有勇敢揭露他們的惡行，讓他們的錯誤暴露在陽光下，他們以後才能長記性，才不敢再為所欲為，我們省紀委身為監督部門，自然要切實負起責任來！」

「我讓你立刻刪了！」王達飛聽到柳擎宇竟然出言不遜，頂撞自己，氣得吼道。

柳擎宇態度堅定的說道：「王書記，這則視頻我是不會刪的，而且，我再告訴您一件事，省電視台的記者剛才聯繫我，要對我就此事做一個專訪，屆時這個視頻也會出現在今天晚上的新聞當中。很多時候，視頻可以刪除，但是您認為**民心可以刪除嗎？那些貪官汙吏對百姓所犯下的累累罪行能夠刪除嗎？老百姓因為權利受損而對官員的不滿可以刪除嗎？**

「不！不可能！王書記，我認為，我們身為省紀委工作人員，必須要嚴格貫徹中央的指示，要把權力關進制度的籠子裡，要堅決發揮我們紀委部門的監督作用，讓一切違法亂紀行為曝光在陽光下，讓那些官員們接受群眾和輿論的監督，不能害怕揭露自己的短處，應該勇敢面對，積極改進。」

說到這裡，柳擎宇停下話道：「好了，就這樣吧，記者到了，我要接受電視專訪了。」便掛斷了電話。

就見白雲省電視台的美女記者金心妍，滿臉微笑著說道：「柳主任，沒想到我們這麼快就又見面了。」

柳擎宇一臉無奈地道：「是啊，離上次視頻直播才不到半年的時間，我們瑞源縣又出事了。」說話時，柳擎宇眼底深處掠過一抹痛心疾首之色。

金心妍察覺到柳擎宇此刻的心情十分沉痛，安慰道：「柳主任，你也不用如此自責，上次你揭發轉基因種子的事大快人心，為瑞源縣百姓的糧食安全做出了相當大的貢獻；這次更是阻止了一次嚴重的群眾事件，你已經對得起你的良心，對得起你的官職了。

「省電視台和省委宣傳部的領導之所以同意我們進行直播和報導，就是要向全省的官員和百姓表明一件事，那就是任何人都不要心存僥倖，只要他們做了對不起老百姓的事情，省委領導是絕對不會包庇的，會讓他們所有的罪惡都曝光在輿論面前，曝光在老百姓的眼前！任何人都要為他們所做的事情負責，從這一點來說，對於新上任的省委譚書記我也有幾分欽佩。」

聽到金心妍這樣說，柳擎宇愣了一下，他沒有想到這次的電視直播原來是譚正浩安排的。如此看來，當官當到了一定的位置，其心胸之開闊果然不可以常人來衡量。

隨後，金心妍和攝影師商量了一下，決定採取先播放視頻，再對柳擎宇進行採訪的方式來進行。

此刻，省委常委會會議室內。

省委書記譚正浩把所有常委們都召集到了一起。

譚正浩的臉色陰沉，在眾人都到場後，譚正浩冷冷說道：「大家先一起看電視直播吧，等看完，咱們的會議再正式開始。」

說完，譚正浩便不再說話，和眾人一起看向會議室內的大螢幕。

此時大螢幕上正在播放白雲省衛視頻道的節目，是一段抗戰歷史的影片，講述日軍當年在白雲省所犯下的累累罪行。

眾人皆是一愣，心中暗道：「省委書記讓我們看這個節目是什麼意思啊？難道是要展開類似的宣傳活動嗎？」

三分鐘後，節目播放完，開始插播起廣告來，然而，譚正浩卻沒有讓人換台的意思，仍然盯著電視，大家都搞不清楚譚正浩在故弄什麼玄虛，只能靜靜坐著看起廣告。

五分鐘後，廣告消失，畫面突然一變，一名美女記者出現在畫面上，美女記者手中拿著麥克風表情嚴肅地說道：「各位觀眾，下面本台將插播一條新聞，在新聞正式開始前，先請大家看一段視頻。這則視頻的拍攝時間是昨天晚上到今天凌晨，地點是南華市瑞源縣木橋鎮嘉山村。」

隨即畫面便切換到一個白紙黑字的通知，可以清楚的看到「限期搬離否則後果自負」的字樣，還配著一把鮮血淋漓的尖刀圖片。

接下來，是一段對話，先是有人報警，之後就是五百多人的隊伍浩浩蕩蕩出現在嘉山村村口的場景，以及村民們聞訊蜂擁趕來阻擋拆遷、雙方對峙的場景。再然後又是一段報警電話錄音，從兩個錄音間隔來看，已經過去兩個小時了，但是現場一個員警都沒有出現。

接著，便是柳擎宇的出現，率領村民與副鎮長和紋身男進行談判、對方拿出槍來反而被制住等等所有的經過，經過電視台後製人員的剪輯整理之後，這次事件的脈絡經過更清楚的呈現在所有觀眾的面前。

會議室內呈現一片靜默，譚正浩的臉色更形冷峻。

這時，畫面變成柳擎宇和美女記者金心妍出現在電視螢幕上。

金心妍手持麥克風說道：「各位觀眾，透過上面的視頻，我們看到了一個不負責任、甚至與惡勢力勾結魚肉百姓的副鎮長，也看到了一個一心為民、凜然不懼惡勢力的前縣委書記，我身邊這位，就是事發時率領百姓、控制惡勢力的英雄，前瑞源縣縣委書記——柳擎宇。下面，就是我們對柳擎宇的專訪。」

金心妍把麥克風遞到柳擎宇面前，看向柳擎宇道：

「柳擎宇，我想先代表廣大的觀眾問一下，你是怎麼知道這裡將要發生群眾事件？這則視頻你又是怎麼得到的？事件的真相到底為何？」

柳擎宇沉聲道：「我之所以知道這件事，是因為我們省紀委的巡視組一直在南華市進行巡視，我們的巡視人員在瑞源縣進行暗中秘密調查的時候，得知嘉山村村民收到了一份強拆通知……」

柳擎宇把整個事發經過詳細講述了一遍，最後，沉痛地指責道：

「這次群眾事件之所以發生，主要有兩個原因，第一是因為瑞源縣給予老百姓的補償標準過低，使老百姓不願意拆遷；第二個，則是因為南華市交通建設集團動用了旗下的保安集團，會同地方上的惡勢力，聯手對嘉山村進行強拆行動。

「有人供稱那些人是受到南華市交通建設集團董事長黃立江的指使而為，進一步的查證我們正在進行核實中。在這裡，我們省紀委可以向大眾保證，這次事件不管涉及到誰，我們都會嚴懲不貸，查辦到底！」

金心妍接過話題：「非常感謝柳主任接受我們的採訪，也非常感謝柳主任不僅做著省紀委人員應該做的工作，還兼職做瑞源縣縣委書記應該做的事情。」

說完，金心妍面對著鏡頭，發表了十分尖銳的點評：

「各位觀眾，在這次事件中，我們可以十分清楚的感受到這個英雄的無奈，感受到嘉山村老百姓的悲哀與無助，以及瑞源縣縣委領導們的冷漠無情和瑞源縣公安局、南華市公安局的不作為，甚至是胡亂作為，更感受到南華市交通建設集團的囂張與狂妄。

「在這裡，我強烈呼籲省委省政府的領導們能夠高度重視這件事，呼籲南華市市委市政府的領導們重視這件事，並將疑問調查清楚。

「為什麼嘉山村的拆遷補償標準與柳擎宇擔任縣委書記時相差了兩三倍？為什麼柳擎宇在任時老百姓同意拆遷，魏宏林在任時老百姓不願意拆遷？

「為什麼南華市公安局和瑞源縣公安局、木橋鎮派出所在這次事件中、已經有人報警的情況下，卻自始至終都沒有派一個員警過去？難道這就是他們的工作態度嗎？這種態度讓老百姓如何信任他們？老百姓的權益誰去保證？

「為什麼南華市的公安局不能像南平市公安局那樣，十分鐘內就趕到報案現場？同樣是公安局，為什麼辦事效率相差如此之大？

「還有最重要的一點是：為什麼南華市交通建設集團敢如此強勢的拆除民宅？是誰給他們這麼大的權力？他們是哪來的這麼強的底氣？」

面對金心妍一連串的質問，電視機前，省委常委會會議室內鴉雀無聲！所有常委們都被金心妍這番尖銳卻一針見血的質問給鎮住了。

其實，這些問題，每個人如果仔細去思考都能夠想得到，但是自始至終，除了柳擎宇之外，偏偏沒有一個人說出來，而柳擎宇卻因為職位、級別等原因，根本起不到作用。至於其他人，要麼不敢說，要麼不願意說，誰都怕得罪人。現在這番話從金心妍嘴裡說出來，頗有一番振聾發聵的效果。

在這種壓抑的沉默中，電視直播結束了，會議室的眾人依然沉默著。

「啪！」

突然一個重重拍打桌案的聲音響起，把大家都嚇了一跳，省委書記譚正浩臉色凝重的站起來，怒聲道：「各位同志們，金心妍同志的話大家都聽到了吧？為什麼？為什麼？金心妍這位女記者一連串的為什麼問得好啊！為什麼就沒有人說起這些事情呢？大家說說吧，這件事應該如何處理？」

省委副書記關月明說道：「譚書記，我認為金心妍同志說得的確非常好，給我們很大的啟發，我們很有必要派一個調查組下去好好的查一下，看看這南華市到底出了什麼問題，為什麼總是一而再再而三的出現問題，等調查組的調查結果出來之後，省委直接給南華市下達一個指示，要南華市市委班子嚴肅處理這件事情。」

關月明說完，李萬軍立刻附和道：「我同意關書記的意見，這件事情必須要南華市方面嚴肅處理，絕不輕饒。」

譚正浩的眉毛挑了挑，眼神中閃過一道怒色。

對關月明突然站出來，他很意外。

隨著譚正浩在白雲省逐漸站穩腳跟後，就發現關月明、李萬軍等人雖然表面上向自己靠攏，但是一旦涉及到他們利益範圍內的事，他們絕對會毫不猶豫的站出來和自己唱反調，而且他們早已經組成了一個利益集團，想打破這個集團十分困難，因為整個白雲省的局勢很複雜，他們這個勢力集團雖然不大，卻很牢固。

正因為看清楚了這些，所以在譚正浩到來後不久，他首先做的一件事，就是暫時對前任省委書記曾鴻濤所留下的嫡系班底一個都不動，而且大力拉攏，慢慢團結了省委秘書長于金文、省紀委書記韓儒超和省委宣傳部部長李雲等人，在省委常委班子內逐漸形成和關月明等人勢均力敵的局面。

不過，譚正浩做事相對來說還是很溫和的，所以在很多時候，他會先考慮大局，如非必要，不會動這些人的利益，而是一邊穩步推進自己的政策，一邊用潤物細無聲的方式逐漸削弱關月明一派的力量。

但是，今天當電視直播後，他發現關月明等人竟然還敢如此庇護南華市和瑞源縣的那些幹部們，而且還說得如此冠冕堂皇，看似公允，譚正浩憤怒了。

譚正浩向韓儒超：「韓儒超同志，對這件事情你怎麼看？」

韓儒超自然明白譚正浩的意思，他是想要讓自己當先鋒，不過他對瑞源縣發生的這次群眾事件也十分憤怒，毫不猶豫的說道：

「譚書記，我並不贊同關書記的觀點，我認為這次瑞源縣發生了這麼嚴重的群眾事件，瑞源縣的縣委班子應該承擔主要責任；而且我相信，經過電視直播後，來自四方的輿論足以讓我們受到巨大壓力。但是，我們白雲省必須要坦然面對，不要再退避甚至是掩藏，應該積極應對，給瑞源縣老百姓一個交代，給媒體一個交代，也給政府一個交代。

「我建議，立刻就地免去南華市公安局局長、瑞源縣公安局局長、政法委書記、主管副縣長的職務，免去南華市主管拆遷的副市長的職務，對南華市政法委書記給予行政記大過處分。同時給予南華市市委書記、市長、瑞源縣縣委書記、縣長黨內記大過處分。

「至於關書記所說的調查組，我認為省委派不派都沒有關係，因為剛才金心妍記者所說的那些問題，柳擎宇同志早就提出來了，而且針對這些問題展開了調查，即便是省委再派調查組下去，也肯定不如柳擎宇同志調查得仔細，所以，我認為我們可以等柳擎宇調查結束之後，讓他直接向我們省委做個彙報，一切事情就一目了然了。」

韓儒超的話，立刻在省委常委會內贏得一片贊同之聲。

雖然關月明等人有一定的實力，但是大部分的常委們還是願意站在有理的一方，所以紛紛表示贊同。因為大家都很清楚，隨著電視直播的關係，這次事件的影響必定將會在全國發酵，在這種情況下，只有按照韓儒超的意思積極展開應對，才能在最大程度上為白雲省爭取主動，甚至是好的影響力。

而且沒有一個人是傻瓜，省電視台敢進行播放，雖然播出的只是視頻檔的剪輯版，另外配上對柳擎宇的採訪，但是所有人都清楚，這種新聞，一般省分是絕對不敢播出的，因為這相當於自揭短處，自曝家醜，這麼重要的事情，省電視台肯定要向省委宣傳部進行請示的，而省委宣傳部也要向省委書記譚正浩進行彙報，顯然，譚正浩肯定同意了這次直播，否則的話，也就不會有今天的這次緊急常委會了。

從眼前的情況來看，新來的這位省委書記表面上看起來溫和綿軟，**但實際上，卻是綿裡藏針**，曾鴻濤的一些手段他都沿用了，尤其是電視直播，毫不猶豫的實施，從這一點看，這位譚書記也**不是一個省油的燈啊**。

所以，關志明等人雖然以前在常委會上經常得逞，但是這次，他們卻失算了。

省委常委會以六票對四票、三票棄權的結果通過了韓儒超的提議！

當省委常委會的表決結果傳到南華市的時候，南華市也正在召開緊急常委會。

黃立海幾乎在電視直播剛開始後不久便知道了這件事情，立刻召集所有市委常委們第一時間召開了常委會進行應對，因為他知道，自己這一次失算了。

他本以為自己派公安局局長石金生把柳擎宇司機手中的錄影機和裡面的資料全都給拿走，這次事件的後座力就可以大大降低，卻沒想到柳擎宇手中還有另外一份備份資料，這讓他十分鬱悶，想不明白，為什麼自己已經把攝影機裡面的記憶卡都抽走了，柳擎宇是從哪裡得來的視頻資料。

其實，黃立海不曉得，柳擎宇做事一向都是兩手準備，任何事都會留一手以防止意外，尤其是像嘉山村事件這麼重要的事。

當黃立海知道電視直播的事後，氣得直拍桌子，他知道，隨著省委常委會表決結果的出爐，瑞源縣方面損失慘重，甚至連南華市也會成為省委領導的眼中釘，以前自己還可以以譚正浩的嫡系偽裝一下，今後恐怕很難再偽裝下去了，必定會成為譚正浩的眼中釘肉中刺。

南華市市委常委會上很快討論出一個結果，那就是立刻按照省委的指示，懲處有關的官員，同時，召開各個縣區的主要領導舉行專題會議，部署以後的工作，要各個地市堅決杜絕出現類似的群眾事件。

等常委會散會後，黃立海立刻給朱洪明打了一個電話：「朱主任，事情可以啟動了。」

當天晚上十一點左右，朱洪明聲音中充滿了焦慮的撥通了柳擎宇的電話：「柳書記，大事不好了，許建國、朱明強和康建雄全都口吐白沫、七竅流血死了。」

「什麼？死了？三個都死了嗎？」柳擎宇的聲音中充滿了震怒。

朱洪明苦澀地道：「是啊，都死了。」

聽到朱洪明的話，柳擎宇怒火熊熊地燃燒了起來，質問道：「朱洪明，你怎麼回事？我把人交給你之前不是一再向你們說過嗎？務必要確保這三個人員的安全，他們現在並沒有被我們雙規，只是配合我們進行調查而已，你怎麼能讓他們死了呢？」

聽柳擎宇這樣說，朱洪明也突然爆怒道：

「柳擎宇，你瞎吼什麼？你以為我願意他們死啊？我把他們帶走的目的還不是為了幫助你們儘快把整個案件調查清楚，還不是為了我們的工作?!為了確保他們的安全，僅僅是安全門我們就設置了兩個，還專門請南華市派了六名員警，廿四小時不間斷的防護，但是誰也沒有想到他們竟然會在吃完飯後就死了啊！現在南華市警方正在對這三人進行驗屍，據法醫表示，這三人是中毒而死，是一起有預謀的謀殺行為！」

「中毒而死？你們第二監察室是做什麼吃的？為什麼不注意一些呢？」柳擎宇怒沖沖的道。

「柳擎宇，我們該怎麼做不需要你來指手畫腳，你不要忘了，咱們之間可是平級，當然，發生了這種事，我負有不可推卸的責任，我已經向省紀委主要領導彙報過了，我決定引咎辭職，從現在開始，這件事就由你來接著負責吧。我們第二監察室也立刻撤離了。」說完，朱洪明掛斷了電話。

柳擎宇千算萬算，沒有算到竟有人敢冒天下之大不韙，將三個重要人物給毒死，更沒有算到這些人是死在朱洪明他們第二監察室訊問期間。

柳擎宇當初和第二監察室進行交接的時候，曾堅決要求要履行每一個交接細節，目的就是為了明確彼此的責任，給第二監察室施以一定的壓力，防止他們做小動作，哪知道最終的結果竟然會是這樣。

尤其是當朱洪明說他已經辭職後，**柳擎宇立刻意識到，自己危險了！**

第九章

複雜迷局

孟歡這時候這才恍然大悟，突然意識到，柳擎宇竟然佈置了一個十分複雜的迷局，而且是一個置之死地而後生的局。只不過他並不知道柳擎宇接下來的局會如何運行，但是他知道，自己只要先完成自己的工作就可以了。

柳擎宇猜得沒錯，他的確有危險了。

就在與朱洪明通完電話後不久，沈弘文和孟歡表情凝重的敲開柳擎宇的房門。

一進門，孟歡就叫道：「老大，你快上網看看。我們有麻煩了。」

柳擎宇立刻打開電腦上網一看，頓時呆若木雞，只見幾乎每個門戶網站上都出現了一個醒目的新聞標題——瑞源縣三名重量級官員在被紀委帶走問話時意外死亡！

柳擎宇點進去一看，氣得鼻子都歪了，在新聞裡，極其歪曲的敘述了以柳擎宇為首的省紀委第九監察室的人員在沒有任何證據的情況下，強行將許建國、朱明強、康建雄三人帶走，並且秘密看管起來，最後卻導致三人死亡。

文章的最後，「一針見血」的指出，是不是身為省紀委工作人員就可以為所欲為？這些人在遭遇看管期間有沒有受到不公平待遇，有沒有遭到刑求逼供？為什麼會意外死亡？

看完，柳擎宇臉色鐵青，牙咬得嘎崩嘎崩作響，他突然有一種感覺，**自己像是掉進別人精心設計的一個陷阱裡。**

從他得到許建國三人死亡的消息不過才幾分鐘的時間，網站上就刊登了大幅度的報導，如果不是精心策劃的話，是不可能這麼快就曝光在網路上的。

這時，柳擎宇的電話響了起來，接通後，便聽到酒店總經理急促的說道：

「柳主任，你快帶著你們的人趕快從後門離開吧，現在酒店大門口圍了幾十個人，這些人披麻戴孝，拉著白布條，上面寫著你和省紀委草菅人命，使無辜官員死於非命等各種各樣口號，看樣子是衝著你們來的。」

柳擎宇眉頭一皺，打開窗戶向樓下看了一眼，頓時色變。

只見樓下浩浩蕩蕩的站了足足有一百多人，這些人全都舉著各種各樣的橫幅，還有女人嚎啕大哭，大聲向現場的記者控訴柳擎宇的種種罪行！現場閃光燈此起彼伏，攝影機到處都是，僅僅是新聞記者就足有十幾個。

看到這種情況，柳擎宇更加肯定了自己的預測——**被設計了！絕對是被設計了，而且對方這一次也太狠了！**

孟歡和沈弘文看到這個情形也是大吃一驚。

孟歡憤怒的說道：「老大，這些人到底是怎麼回事啊？那三個人的死根本和我們沒有任何關係，他們是在朱洪明那邊進行審訊的時候死亡的，這些家屬怎麼會找上我們呢？」

柳擎宇苦笑說：「因為我是整個調研組的組長，現在朱洪明已經引咎辭職並且溜走了，他們就只能找我了，而且種種輿論也將矛頭指向我，根本就沒有提到朱洪明。」

沈弘文雙拳緊握，道：「柳老大，你的意思是我們被人給設計了？難道就沒有人知道我們完全是按照流程進行了交接嗎？」

柳擎宇嘆道：「哎，死者家屬又怎麼會管那麼多呢？人是我們從現場辦公會帶走的，那時候有很多眼睛看著，但是第二監察室從我們這兒把人帶走，外面的人並不知道。再加上輿論的刻意引導，想要改變這些人的想法很難。」

「老大，要不我們先從後門離開吧？」孟歡擔心道。

柳擎宇沉思了一下，搖搖頭說：「不，這個時候，我們絕對不能走，我們要是走了，這個黑鍋我們就背定了。你們先在房間裡待著，不要輕舉妄動，先打電話報警，讓警方到現場去維持秩序，我馬上下去。」

孟歡和沈弘文卻異口同聲的說道：「老大，要走一起走，要留一起留！我們和你在一起。」

見兩人語氣堅決，柳擎宇淡淡一笑，點點頭道：「好，跟我走吧，**我倒要看看，那些幕後指使者到底想要做什麼！**難道想要這些家屬把我們給吃了不成?!」

柳擎宇邁步向外面走去。

此刻，在新源大酒店的外面，酒店所有的保安全都出動了，在門口拉開了一條人牆防線，以阻止上百名死者家屬的暴衝。

酒店經理正在積極勸說這些家屬，希望他們用正規管道宣洩情緒，畢竟酒店屬於營業場所，他們這樣做會影響到酒店的營業。

一個死者家屬不滿地道：「你營不營業關我們什麼事？柳擎宇住在你們這裡，我們要找他報仇，現在給你兩個選擇，要麼把柳擎宇給轟出來，要麼我們自己進去找他。我必須要為我二叔報仇！」

雙方不斷交涉，對峙著，酒店總經理心急如焚，不斷撥打報警電話，期盼警方趕快過來維護秩序，然而，已經過去十幾分鐘了，還沒有看到一個警察趕到。

總經理看到柳擎宇和孟歡、沈弘文出現在酒店大堂，嚇得迎上來說：「柳主任，你們現在不能出去啊，那些死者家屬們情緒十分激動，你們一出去，肯定會把你們給撕成碎片啊。」

柳擎宇向外面看了看，不見半個警察人影，臉色一沉，問道：「胡總，你們報警有多長時間了？」

胡總道：「十多分鐘了，我已經催了三次了，對方卻一直說正在趕來的路上。」

柳擎宇聽到這裡，臉色鐵青，直接撥通黃立海的電話，寒聲道：「黃書記，我和第九監察室的同事在新源大酒店被一群人給圍住了，報警十多分鐘了，到現在警方還沒有到，我真是佩服你們南華市員警的辦事效率啊！黃書記，有時候，做人不要太過。」

說完，便直接掛斷了電話。

電話那頭，黃立海聽到柳擎宇的話後，氣得狠狠一拍桌子：「奶奶的，柳擎宇，你算什麼東西，竟然敢跟我這麼說話，真是沒有教養。」

不過憤怒歸憤怒，黃立海還是撥通了公安局副局長李民浩的電話，說道：

「李民浩，現在你帶人過去吧，否則柳擎宇快要發瘋了，總不能讓人再抓住我們警方不作為說事不是?!」

聽到黃立海的指示，李民浩這才長長的出了口氣。

說實在，自始至終他的心一直提在嗓子眼上，前任公安局局長石金生剛剛因為瑞源縣嘉山村的事被牽連拿下，當他接到黃立海秘書的暗示，要聽指示才出勤的時候，鬱悶到不行。因為他擔心自己會重蹈石金生的覆轍，但是書記秘書有指示他又不能不聽，所以他只能讓所有人員在局裡隨時待命，等候通知。

所以，接到黃立海的指示後，他立即親自帶隊，趕向新源大酒店。

新源大酒店門口，柳擎宇帶著孟歡、沈弘文不慌不忙的走了出來。

看到柳擎宇現身，門口外面那些家屬們激動地紛紛大喊著：「柳擎宇，你這個殺人犯終於出來了！」

「柳擎宇，你不得好死！」

「柳擎宇，你們省紀委竟然逼供刑求，我一定會向媒體揭露你們的醜惡行徑！」

一時間，各種怒罵聲喧囂不已，甚至有人拿起鞋子、石頭向柳擎宇狠狠的砸了過來，裡面不乏殺手集團安插的人也跟著起鬨。

柳擎宇看到眾人情緒近乎失控，大聲道：

「現場的各位，我不知道你們是不是真的是死者的家屬，但是我要說的是，你們每一個人都已經被酒店門口的監視器拍攝下來了，如果你們之中有誰並不是死者家屬，而是受了指使借機前來鬧事的，你們這些人給我小心了！你們今天的行為已經嚴重觸犯了法律，是違法的行為，屆時，不管你們逃到天涯海角，警方都會把你們給抓起來的。我現在給你們最後一個機會，該滾蛋的給我滾蛋，否則，你們就等著法律的制裁吧！」

柳擎宇說完，很多人臉上露出了異樣之色。

柳擎宇猜得沒錯，這些鬧事的人是死者家屬的不是沒有，但是很少，大部分都是所謂的「熱心人士」，屬於「義務」過來幫忙的，鬧事的正是這些人。

他們沒有想到柳擎宇揭穿了他們的真面目，尤其是柳擎宇提到監視器時，那些人都害怕了。

這時，人群中一個帶頭鬧事的人不服氣道：「柳擎宇，你不要胡說八道了，我們雖然不是死者的親屬，但都是他們的朋友，難道我們為朋友出頭也錯了嗎？我就不信警察不講道理！而且，這裡是南華市，市裡領導都是非常英明的，不可能被你柳擎宇三言兩語就給忽悠了。」

隨著這個人的喊話，眾人的情緒很快穩定下來，再次把矛頭對準了柳擎宇。

柳擎宇冷靜地說道：「各位，包括早就接到通知等候在外面的各路媒體記者朋友們，我是省紀委第九監察室的主任柳擎宇，對於三名談話對象突然死亡的消息，我非常遺憾，在此我要陳述三點，來澄清事實。

「第一，這三個人之所以被我們從嘉山村帶回來，是我們掌握了十分確鑿的證據，證明三人涉嫌嚴重的違法行為，所以必須帶回偵訊；

「第二，這些人並沒有在我們第九監察室進行問話，而是由第二監察室的同志們負責的，他們的死亡也是發生在第二監察室詢問時，並且第二監察室和第九監察室並沒有在同一個酒店。至於三人的交接手續，完全按照程序辦理，絕無問題。

「第三，由於我柳擎宇是兩個小組的組長，所以，我願意為意外死亡事件承擔相應的責任，也代表我們巡視組向死者家屬道歉。」

柳擎宇頓了一下，又道：

「我以上所說句句屬實，大家可以進行多方面求證。我還要強調一點，那就是有關死者的死因，目前還在調查中，我希望不管是死者家屬也好，宣稱是死者朋友的人也罷，你們要弄清楚一個問題，你們鬧事的目的是什麼？是想要讓我柳擎宇難看，還是下臺？還是想要為三位死者討還一個公道？

「不管你們有什麼目的，如果是用鬧事的方式，肯定達不到你們的目的的！我希望你們能夠理智的面對這件事，採用正當管道去進行申訴。

「我還是那句話，該我柳擎宇承擔的責任，我絕對不會推脫，但是不該我承擔的責任，我一分一毫都不願意承擔，我不怕別人給我潑髒水，但是潑髒水的人最好不要讓我給抓著，否則的話……哼！」

後面的話，柳擎宇沒有再說下去，但是意思表達得非常明白了。

柳擎宇這番言辭懇切的話說完後，現場先是一片沉默，隨後，鬧事的人拿出早就準備好的石塊往柳擎宇和酒店招牌砸去。

柳擎宇沒有閃躲，任由石頭砸在他的頭上，立時鮮血橫流。

然而，與此同時，他的目光立即鎖定了兩個丟石塊的人，在眾人還沒有反應過來的時候，柳擎宇突然衝進人群，一手一個抓住這兩個人的脖子，把兩人從人群中給提了出來，隨後往地上一摔，撕開兩人的襯衣，用手指著兩人肩頭和前胸上的紋身說道：

「我想請家屬們自己看清楚，這兩個人是你們的親戚或朋友嗎？還是你們請來幫忙鬧事的流氓混混？」

柳擎宇招手喊來兩名保安說道：「你們把這兩個人先控制起來，一會兒等警方來了交給警方，我倒要看看，還有誰敢鬧事！」

說話時，柳擎宇額頭上的鮮血汩汩流下，柳擎宇卻沒有擦拭的意思，任由鮮血漫過了他的眼角，配上他說話時嚴肅的神情，震懾住了在場的眾人。

尤其是那些來鬧事的痞子們，他們看到那兩名被柳擎宇控制住的同夥，都不禁有些害怕起來。

恰在此時，一陣警笛聲響起，一輛警車呼嘯而至。

眾人的目光頓時都看向了警車。

車門一開，一個身穿警服、身材火爆的美女警察從車內走了出來，兩條修長的玉腿和鼓脹的胸部頓時吸引了在場所有人的注意力。

隨著美女警花一起走下警車的，還有兩名彪形大漢，這兩名是刑警隊的實力派警員，很多混混都認識這兩個人。

美女警花快步向柳擎宇，一把撕下自己襯衣的衣袖，幫柳擎宇額頭的傷口包紮起來，一邊指揮那兩名警員說道：「陳彪、于東，給我查一查到底是誰打傷了柳擎宇，另外，給我搞清楚今天到底是怎麼回事？這些人聚眾鬧事到底為了什麼？」

陳彪是兩人中個頭稍高的那個傢伙，身高足有一九〇，留著小平頭，身上肌肉隆起，一看就是個猛男。

陳彪掃視了一眼在場的人，不由得眉頭一皺，立即朝人群中一名正在往後面躲閃的人招了招手道：「王老三，你過來，你不是剛剛才從局裡放出來嗎？怎麼又來鬧事了？是不是還想進去啊？」

王老三看到陳彪問向自己，只能滿臉乾笑著站了出來，勉強擠出一絲笑容，心虛地說道：「陳……陳警官，我……我是來為我朋友找回公道的。」

「你的朋友？誰啊？」

「許建國還有朱明強、康建雄。」

「他們是你的朋友？你開什麼玩笑？人家是官，你是賊，他們怎麼可能和你交朋友？老實給我交代，到底是怎麼回事？還是，咱們去局裡好好聊聊？」陳彪瞪著雙眼怒喝道。

這時候，一陣陣刺耳的警笛聲接連響起，副局長李民浩帶著公安局的大批警力姍姍來遲。

看到又有大批員警趕到，尤其是看到了熟人，原本有些發慫準備交代實情的王老三，立刻腰桿一挺，嘻皮笑臉地說道：「陳警官，真是不好意思啊，我剛才說得沒錯，他們的確是我的朋友。」

看到王老三臉色瞬息萬變，陳彪怒火中燒，卻又無可奈何，因為他看到副局長李浩民帶著人向他們走了過來，同時，大批員警也暫時控制住了局勢。

李浩民來到柳擎宇面前，滿臉嚴肅的說道：「柳主任，這到底是怎麼回事？怎麼鬧成這個樣子，你還受傷了啊？」

柳擎宇面無表情地說道：「要是你們早點來的話，也許我就不會受傷了！李副局長，據我所知，從酒店報警到現在起碼有四十分鐘了，你們南華市警方的辦事效率可真是夠高的啊。」

李浩民連忙解釋道：「柳主任，我們過來的路程至少要十五分鐘，現在又是下班時間，集合人手也需要一段時間，能夠現在趕來已經是盡我們所能了，還希望你能夠理解啊，我們南華市公安局一向是以老百姓的利益為優先的。」

聽到李浩民這樣搪塞的說法，柳擎宇不想再說什麼，指著現場鬧事的人說道：「李副局長，既然你來了，現場就交給你了，我先回去休息。」

柳擎宇轉身看向眾人道：「各位，關於許建國等人的死因，我剛才已經解釋得很清楚了，這件事是非曲直自有公論，希望你們能夠理智。」

說完，柳擎宇就要回酒店，曹淑慧拉住他的手道：「你先別走，跟我去醫院。」

看到曹淑慧，李浩民把臉一沉，道：「小曹啊，你怎麼擅自行動？沒有參加局裡的統一行動呢？」

曹淑慧理直氣壯的說道：「李局長，兩個小時前，我得到通知去局裡集合，結果待了好一會，依然沒有進一步的指示，只是在局裡乾耗著，正好我手頭還有一個兇殺案得到了線索，所以就帶人去現場勘查，回來的時候經過這裡，看到我的朋友受傷了，所以過來看看。事情經過就是這樣。」

說完，曹淑慧拉著柳擎宇的手道：「走，跟我去醫院。」

柳擎宇想要拒絕，卻被曹淑慧強行拉著，兩人攔了輛計程車直奔醫院。

原本打算利用鬧事人群一片混亂時趁機對柳擎宇下手的殺手集團，見大批警力到來，也只好作罷。

看著兩人離去的背影，李浩民的眉頭緊緊皺了起來，曹淑慧和柳擎宇看來交情非淺，這讓他感覺到一絲憂慮。

在前往醫院的路上，曹淑慧詢問柳擎宇究竟是怎麼回事，得知發生的事後，忿忿不平的說道：「你這絕對是被人給設計了，市公安局很明顯早就知道今天晚上會有事情發生，所以局裡的員警在下班後，領導通知今天晚上要加班，還要我們沒有得到通知前，誰也不許離開。這也是為什麼你們報警後一直沒有人出動的原因。」

「我看李副局長帶隊來的時機，也是精心選擇的，能符合警方出勤的規定，又能讓整個事件充分發酵，尤其是被媒體知道之後，可說是一箭雙鵰啊！」

曹淑慧點點頭：「是啊，殺掉那三個人滅口，不但可以防止他們供出敏感訊息，又可以把整個事情的責任栽贓嫁禍到你的頭上，如此看來，你這次的處境危險了。」

柳擎宇苦笑無奈道：「是啊，這次真的有些危險了。」

當柳擎宇正在醫院處理傷口的時候，發生在新源大酒店門口的事情再次被搬到了網上。這次報導的內容極具煽動性，報導的內容是柳擎宇野蠻闖入人群，將死者家屬摔倒在地的過程，對事情的前因後果卻沒有任何說明。

發佈者在文章最後，以十分強烈的語氣質問道：

「柳擎宇身為公務人員，竟在大庭廣眾下強行毆打死者家屬，這種行為簡直比流氓還野蠻，比黑惡勢力還囂張，他在做這件事之前，到底有沒有想過自己的身分？有沒有想過這樣做會給民眾留下什麼觀感？難道僅僅因為柳擎宇是紀委人員，就可以縱容他嗎？三名死者被柳擎宇以問案為由帶走後並死亡，這個責任到底該不該由柳擎宇來承擔？要不要追究問責？」

隨著一連串新聞和論壇帖子的發出，三人死亡的事被炒作得沸沸揚揚，而且主要都圍繞在柳擎宇沒有證據雙規副處級官員，導致其死亡後對死者家屬進行暴力毆打，要求柳擎宇站出來給個說法，同時要求上級部門對柳擎宇進行處理。

當輿論呼聲越來越激烈的時候，白雲省很快得到了這個消息，在第一時間通知了省紀委。

韓儒超聽到這個消息後，臉色變得十分難看。

這時，省紀委副書記王達飛的電話打了過來。

王達飛語氣沉重地說：「韓書記，柳擎宇這次在南華市又惹事了，網上全都是有關他和第九監察室的負面消息，我們省紀委的形象幾乎被柳擎宇給敗壞殆盡了啊。韓書記，雖然我知道您很關心柳擎宇，我也很欣賞這個年輕人，但是這次他事情做得太沒輕沒重了，更是缺乏理智，我認為我們很有必要讓柳擎宇好好的冷靜冷靜，所以，我建議暫時免去柳擎宇巡視小組組長的職務，並且立刻撤回南華市的巡視小組，讓事情冷卻一下，以平息這股風潮。」

韓儒超眉頭緊皺，沒有立刻回答王達飛。

這時，韓儒超的手機響了起來。打來的是省委秘書長于金文。

于金文說道：「老韓，譚書記說要召開一個小範圍的討論會，你來省委一趟吧，到譚書記辦公室來。」

當韓儒超來到譚正浩辦公室時，會議室已經坐了四個人，分別是省委副書記關月明、省長崔衛東、省委秘書長于金文、省委宣傳部部長李雲。

韓儒超入座後，譚正浩說道：「今天召集大家過來，主要是討論網路上最近鬧得沸沸揚揚，有關談話人員死亡的事件，現在輿論幾乎全倒向家屬那邊，如果再繼續這樣下去，我們白雲省省紀委的形象就要受到影響了，大家說說自己的看法吧。」

關月明第一個發言道：「譚書記，我認為現在整個事情的重點其實就是柳擎宇，死者是柳擎宇下令帶回來的，而柳擎宇是巡視小組的組長，人也是柳擎宇交給第二監察室去審訊的，現在第二監察室主任已經引咎辭職，所以柳擎宇必須要承擔一切責任，所以我認為，為了平息輿論，為了安撫死者家屬的怒氣，我們應該立刻停止柳擎宇的一切職務，並且組成調查組對柳擎宇進行調查。」

關月明說完，平時極少發表自己意見的省長崔衛東也說話了：

「我也贊同關同志的意見，以前不管柳擎宇怎麼鬧，我從來沒有說過他一句不是，因為他的出發點都是為了老百姓，想要為老百姓辦事，我理解他，也欣賞他，但是，理解和欣賞並不意味我能夠包容他所有的錯誤和不合理的行為。

「這次的風波充分說明了一件事，那就是柳同志還是太年輕了，做事太魯莽，這樣的同志雖然常有驚豔之舉，但同時也是未爆的炸彈，是一把雙刃劍，用不好就要傷及自身，所以我贊同把柳擎宇就地免職。

「至於針對柳擎宇的調查嘛，我認為暫時沒有必要，但是，我們必須要給死者家屬一個交代，所以還是需要對這件事的本身展開調查。」

崔衛東說完，全體沉默不語。

氣氛沉默了足足有半分鐘後，譚正浩這才緩緩說道：

「其他人也說說自己的看法吧？」

這時候，就連韓儒超也沒有辦法護航了，因為柳擎宇畢竟是省紀委的人，現在三個人的死亡雖然和柳擎宇沒有直接的責任，但是在朱洪明已經引咎辭職的情況下，柳擎宇不得不面臨責任的處分。所以，韓儒超選擇保持沉默。他想要觀察一下，省裡這些人到底會如何處理柳擎宇。

譚正浩看得眾人都不說話，便淡淡說道：「好，既然大家都沒有意見，事情又如此棘手，那就暫時按照崔省長的意思去辦吧，柳擎宇暫停一切職務，等省裡的調查小組把事情調查清楚之後，再討論對他的最終處理。」

譚正浩說完，韓儒超心中一喜。因為他聽出來，譚正浩雖然表面上表示同意崔省長的意見，但實際上，崔衛東的意思是把柳擎宇就地免職，譚正浩的意思卻是暫時停止一切職務，雖然柳擎宇暫時沒有辦法工作了，但是兩者卻有著本質上的區別。

「就地免職」意味著柳擎宇犯了嚴重的錯誤，以後很難恢復原職；「暫時停止一切職務」卻不同，表示調查結果出來後，如果證明柳擎宇沒有問題，依然可以官復原職。

譚正浩說完，韓儒超、于金文、李雲立即表示贊同。

崔衛東看到這種情況，也就不再多說什麼，因為對他來說，譚正浩對他意見的肯定就已經很給他面子了，這時候如果自己再堅持一定要就地免職的話，很可能會惹惱這位表面溫和，實則強硬的省委書記，那樣極為不智。

柳擎宇的處理結果很快便傳達下來，柳擎宇聽到這個結果，只能苦笑，因為他知道，這件事情省委發話了，已成定局。

柳擎宇的身邊，曹淑慧溫柔的說道：「停職就停職吧，這些日子你也太累了，正需要好好的休息一下，正巧我們副局長也通知我，要我休假一段時間，不如咱們一起去散散心吧，南華市這灘水實在是太渾濁了。」

柳擎宇點點頭，一聲長嘆道：「是啊，這南華市的水實在是太渾了，咱們是得好好休息休息了。」

聽到柳擎宇說話的語氣，曹淑慧便知道柳擎宇的心情相當糟，她太瞭解他了，從小到大，柳擎宇從來沒有表現過如此的無奈和傷感，因為柳擎宇天生就是個樂天派，又很有自信，所以，哪怕是再困難的事情也無法讓他皺一下眉頭，更別提這種長嘆了！

見柳擎宇意志消沉的樣子，曹淑慧感覺十分不好受。

曹淑慧挽住柳擎宇的胳膊，把頭靠在柳擎宇的肩頭，柔聲安慰他道：「擎宇，不要想太多了，官場上的事，很多時候都不可能盡如人意的，畢竟，身在官場，身不由己，不同層次的人有不同層次的煩惱。你只要把你覺得應該做的事情做好，至於其他的，就由它去吧，領導不用你是他們的損失。」

曹淑慧知道柳擎宇個性十分剛強，即便是自己的安慰對他來說也是無濟於事，但是，她仍然努力的勸慰著柳擎宇，因為她知道，女人的柔情是化解男人創痛最好的藥方，哪怕是療效甚微，依然可以讓柳擎宇轉移注意力。

鼻子中聞著曹淑慧長髮上淡雅誘人的髮香，柳擎宇心頭就是一動。這個從小和自己一起長大的女孩，正在以自己能夠感受到、看得見的方式在飛快的轉變著。

以前的曹淑慧，野蠻、驕橫、古怪精靈，做任何事情都隨心所欲，很少去顧及別人的想法，這才被圈內人稱為大魔女，小魔女韓香怡比起曹淑慧來只能算是小巫見大巫，但是，就是這位曾經野蠻的美女，在為了他離開曹家之後，性格正在一點一點的發生變化。

雖然曹淑慧骨子裡依然有曹家人的傲氣，尤其是晚上在新源大酒店門口時，曹淑慧當面駁斥副局長李浩民的那一幕，更充分表現了曹淑慧這位大魔女的彪悍。

但是，柳擎宇卻能夠感受到，在自己面前，曹淑慧正在表現出越來越多的賢慧和溫柔，這是以前他從來沒有注意過的一面。

此時，南華市市委書記黃立海辦公室內，煙霧升騰。

市委組織部部長廖錦強、市委副書記孫曉輝兩人坐在黃立海的對面，三人一邊抽著菸，一邊興奮地談著關於柳擎宇的事。

廖錦強滿臉笑容，高興地說：「黃書記，柳擎宇終於被停職了，再也不能在我們南華市為所欲為了，一直以來，縈繞在我們南華市上空的那團霧霾終於可以散開了。」

孫曉輝也拍馬屁道：「黃書記，不得不說，你真是太厲害了，運籌帷幄之間，將柳擎宇玩弄於股掌之上，柳擎宇這小子縱然在向東市折騰得浪花滾滾，但是到了咱們南華市，您只出一次手就將柳擎宇徹底搞翻了，我算是服了，您就是柳擎宇的剋星啊！」

廖錦強附和道：「是啊，當初柳擎宇在瑞源縣的時候，您把他趕走了，這小子賊心不死，來咱們南華市找事，您又把他擺平了，經過這次的事件之後，柳擎宇今後的仕途我看再也沒有任何翻盤的機會了。就算他後面有人撐腰，也只能找個閒職蹲蹲了。」

聽到兩個手下拍馬逢迎的話，黃立海眼角眉梢都帶著笑意，心中更是得意不已。這一次，他為了保住南華市的大局，咬著牙犧牲了三名鐵桿嫡系手下，最後一招釜底抽薪終於把柳擎宇給弄走了。

就連他自己都開始有些佩服自己了。要知道，一次性犧牲三名手下這可是需要極大的魄力，最重要的是，整個過程天衣無縫，任何人都不可能追查到這件事和他有任何的關係。

不過得意之餘，黃立海依然保持一定程度的冷靜，看向廖錦強道：「老廖啊，柳擎宇雖然已經停職了，不過他們第九監察室其他的人，上面有沒有什麼安排？」

聽黃立海這麼問，廖錦強回道：「黃書記，關於第九監察室和第二監察室的去向問題，在處理柳擎宇的文件中並沒有提到，不過，省裡要派調查組下來調查三名瑞源縣幹部死亡事件，按照常理，他們在這時候是不應該離開原地的，省紀委王副書記那邊傳來消息，省紀委已經下令兩個監察室的所有人全都待在原地，不要亂跑亂動，原地等待省委的人下來調查。哦，對了，來之前我剛剛得到消息，曹淑慧已經被公安局暫時勒令休假，和柳擎宇一起坐高鐵離開南華市，兩人好像是去南方散心去了。柳擎宇這次算是徹底栽了。」

黃立海聽到這裡，心終於放了下來，說道：「老廖啊，雖然柳擎宇已經離開了，但是我們還是不能掉以輕心，尤其是對第九監察室的監控還是要保持一定的關注，確保第九監察室不要在暗中做什麼手腳。」

廖錦強點頭說道：「黃書記，您放心吧，我們對第九監察室的監控一直都處於高度保密的狀態，可以確保對第九監察室每一名成員的狀態都瞭若指掌，我們要防止向東市的悲劇在我們南華市重演。而且隨著柳擎宇的離開，這種可能性已經基本上沒有了。」

隨著柳擎宇和曹淑慧的離開，以及白雲省省委調查者的進駐，南華市的局面很快便穩定下來，省委調查者在經過一番調查後，確定許建國、朱明強、康建雄三人是被毒死的，而且下毒的人在南華市公安局的配合下也找到了，是一名酒店的工作人員。

那名酒店的工作人員之所以要下毒，是因為康建雄擔任瑞源縣公安局局長期間，曾經和他的妻子發生了曖昧關係，給他戴了綠帽，後來她的妻子和他離婚，專門給康建雄當起了情人，而他後來離開瑞源縣，在酒店找了份廚師的工作，當他得知康建雄被帶到酒店後，便趁機在他們的飯裡和水裡全都下了毒，把三人全都毒死了。

事情的前因後果調查清楚了，第二監察室和第九監察室的人也就全都撤離了南華市，南華市徹底恢復了以前的熱鬧，幾乎所有人全都忘記了柳擎宇，忘記了曾經發生過嘉山村事件。

然而，**事情真的結束了嗎？柳擎宇會甘心嗎？**

柳擎宇當然不甘心！柳擎宇啥時候吃過這種啞巴虧？柳大少啥時候肯吃悶虧?!

柳擎宇雖然每天和曹淑慧在一起花前月下，遊山玩水，但是他的心和注意力卻一直關注著南華市的情況！

當他得知省委調查的結果以及兩個監察室的人都從南華市撤離之後，柳擎宇笑了。

柳擎宇撥通了孟歡的電話。

還沒等柳擎宇說話呢，孟歡便憤怒的說道：「柳老大，第三監察室的人太令人氣憤了，黃立江交給他們的第二天，他們就把人給放走了，還說什麼沒有任何證據可以證明黃立江參與了嘉山村事件中去，真是太氣人了！」

柳擎宇不感生氣，反而嘿嘿一笑道：「放得好，放得好，他們這麼一放，局勢對我們更為有利了。」

孟歡一愣：「老大，你這是什麼意思？難道你讓我們控制住黃立江，不是為了讓我們從他的嘴裡得到有用的資訊嗎？」

柳擎宇說道：「當然是這樣，不過，我認為黃立江肯定不會輕易開口的，因為他的後面站著黃立海，所以想讓他開口十分困難，除非黃立海垮臺了，否則你們很難突破他的心防，因此今天這個結局早就在我的預想之中。

「我當時讓你們抓黃立江的時候，還在發愁怎麼樣找理由去釋放黃立江呢，卻沒有想到第三監察室的人膽子那麼大，竟然直接就放人了，不過這正好省了我們很多事情。現在，**所有人的戲都唱得差不多了，是該我們第九監察室重新上場的時候了。**」

孟歡苦笑道：「柳老大，恐怕我們的時間不多啊，我剛剛得到消息，說是王達飛副書記正在提議撤消我們第九監察室，說我們工作能力不行，總是惹事，而且省裡也有人在給韓書記施壓，要他撤消第九監察室，五天後，省紀委就要召開紀委常委會討論這件事情了。」

柳擎宇露出微妙的表情：「五天的時間嗎？那足夠了。」

說到這裡，柳擎宇的語氣變得嚴肅起來：

「孟歡，你和沈弘文現在只有一個重要的任務，那就是集中所有精力對肖明遠進行審訊，這是我故意留下的一個重要的伏筆，我估計不管是瑞源縣也好，南華市也好，在我們釋放出煙霧彈把許建國等人全都給帶走之後，大家都會把注意力放在許建國等人的身上，肯定不會有人注意到肖明遠這個人的。哼，只是我沒有想到這些人的膽子竟然那麼大，出手那麼狠，敢直接將許建國三人毒殺，這些幕後主使者，我遲早會讓他們付出代價的！」

孟歡憂慮的說道：「老大，肖明遠這個人不過是個縣委辦副主任、縣委副秘書長而已，他能夠知道多少事情呢？」

柳擎宇笑道：「這你就不瞭解了，我在瑞源縣工作那麼長時間，對肖明遠這個人十分瞭解，此人為人十分勢利，善於站隊，喜歡撈錢，但是做事十分小心謹慎，我仔細研究過他，在官場鬥爭的時候，一般不會輕易出手，然而只要出手必中，手握重磅資料。

「那些資料幾乎事無巨細，這說明此人平時極其細心，喜歡搜集各種資料，從這一點又可以推測出，他身在官場上極度缺乏安全感，所以他的手中肯定會握有很多人的黑資料，以圖自保，這樣，不管是誰想動他都不敢輕易動手，這也是為什麼他這些年在瑞源縣官位沒有混到很高，卻又得到不少領導重視的原因。」

孟歡聽出奧妙來：「老大，你是說那些領導未必是重視他本人，而是他手中掌握的那些資料？」

柳擎宇點點頭：「沒錯，他手中的那些資料是每個領導都不得不去重視的，因為他如果要想整某個官員，肯定要師出有名，這時候，只要把這個任務交給肖明遠去做就可以了，肖明遠為了完成任務，勢必會拿出手中掌握的資料。也正是因為如此，所有的領導都不得不防著他，因為擔心他手中掌握了自己的黑資料。

「也正因如此，肖明遠永遠不可能混到縣委常委的層級，因為他要是位居高層，欣賞他的領導就會感覺到對他不好掌控了。不管是魏宏林也好，其他人也罷，大家都心照不宣，卻沒有人會點破。

「所以，當時我之所以讓你們雙規了肖明遠後，立刻將他送到一個隱蔽的地方安置起來，就是為了防止某些人想到他置他於死地，使這些人即便是想起他來，卻又找不到他，在我們控制了許建國等人之後，也就不會在關注這件事了。」

孟歡這時候才恍然大悟，突然意識到，**柳擎宇竟然佈置了一個十分複雜的迷局，而且是一個置之死地而後生的局**。只不過他並不知道柳擎宇接下來的局會如何運行，但是他知道，自己只要先完成自己的工作就可以了。

掛斷電話後，孟歡和沈弘文、包凌飛一起來到省會遼源一個社區裡，坐電梯來到頂樓。

這是一套四室兩廳的房子，是第九監察室的人自己掏腰包租下來，用來專門審訊肖明遠的。

他們為了防止這個地方洩露，都是深夜才輪流到此處對肖明遠進行問話。但是現在，由於時間緊湊，便放棄了保密原則，全員出動，準備用兩天的時間對肖明遠展開密集審查。

與此同時，黃立江被釋放後，立刻撥通了哥哥黃立海的電話：「哥，謝謝你這些天為我周旋，我下一步該怎麼辦？」

黃立海說道：「立江啊，你雖然被釋放出來了，但是目前你的處境依然十分危險，我擔心柳擎宇或者其他人會找後賬，為了你的安全，我看你還是儘快離開國內吧，我已經找人幫你辦好簽證買好了機票，你坐明天凌晨的飛機去美國，好好待上兩年，等風聲過了再回國。」

「哥，我走了，我的家人她們怎麼辦？」黃立江擔憂的說道。

黃立海說道：「這個你放心吧，你先走，等你離開後，我會為她們辦好簽證，讓她們很快去美國找你的，不然你們三個人的簽證一起辦，容易引人注意，只要你離開了，她們離開就簡單多了。」

黃立江點點頭：「好，哥，我全都聽你的。」

晚上十一點半左右，黃立江乘坐一輛私家車，讓司機把他送到了機場，黃立江手中拎著行李箱走進候機室。

在等候安檢的時候，黃立江情緒十分複雜。欣喜的是，從今之後，自己就長期定居美國了，從此海闊天空，再也沒有任何憂慮，帳戶上還躺著兩億多呢，這些錢足夠自己在美國一輩子衣食無憂了，即便是老婆和女兒過來以後也沒有任何問題。

不過他還是有些不安，畢竟這次離開祖國，什麼時候能再回來也說不準，雖然他的心中很嚮往美國，但是要說離開故鄉，卻也有些不捨。

過了安檢門，他的心很快平靜下來，因為事已至此，一切都成為定局，既然如此，就不必想那麼多了，自己留在國內，對哥哥來說，只是一個累贅和負擔，如果被控制住，哥哥暴露的機會非常大。為了自己，也為了哥哥著想，只能自己離開了。

想到這裡，黃立江突然豁然開朗了，老婆和孩子暫時來不了也無所謂，正好趁這個機會在美國好好享受一番，以他的身家，在美國包養一個漂亮的洋妞大享豔福，絕對不是難事！到那個時候，嘿嘿……

就在黃立江心中做著美夢，準備要去搭機的時候，他的面前突然黑影一閃，兩個面容冷峻的男人出現在他的面前，擋住了他的去路。

黃立江見有人攔住自己的去路，心中有些慌張，表面上卻是臉色一沉，故作鎮定地說：「朋友，請讓開，你們擋住我的路了。」

其中一個人冷冷說道：「你是黃立江吧？」

黃立江更慌張了，否認道：「不好意思，你們認錯人了。」

另一個人拿出自己的工作證說道：「黃立江，別跟我們裝了，我們看到你剛剛通過安檢，我們是省紀委的工作人員，現在我們懷疑你有潛逃的嫌疑，請跟我們走一趟吧。」

黃立江聽到省紀委這三個字，雙腿不禁哆嗦了一下，表面上依然冷靜的說道：「我沒有犯法，我是商人，你們省紀委沒有權力抓我。」

工作人員回道：「黃立江，你雖然是商人不假，但是你卻有公職，而且還是正處級人員，你涉嫌嚴重貪腐行為，我們現在宣布正式對你實施雙規！」

「什麼？雙規我？你們有沒有搞錯？我可是商人，根本就不是官場的人。」黃立江矢口否認。

工作人員面色冷酷地說道：「如果你不是公務人員，怎麼可能有公務人員的編制？又怎麼可能混到正處級？還領薪水？走吧，我們絕對不會搞錯的，你有權保持沉默，但是你所說的每一句話都將會作為呈堂證供。」

說完，兩人一左一右控制住黃立江，向貴賓通道走去。

黃立江被雙規的消息就這樣處於高度保密狀態，除了偶然路過的幾個目擊者外，並沒有多少人知道，目擊者就算是看到，也對此事不感興趣，所以，這件事黃立海自始至終都不曉得。

此刻的黃立海就像取得了勝利的將軍一般，依然在南華市作威作福，享受著掌控一市、發號施令的快感。在南華市，他就是土皇帝，沒有人敢跟他對著幹，他的指示就是一切。

尤其是在擺平了柳擎宇的威脅，撤回巡視小組後，黃立海更加沒有顧忌了，在腐敗和貪汙問題上不再有任何節制，才半個月的時間，南華市便敲定了三個大型工程項目，總投資高達三十多億，而且這三個都是政績工程。

黃立海現在要為衝刺副省長做準備，所以決定放手一搏，多積累一些政績工程，作為自己仕途晉升的籌碼。

這些日子以來，柳擎宇一直都在外地旅遊，似乎沒有回到工作崗位的樣子，這讓黃立海更加認定柳擎宇徹底沒戲了，因而也更肆無忌憚起來。

與此同時，這些日子裡，沈弘文、孟歡他們第九監察室的人一直在緊鑼密鼓的對肖明遠展開高強度的審訊。

在一連串的鐵證和心理攻勢面前，尤其是當孟歡把許建國、朱明強、康建雄三人被毒殺的消息告訴肖明遠，並且讓他看了電視報導之後，肖明遠的心防一下子就崩潰了。

肖明遠真的害怕了。他非常清楚，如果許建國那三個副處級的都可能被殺的話，自己一個正科級的幹部就更別提了，何況自己掌握了大量的情報呢？

在掙扎了四天之後，肖明遠終於吐口了。

這傢伙一開口，孟歡、沈弘文全都傻眼了。誰也沒有料想到，肖明遠說出的訊息會這麼多，資料如此龐大！

這傢伙就像是一本百科全書一樣，瑞源縣從副科級幹部到正處級幹部，凡是手中掌握重要權力的幹部，他都有對方的相關資料。

尤其是孟歡按照肖明遠的供詞，從他家裡搜出了一台筆記型電腦，打開機密資料夾看過之後，更是驚得眼珠子都快掉出來了。

這哥們實在是太誇張了！這台筆電裡竟然記載了瑞源縣大大小小超過七十個人的資料，這些資料中，甚至包括魏宏林某天晚上和誰一起上床了，時間多長，甚至還有一些視頻看過之後，令第九監察室的人全都無語。

經過孟歡他們的仔細梳理，發現資料中詳細的記錄了魏宏林、許建國、康建雄、朱洪明、唐睿明這夥人幾乎結成利益聯盟，通過手中掌握的權力上下其手，貪汙受賄、挪用公款，涉嫌多種腐敗行為。

尤其是正在進行的瑞岳高速公路項目，他們更是和黃立江相互勾結，以種種手段逼迫得標商把已經得標項目中的相當一部分利益讓出來，交給黃立江的南華市交通建設集團，而這部分利益便被瑞源縣的勢力集團、黃立江、南華市的利益集團三方給瓜分了，南華市利益集團的首領就是黃立海。黃立江則是兩個利益集團的中間聯絡人。

不過由於肖明遠級別不高，所以資料中雖然記錄了這兩個利益集團之間的關係，但是有許多證據卻無法提供，他只是知道有這麼一回事。不過在瑞源縣發生的事，這傢伙卻握有很大的證據，這就足夠了。

就在幾人拿著資料準備去省紀委書記韓儒超那裡彙報的時候，韓儒超的辦公室裡，王達飛正鍥而不捨地向韓儒超提議取消第九監察室。

韓儒超不堪其擾，到最後說道：「老王，要不這樣吧，你下去通知一下，一個小時後召開紀委常委會議，討論這件事，咱們還是看看大家的態度。」

王達飛這才滿意的離開。

韓儒超看著王達飛離去的背影，臉色顯得十分凝重。

因為黃立江雖然被抓了，但是這小子的嘴非常緊，什麼都不肯交代，讓韓儒超很是不爽。

黃立江這手牌，是柳擎宇給他的建議，當初柳擎宇提出這個建議的時候，柳擎宇的意思十分明白，他在自己被停職後就預料到，一旦有和黃立海那一派關係不錯的人負責這件事情後，一定會想辦法釋放黃立江，黃立海絕不會讓黃立江繼續留在南華市，所以，黃立江必逃！

柳擎宇建議韓儒超假裝在壓力之下，將黃立江交給黃立海那一派的人去負責，然後密切監控黃立江，秘密將其雙規，從而悄悄的對黃立江展開審問，只要黃立江鬆口，南華市的諸多問題就會徹底暴露出來，這是釜底抽薪的一招。

當然，這也是十分凶險的一招。因為柳擎宇很清楚，南華市的利益聯盟要比向東市的利益聯盟穩固得多；而且黃立海這個人心思十分縝密，要想從外部對南華市的腐敗問題進行突破，效果甚微，只有從其內部打開口子，才能將這個利益聯盟徹底擊垮。

對柳擎宇的建議，韓儒超感覺相當不錯，尤其是柳擎宇說他會故意在外旅遊，從而讓黃立海放鬆警惕，以及肖明遠那支伏筆，韓儒超相信上下聯動之下，南華市的問題肯定會解決。

然而，現實卻是殘酷的。負責審訊的兩個小組竟然一直沒有任何突破，關月明和王達飛不斷地向韓儒超施加壓力，三天兩頭要求他解散第九監察室，這讓韓儒超感到極大的壓力。本來他還想等到明天最後期限到了之後再商量的，但是今天王達飛又是一通緊逼，讓韓儒超煩躁不已，只好決定今天舉行紀委常委會進行討論。

就在這個時候，辦公室的房門被敲響了。

韓儒超不耐煩地說：「誰啊？進來吧。」

房門一開，孟歡和沈弘文兩人走了進來。

看到這兩人，韓儒超的心情更加焦躁了。

這兩個是柳擎宇的嫡系，十分能幹，他也很欣賞兩人，甚至想把兩人留在省紀委，但是，一旦省紀委常委會上得出結論，確定要解散第九監察室的話，這兩個人又得回到原來的單位去了，而且等他們回去的時候，他們原來的位置恐怕也沒了，兩人的仕途就此無望。

韓儒超感覺有些愧對兩人，所以勉強擠出一絲笑臉問道：「你們來有什麼事嗎？」

孟歡壓抑不住心中的興奮說道：「韓書記，我們是來向您彙報工作的，肖明遠已經全都招供了。」

「什麼？都招了？他都說了些什麼？」韓儒超的情緒一下子被引爆。

他等這一刻已經等得太久了。四天！整整四天，他每天都在期待這兩人能夠儘快把肖明遠交代的消息帶給他，但是每天等來的都是失望，結果今天竟然等到了，怎麼能不興奮呢?!

「韓書記，我們沒有想到南華市，尤其是瑞源縣的問題那麼嚴重！瑞源縣，從副科級幹部到正處級幹部，涉嫌貪汙受賄的幹部竟然多達三十七人，其他違紀行為有二十多人，只有三成的幹部奉公守法，而瑞源縣的縣委班子更是六成以上的人都腐爛掉了！」

孟歡一邊說著話，一邊將證據放在韓儒超的桌上。

韓儒超拿起資料仔細看了起來，等他看完，臉上青一陣白一陣，雖然他知道問題嚴重，卻沒想到，瑞源縣的問題比他想像的更加嚴重。

柳擎宇在擔任瑞源縣縣委書記的時候，已經拿下了不少幹部，在柳擎宇那種高強度的反腐勢頭之下，竟然還藏著這麼多腐敗的官僚，大大出乎他的意料。

更讓他傻眼的是，柳擎宇前腳剛走，後腳魏宏林便和南華市的有關官員組成了上下兩個利益集團，對柳擎宇費盡心血搞起來的瑞岳高速公路項目上下其手。

按照他們這種搞法，瑞岳高速公路這個原本資金十分充足的項目，想要不搞成豆腐渣工程都難。因為按照柳擎宇之前的設計和正常的項目流程，承建商有著充足利潤保證，再加上監理公司的介入，這個項目足以保證高品質完成。

但是魏宏林等利益集團介入之後，不僅大幅度壓縮了承建商的利潤，還找了個理由換掉了原來得標的監理公司，另外聘請一家新的監理公司，而監理費用不足之前那家得標商的五分之一，而且這家監理公司根本不具備監理這種大型項目的資格，離譜的是，它是屬於交通建設集團旗下的監理公司，這和監守自盜沒有什麼兩樣。

柳擎宇才離開多久啊，一個好好的高速公路工程被這些官僚們搞成這個樣子，無怪乎老百姓最常說一句話——**每一個豆腐渣工程的背後，肯定有一群腐敗的官僚！**

看完這些資料，韓儒超沉默了足足有兩分鐘的時間，這才緩緩說道：

「孟歡，沈弘文，我看這樣吧，瑞源縣的問題雖然已經查清楚了，但是現在暫時還是不要輕舉妄動，以免驚動南華市那些腐敗分子。咱們等黃立江開口之後，查明了南華市的問題，採取統一行動、統一部署進行抓捕。」

一把手都這樣說了，孟歡和沈弘文自然點頭表示同意，畢竟，他們只是借調過來的。

韓儒超沉默了一會說道：「孟歡，沈弘文，如果我把黃立江交給你們，你們有沒有把握讓他開口？」

孟歡和沈弘文對望了一眼，最後孟歡說道：「韓書記，是不是能讓他開口，我們沒有把握，不過我認為，我們可以用手上掌握的這些資料來對黃立江施加心理壓力，來使他開口。」

韓儒超點點頭：「嗯，看來你們雖然年輕，但是很有想法，好吧，黃立江的審訊工作就由你們來負責。」

「由我們負責？」

孟歡和沈弘文皆是一愣，明天第九監察室弄不好就要解散了，他們可沒有信心在一天內把黃立江給搞定啊。

看到兩人的表情，韓儒超明白他們的意思，笑道：「第九監察室保留與否，這一點你們不用擔心，我已經正式向省編制辦公室提出了關於增加第九監察室為正式編制的申請，本來我估計今天差不多就可以批准下來了，雖然到現在為止還沒有消息，不過這一點你們不用擔心，我會把省委常委會上討論第九監察室去留的問題延後幾天，希望你們能夠儘快把黃立江搞定。至於你們的編制問題，你們不用擔心，我已經決定要把你們幾個留下來，你們都是真正的人才啊。」

韓儒超的臉上露出濃濃的欣賞之色，同時，韓儒超也不禁想起了柳擎宇，不得不承認柳擎宇的眼光十分獨到，他所挑選的人，不僅人品好，工作能力更是超強，如果柳擎宇日後能夠走上高位的話，絕對可以造就一批類似的精英出來。

孟歡和沈弘文一時間有些目瞪口呆，韓儒超還有這麼一手，如果第九監察室真的變成正式編制，那可就太幸運了，不僅找到自己中意的工作，級別也能得到提升，雖然事情還沒成真，但是他們可以感受到韓儒超這位省委大老對他們的欣賞。

士為知己者死！兩人內心流淌著感動、感恩，看向韓儒超激動地道：「韓書記，您放心吧，我們會盡力做好這件事的。」

隨後，韓儒超給第七監察室主任韓東波打了一個電話，告訴他第九監察室的孟歡和沈弘文將會去他們那裡和他們一起審訊黃立江，並且以他們為主導，讓韓東波配合。

韓東波心中雖有不甘，但是韓儒超的指令，自然得百分之百的執行，因為自己的團隊這麼多天都沒有搞定黃立江，也只能暫時退居次席了。

不過孟歡、沈弘文到了第七監察室後，韓東波和他的團隊卻沒有一個人對兩人表現出任何的信服。

第十章

獵狐行動

譚正浩在辦公室內與韓儒超密談了足足有一個多小時，就在這段時間內，震驚整個南華市政壇的「獵狐」行動正式確定！市委書記黃立海接到了這個通知之後，隱隱感覺到有些不太對勁，把自己的三個鐵桿嫡系喊來商量對策。

此刻，南華市。

市委書記黃立海撥了好幾次弟弟的專用電話，卻一直打不通，這讓他既焦慮又納悶。因為根據他和黃立江的約定，弟弟到美國後，等一切事情安頓好，便會給他打電話，向他報平安。照理來說，三五天的時間應該夠黃立江弄好了。

然而都已經五六天過去了，黃立江還是音訊全無，這讓黃立海有些不放心了。

「難道他沒有到美國？這中間出了什麼問題嗎？」黃立海眉頭緊皺，百思不解。想了想，黃立海撥通了遼源市機場的朋友電話，想讓朋友幫忙查詢一下黃立江的行蹤，很快黃立海便得到了回覆，根據查詢結果顯示，黃立海已經過了安檢，並且換了登機證上了飛機，後面的事他就不知道了。

這一下，黃立海徹底懵了，既然弟弟上了飛機，那麼就是人已經到了美國，那他為什麼這麼長時間了還不按照約定，給自己打電話報個平安呢？這孩子真是讓人不放心啊。

雖然心中擔心，卻沒有什麼辦法。畢竟，人在美國他鞭長莫及。

和黃立海同樣不滿和焦慮的還有王達飛。

王達飛在通知紀委常委們一個小時後召開紀委常委會的訊息後不久，便得到了韓儒超的通知，讓王達飛再次通知一下常委們，說會議延遲三天舉行，理由是他這兩天太忙，沒有空。

韓儒超的突然更動，讓王達飛感覺到事情透出一絲不尋常的意味，卻又找不出什麼毛病，總感覺到韓儒超似乎是在玩什麼手段似的。

兩天的時間眨眼即逝，對很多人來說，日子只是照舊的過著，然而，這兩天卻發生了很多事。

第一件事，就是柳擎宇和曹淑慧終於結束了長假，回到了白雲省，暫時住在新源大酒店內。

第二件事，就是對孟歡和沈弘文並不怎麼看在眼裡的韓東波和他的團隊都驚呆了。因為僅僅兩天的時間，孟歡和沈弘文竟然以雷霆萬鈞之勢，順利的突破了黃立江的心防，黃立江徹底瓦解，猶如竹筒倒豆子一般，將南華市塵封許多年的黑幕徹底揭開。

隨著這個黑幕的揭開，整個白雲省官場徹底震動了！

首先便是南華市交通建設集團的內幕。

南華市交通建設集團的董事長雖然是他，但是他其實只是一個大管家而已，幕後真正的既得利益者，其實是以市委書記黃立海、市委組織部部長廖錦強、市委副書記孫曉輝等五名市委常委為首的南華市官場利益集團，其中涉及到副廳級幹部十二人，正處級幹部廿七人。

這些人以南華市交通建設集團為平臺，在國有土地、礦石、房地產、各項大型交通建設等領域展開了瘋狂的斂財行為，南華市交通建設集團成為眾人洗錢、分贓的工具。

僅僅是最近五年多的時間，南華市交通建設集團帳面流動的資金便高達七十多億，分贓四十多億！

而以黃立海為首的利益團體更是涉嫌買官賣官、違規提拔幹部等諸多腐敗交易，件件觸目驚心！

看到口供之後，韓東波臉上大汗淋漓，臉色凝重的說道：

「看來南華市真的要變天了啊！」

韓東波猜得不錯，**南華市的天的確變了**！

這一日，南華市的天烏雲密佈，黑雲壓城，天空中一道道赤練蛇般的閃電在上下穿梭著，轟隆隆的雷聲響徹天地。

這一日，省紀委書記韓儒超在看到孟歡、沈弘文送上來的彙報資料後，怒火沖天，當場摔了水杯，砸了電話，幾乎把桌子上所有可以摔的東西全都摔碎了！

一向脾氣溫和的省紀委書記徹底暴怒！

好大膽的腐敗分子！好無恥的腐敗分子！簡直是刮地三尺啊！此等賊子不除，南華市老百姓豈有寧日？白雲省何談政治清明？

反腐？什麼是反腐？反腐就是要將一切違法國家法紀的腐敗分子全部繩之以法，把他們全都關進制度的籠子裡面！

省紀委是做什麼的？省紀委就是清楚腐敗分子的清道夫！

韓儒超一怒，南華市政壇大地震！

韓儒超看完資料後，二話不說，對幾個人說道：「你們現在哪裡也不能去，所有的通訊工具立刻上繳，全部坐在我的辦公室內等著。」

說完，韓儒超親自動手，先把團隊每一個人都喊到了韓儒超的辦公室內，收走所有人的通訊工具，並且啟動信號干擾裝置，如此，可以確保房子的訊息徹底與外界隔絕，一切外界的電話、網路全部無法進入這個房間內，其他人更是無法對這個房間進行無線電竊聽。

做完這一切之後，韓儒超立刻喊來自己的秘書，讓他親自在外間辦公室坐鎮，任何人來都說領導不在，隨後，韓儒超風馳電掣趕往省委大院。

在車上，他先簡單的向省委書記譚正浩溝通了一下，告訴譚正浩自己有重要事情要去見他，讓他推掉一切非重要的會見，等待自己。

譚正浩聽到韓儒超的語氣如此慎重，立刻引起他的高度重視。

因為這些日子以來，譚正浩一直關注著瑞源縣、南華市的事件，雖然自始至終他都沒有任何表態，但這並不代表他不清楚裡面存在著貓膩，不代表他願意放縱事情就這樣息事寧人。

譚正浩城府之深，一般人豈能窺見一斑？否則的話，上面又豈會放心把曾鴻濤費勁心血發展起來的白雲省交到譚正浩的手中?!

雖然譚正浩性格和曾鴻濤有著極大的差別，甚至辦事手段上也十分不同，但是身為省委書記，他和曾鴻濤一樣，心中想著的事只有一個，**那就是如何把白雲省發展起來！如何才能讓白雲省人民過上幸福快樂安寧的日子！**唯有如此，**他才能對得起自己的老領導劉飛對他的提拔重用之恩！**

所有白雲省人都看到了他對柳擎宇數次官場生涯遇到困難沒有施加任何的援手，甚至放任自流，但是**那些人豈會知道譚正浩為什麼要那樣做？甚至很多人不知道譚正浩到底是誰的人！**

因為**官場之上，沒有人會把所有的底牌全都擺在眾人的面前！**

而譚正浩和劉飛之間的關係，知道的人極少，是因為雖然譚正浩心裡稱呼劉飛為老領導，其實兩人並沒有在一起工作過，但是譚正浩之所以能夠走到今天，和劉飛當年在岳陽市為官時，對當時還僅僅是下屬縣裡一名科級的小官譚正浩十分欣賞，從而透過自己的關係網十分隱蔽的幫助譚正浩提拔了一級。

別小看這麼一級。就是這一級，讓譚正浩從此走上仕途的平步青雲之旅。至於以後譚正浩的提拔重用，劉飛也從來沒有親自出手過。

劉飛在提拔重用譚正浩之前，曾經找了一個時間，秘密的與譚正浩見了一面。

在那天晚上的酒桌上，劉飛和譚正浩談了很多東西，談到了他的為官原則，談到了他的人生理想，談到了為這個國家和人民鞠躬盡瘁死而後已的意志，並且劉飛十分明確的點名道，如果發現他在仕途上魚肉百姓，貪汙腐敗的話，絕對不會輕饒。

譚正浩對劉飛保證，會牢記劉飛所說的每一句話，每一個字，會牢牢的把老百姓的利益放在第一位，把國家的利益放在第一位。

正是因為這樣的緣分，譚正浩樹立了和劉飛一樣的理想和為官原則，並始終把為官一任造福一方作為自己的座右銘，也從那個時候起，他從副縣長的位置上逐漸表現出他的能力，並且依靠著扎實的成績，逐漸獲得各級領導的賞識、提拔重用。

譚正浩靠的是自己的實力！但是，**譚正浩清楚，劉飛才是他的知己，是他的老師，更是他的偶像。**

對於柳擎宇的身分，他比任何人都清楚，卻始終假裝不知道，因為他知道老領導對子女的嚴格，也明白老領導鍛煉柳擎宇的真實用意，更清楚官場上，如果柳擎宇連白雲省這麼一點小風浪都經受不了的話，今後根本無法走向高位。

譚正浩在辦公室內與韓儒超密談了足足有一個多小時，就在這段時間內，震驚整個南華市政壇的**「獵狐」行動正式確定！**

下午，白雲省省委辦公廳給各個地市發去了一份公文，要求各個地市的市委班子主要成員明天全部趕到白雲省開會，集中學習中央最新一期的指示精神，同時討論一下有關借助建設三省交通樞紐項目的機會，如何把白雲省內高速公路網路進行完善的重大事宜。

這次會議規模空前，時間緊張，各個地市接到通知後，全都忙得雞飛狗跳，紛紛打探消息。

而大家通過一些小道消息得到的情報是：這一次會議期間，譚正浩這位新上任的省委書記可能要借此機會觀察各個地市市委班子成員的表現，暗中考察他們的能力等等，為他上任後第一次人事大調整進行鋪墊。

這個小道消息是傳播得最為廣泛，也最被各個地市的官員們所接受的，所以一時間，有關譚正浩的喜好和風格成了各路官員爭相討論和研究的話題。

南華市。

市委書記黃立海接到了這個通知之後，隱隱感覺到有些不太對勁，他把自己的三個鐵桿嫡系廖錦強、孫曉輝、唐睿明喊了過來，一起商量對策。

黃立海臉色嚴峻的說道：「你們對於這次省委突然召開會議有什麼看法？」

廖錦強說道：「從目前我們掌握的小道消息來看，這一次的會議表面上是要學習指示精神，實際上很有可能是譚正浩對各個地市官員的一次大摸底，大多數人都贊同這種觀點，都在積極的準備著。」

黃立海看向唐睿明問道：「老唐，你怎麼看？」

唐睿明猶豫了一下說道：「這個不好說，如果這次會議是正常召開的話，這種可能性非常大，但是這次會議通知的時間太緊了，和正常的流程不太相符，如果從事出反常即為妖的角度來看，裡面應該是蘊含著什麼陰謀，比如說省裡想要雙規某些官員啊，或者是其他的什麼東西，但是這個也說不準。」

這時，孫曉輝突然說道：「對了，我聽說最近第九監察室和第七監察室的人一直在松陽市進行巡視，雖然沒有什麼動作，但是他們在松陽市活動了好幾天了，我懷疑是不是松陽市的問題很嚴重，省裡要對松陽市的某些市委常委們展開動作，所以借著召開這次會議的機會對他們進行雙規啊？」

黃立海點點頭：「嗯，不排除這種可能性，不過我心中總是有種不安的感覺，你們說，這一次的會議會不會是針對我們舉行的呢？畢竟這些年我們做的很多事的確有些過分了，如果被省裡知道的話，恐怕也不會輕饒我們的。」

黃立海說完，其他三人都陷入了沉默之中，房間內的氣氛立時顯得有些緊張。

孫曉輝說：「黃書記，要不您給關書記打個電話瞭解一下，我相信，這次會議如果真正要對付我們的話，關書記肯定會事先瞭解到一些情況的，至少有跡可循。」

黃立海點點頭：「嗯，這個意見不錯。」

說完，黃立海拿出手機撥通了關月明的電話：

「關書記，我是小黃啊。」

關月明笑道：「小黃啊，有事嗎？」

黃立海道：「關書記，這次會議召開的時間太緊迫了，現在全省各地都在議論紛紛，各種小道消息甚囂塵上，我們南華市這邊也十分不安，您知不知道一些內幕消息啊？」

關月明聽黃立海問的是這件事，不由得苦笑說：

「說實在的，我今天接到這樣的電話已經不下十次了，實話告訴你吧，根本沒有傳說的那麼邪乎。之所以要召開這次會議，就是因為今天省委召開了一次緊急會議，會議上，譚書記指出近年來全省交通建設形勢很嚴峻，而這一次三省交通樞紐項目的建設對我們全省來說是一個啟示，也是一次很好的機遇。

「所以他建議我們一定要抓住這次機會，好好的部署協調一下，就建設新的高速公路網路達成一致。其中就包括你們南華市的一些項目。而且從譚書記簡單的說明來看，這次會議期間如果能夠達成一致的話，你們南華市是受益最大的，因為三省樞紐項目是以你們南華市瑞源縣為核心展開的。

「到時候，全省高速公路網路也將要以你們南華市為核心進行建設，這與之前圍繞省會遼源市為核心進行建設的思路大不相同，這也是這次會議的核心任務，其他的都是虛的。不過我說小黃啊，這個消息你可千萬要保密啊，我就告訴了你一個人。」

黃立海聽了關月明這番話後，頓時釋然了，怨不得這一次關月明和李萬軍都沒有給自己打電話報信呢，原來背後還藏著這樣一個目的，恐怕這一次所有的常委們都得保持沉默才是，沒有人敢把這一次的真實目的說出去，否則的話，這次的會議能否取得成果可就不一定了。

黃立海決定帶著南華市常委們提前一天趕到省會，他要好好的做一做公關工作，務必要確保南華市能夠在這一次的協調會議上取得最為有利的結果，確保三省樞紐工程周邊項目一定要以南華市為中心。

下定決心後，黃立海立刻和其他三人商量了一下，決定下午就趕到省會遼源市，到了之後，集中精力對省委領導們進行攻關。

隨後，黃立海召開了一次緊急常委會，部署了一下南華市提前一天前往遼源市的決定。對此倒是沒有人反對，於是當天下午，黃立海等一干人便乘坐大巴車火急火燎的駛離了南華市。

而市委辦這邊，自然有人提前在省委附近訂好了五星級酒店作為市委領導們下榻的地方。

當南華市的大巴拉著一干市委常委們駛進凱旋大酒店停車場時，一輛早已經停在酒店停車場內的大巴上，一名身穿黑色西裝的男人走了下來，來到大巴上，對著車上的眾人說道：「大家先等一會下車。」

說著，此人看向市長于正濤：「于市長，麻煩你轉告一下大家，就說省委領導通知讓我帶你們單獨去見他。」

于正濤看到此人後先是一愣，隨即皺起了眉頭，不過還是笑著說道：「黃書記，各位，這是省委辦公廳副主任蔡智恒同志，他剛才說的話大家都聽到了吧，我看大家就跟著他一起走吧。省委領導單獨召見。」

見蔡智恒突然闖入大巴內，黃立海等人也都有些吃驚，尤其是省委領導單獨召見那句話，更是讓他的心臟狠狠的跳了幾下，一種不祥的預感油然而生。

不過這個時候，于正濤出面點明了此人的身分，他也不好意思駁了對方的面子，問了句：「蔡主任，是哪位領導召見我們？」

蔡智恒看到是黃立海，態度稍微緩和了一些，說道：「黃書記，您別問了，因為我也不清楚，是省委于秘書長下達的通知，讓我給你們帶路，直接前往南華山一號別墅。」

「南華山一號別墅？」

聽到這個名字，黃立海等人再次愣住了，因為他們都知道，南華山一號別墅是省裡領導們夏季療養、避暑的地方，山清水秀，風景宜人，很是清靜，到底是哪位領導要在那裡接見他們呢？

心中懷著疑惑，眾人卻不得不在蔡智恒的帶路之下，直奔南華山一號別墅方向駛去。

在他們這輛大巴啟動之後，蔡智恒下車的那輛大巴緩緩的跟在後面，這輛大巴所有的窗簾全都打開了，任何人都看不到裡面的情形。

兩輛大巴一前一後駛出了南華市市區，來到了南華市一號別墅。

一號別墅是一個別墅社區，社區裡面有二十多座獨棟別墅，每棟都是兩層小樓，可同時容納二十戶領導進行療養。

當兩輛大巴駛入一號別墅之後，後面那輛大巴的車門最先打開，車上，柳擎宇第一個跳了下來，後面依次是孟歡、沈弘文、包凌飛等第九監察室眾人，和以韓東波為首的第七監察室眾人，外加以第五監察室主任熊志文為首的幾人，浩浩蕩蕩將近二十六個，最後則是省紀委書記韓儒超、省委秘書長于金文、省委書記譚正浩。

等眾人都下車後，第一輛大巴上的人也在蔡智恒的帶領下依次走下汽車。

當他們看到後面大巴上走過來的眾人時，頓時呆立當場。

尤其是市委書記黃立海，當他看到柳擎宇出現時，頓時意識到事情恐怕有些麻煩了，因為他今天下午得到的消息是柳擎宇和曹淑慧還在三亞旅遊呢！

他還搜尋了一下柳擎宇的微博，看到柳擎宇上傳的照片。然而，柳擎宇此刻卻突然出現在這兒，柳擎宇絕不可能是臨時飛回來的，即便是臨時飛回來，此刻也到不了這裡。那就只能說明一件事，那就是柳擎宇早就回來了。

最為讓黃立海揪心的是，他看到了省紀委書記韓儒超，更看到了省紀委三大監察室浩浩蕩蕩二十多人，這個陣容相當強大。

當他的目光繼續向後注意到省委書記譚正浩的時候，他的身體徹底石化了。

此刻，他突然明白了很多東西，豆大的汗珠順著他的額頭劈裡啪啦的往下掉，他的雙手、雙腿同時顫抖著，呼吸也變得更加急促。

這時，柳擎宇臉色嚴峻的走了過來，冷冷的看向黃立海說道：

「黃立海同志，你涉嫌嚴重違法、違紀，經省委領導批示、省紀委書記韓儒超親筆簽字，現在正式對你實施雙規，請你配合一下。」

柳擎宇說完，孟歡和沈弘文一左一右出現在黃立海的身旁，包凌飛手中拿著一份文件遞給黃立海：「黃立海，請你在文件上簽個字吧。」

聽到雙規兩個字，黃立海原本顫抖和恐懼的心反而變得鎮靜下來，怒視著柳擎宇說道：「柳擎宇，你已經被停職了，應該沒有資格再代表省紀委了吧？」

柳擎宇淡淡一笑：「不好意思啊，就在不久之前，我剛剛官復原職。」

黃立海心頭一顫，他知道這一次，自己和南華市這幫常委們全都掉入了一場驚心設計的陷阱之中，說什麼這次緊急會議的主題是討論三省樞紐項目，這根本就是藉口，恐怕**這次會議的真正目的是為了對自己進行雙規**！

悔恨啊！悔恨！現在，黃立海真的有些悔恨當初，為什麼要聽信關月明的話，自己主動的跑過來自投羅網，那時候如果自己立刻飛往國外，恐怕就沒有現在這種事發生了。

不過一切都已經晚了！

不過此刻，黃立海依然沒有被雙規的覺悟，他的目光看向了省委書記譚正浩，大聲說道：「譚書記，我沒有觸犯任何法律法規，省紀委在沒有任何證據的前提下就要對我實施雙規，我實在是太冤枉了，您可一定要為我做主啊！」

譚正浩冷冷的注視著黃立海的眼睛，足足有十多秒鐘，在譚正浩那犀利的目光下，黃立海根本不敢和譚正浩直視，只能愧疚的低下頭去。

譚正浩說道：「任何人，都必須要為他所犯下的錯誤負責到底！不管他是市委書記也好，省委常委也好！」

說這句話的時候，譚正浩滿臉的肅殺，很顯然，他這句話可不單單是對黃立海說的！省委秘書長于金文可以敏感的察覺到，恐怕白雲省的天這次都要變了。

譚正浩說完，便不再說話，只是默默的站在旁邊，冷冷的注視著眾人。

這時，柳擎宇說道：「黃立海，你根本就不冤枉，以你為首的南華市利益集團這些年來，以南華市交通建設集團為平臺到底撈了多少錢，你自己數過嗎？僅僅是你在通天別墅一號院裡典藏的古玩文物恐怕就值上億了吧？」

柳擎宇說完，黃立海的臉色大變。

通天別墅社區與南華市一號別墅毗鄰，相距不過才半公里，那裡是南華市交通建設集團專門修建的高檔樓盤，一共有十棟別墅，基本上每一棟別墅都是用來送禮的，擁有者都是各級對南華市有重要作用的領導。

而一號別墅的擁有者就是黃立海。

這個秘密極其隱蔽，除了黃立海的弟弟黃立江以外，沒有任何人知道，就連一號別墅的房產證上寫的都不是黃立海。如果黃立江不說，沒有任何人知道這件事。

此刻突然聽柳擎宇說出這件事情，黃立海頓時便徹底呆住了。他突然意識到，恐怕自己的弟弟黃立江也危險了。

想到此處，黃立海看向柳擎宇說道：

「柳擎宇，我弟弟……」

「沒錯，你弟弟黃立江已經涉嫌嚴重違紀，被省紀委實施雙規了，我們之所以掌握了這麼多的情況，都是因為你弟弟黃立江把你們所有的問題全都給交代了。黃立海，你就不要再做無所謂的抵抗了，我們已經掌握了你們整個利益集團的所有充足的犯罪證據，否則的話，也不會對你們實施雙規的。」

接著，柳擎宇冷冷的看了一眼南華市其他常委們說道：「和黃立海一起被雙規的人還有廖錦強、孫曉輝、唐睿明、邱新平。」

隨著柳擎宇一聲令下，其他兩個監察室的眾人紛紛走上前去，將這四人同時給控制住。

一時之間，整個南華市市委常委班子其他成員頓時噤若寒蟬，臉色蒼白。

他們誰也沒有想到，省紀委不動則已，一動竟然直接雙規了五名市委常委，整個南華市市委班子一下子垮了一大半。

這還僅僅是市委常委層面，等到省紀委深入挖掘的時候，還不知道南華市會有多少中層幹部牽扯其中呢。

其他市委常委們雖然並沒有加入黃立海他們這個利益集團，但是卻不代表他們不知道這個利益集團的勢力到底有多麼龐大，有多少人參與其中。

這時，韓儒超環視眾人一眼，冷聲說道：「大家都聽清楚了，法網恢恢，疏而不漏，省紀委以前不動你們，不代表省紀委不知道你們存在違法違紀行為，我們之所以一直按兵不動，是因為缺乏一個合適的契機將你們一網打盡！」

韓儒超說完，省委書記譚正浩接著說道：

「他們五個人被雙規了，這是他們罪有應得，等待他們的將會是法律最為公平的審判，至於你們這些人，雖然並沒有參與到那個利益集團中去，但是這些年來，你們卻沒有一個人對他們的行為給予揭露和舉報，更沒有形成對他們這個利益集團的有效牽制，雖然你們沒有犯罪，但是你們卻已經失去了一名身為黨員應該有的正氣感、正義感，失去了身為一名黨員應該有的黨性！所以，省委會對你們南華市的市委班子進行大調整。能者上，庸者下，這是必然的趨勢！」

說完，譚正浩轉身向外走去。

他今天之所以要出現在這裡，一是為整個行動坐鎮，二是為了給予南華市其他常委們當頭棒喝，讓他們弄清楚自己身上真正的職責，要讓他們明白一件事，那就是無作為者也是要對腐敗分子的腐敗行為負有一定的責任的。

與此同時，隨著這一次省紀委雙規行為的展開，**一場規模空前的反腐行動徹底以南華市為核心掀開了序幕。**

在搞定了黃立海等人後，柳擎宇帶著三大監察室的眾人再次千里迢迢殺回了南華市，在南華市展開了一連串的雷霆行動，南華市正處級幹部十八人被雙規，副廳級幹部九人被雙規、副處級幹部廿二人被雙規、科級幹部十九人被雙規！

一時之間，整個南華市的政治氛圍為之清明。與此同時，省公安廳也在南華市展開雷霆行動，打掉了多個涉黑集團，為南華市下一步的政治穩定打下了良好的基礎。

隨著黃立海等人的落馬，白雲省一個巨大的黑手——省委常委、遼源市市委書記李萬軍落馬，成為近幾年來白雲省落馬的第一位省委常委。

然而反腐到這裡並沒有停止，在中紀委進步的調查之下，省委副書記關月明也因為涉嫌嚴重違紀行為，被從副省級一下子降到了副科級，政治前途徹底終結。

省紀委這邊，韓儒超也借著這次機會，將副書記王達飛和幾名涉嫌多次洩露紀委辦案機密的處級幹部拿下，至於瑞源縣那邊，縣委常委班子更是大換血，又有三名縣委常委落馬。

緊接著，白雲省召開新一屆省委常委會會議，在會議上，省工信廳廳長、原南華市市委書記戴佳明被任命為省會遼源市市委書記、省委常委，而于正濤則接過了南華市市委書記的接力棒，柳擎宇則繼續回歸到瑞源縣擔任縣委書記一職，級別升為副廳級、兼任南華市副市長，主管交通建設這一塊，同時柳擎宇還兼任三省交通樞紐建設的副總指揮，繼續完成三省交通樞紐建設協調項目。

柳擎宇在白雲省的大力支持下，最終和其他兩省完成了協調工作，歷時半年時間，整個三省交通樞紐建設和瑞源縣瑞岳高速公路建設全部走上正軌，而瑞源縣的經濟發展也在柳擎宇制定的正確經濟發展規劃的指引下，一步步走上榮景，老百姓的收入比之去年整整翻了一番。

然而，這還僅僅是一個開始，因為隨著瑞源縣成為三省交通樞紐，瑞源縣老百姓的生活富裕起來已經指日可待了。

這一年的春節過後，整個瑞源縣籠罩在一片白茫茫紛飛的大雪之中。

柳擎宇正在辦公室內，與瑞源縣新的縣委主要領導規劃著瑞源新城的建設。這些人包括瑞源縣縣長孫旭陽。

現在孫旭陽已經成了柳擎宇的左膀右臂，對柳擎宇所制定的各種規劃都態度堅定不移的執行著，瑞源縣之所以在最近這半年多的時間內取得飛速的發展，和他的執行力有著很大的關係。

而瑞源縣的新任縣委副書記是孟歡。孟歡之所以被破格提拔到這個位置上，和韓儒超對他的欣賞不無關係。

而柳擎宇離開省紀委之後，柳擎宇時期臨時成立的第九監察室正式被收編，成為正式編制，而第九監察室第二任主任是沈弘文。在沈弘文的帶領下，第九監察室繼續履行著巡視全省的職責，政績卓然，全省各個地市對於第九監察室畏懼如虎，第九監察室所到之處，貪官汙吏聞風喪膽。

看著窗外紛紛揚揚的大雪，孫旭陽笑著看向柳擎宇說道：

「柳書記，這可真是瑞雪兆豐年啊，我看今年咱們瑞源縣肯定是一個豐收之年，現在，我對你真是佩服得五體投地啊，你到了我們瑞源縣前前後後加起來才一年多的時間，但是，我們瑞源縣卻發生了巨大的變化，尤其是人民的生活水準顯著提高，再加上這份最新修改版的城市發展規劃，我相信，不出五年，我們瑞源縣絕對能夠進入全國百強縣行列！」

柳擎宇笑著說道：「我說老孫啊，你這可不行啊，才入圍百強縣啊，你的胃口也太小了，如果五年內你不能把瑞源縣發展成為全國百強縣的前十名，我可不饒你啊！」

孫旭陽一愣：「柳書記，你這句話說得不對啊，怎麼會是我來發展呢，應該是您帶著我們去發展啊！」

柳擎宇微微笑道：「現在瑞源縣的發展已經走上正軌，我現在離開也就放心了。」

孟歡聽到柳擎宇這句話就是一愣，著急的說道：「老大，你要離開？」

一著急，孟歡這位新縣委副書記都忘了稱呼柳擎宇的官職了。

柳擎宇點點頭，從抽屜裡拿出一份調令放在桌上。

看到調令，眾人全都無語了。

孟歡憤怒的說道：「這簡直是兔死狐烹、卸磨殺驢嘛！老大，你剛剛費盡心血把瑞源縣發展到如今這種程度，上面卻要把你調離，這也太坑人了！太不夠意思了！」

與孟歡的激動不同，孫旭陽看到柳擎宇的調令後便保持了沉默，因為他注意到了一個細節，那就是調令上寫的地方並不是白雲省，而是吉祥省省會通達市。

這個細節雖然小，卻讓孫旭陽回想起了很多東西。

看到孟歡那麼激動，柳擎宇拍了拍他的肩膀說道：「老孟，不用激動，這次調整，上面是徵求了我的意見，我同意之後才決定前往吉祥省通達市的。」

「什麼？老大，你要去吉祥省通達市？怎麼跑到外省去了？在咱們白雲省發展不是挺好的嗎？」這次，有些馬虎的孟歡瞪大了眼睛，不解的看向柳擎宇。

柳擎宇笑道：「隨著三省交通樞紐項目的順利啟動，咱們白雲省和吉祥省之間的省際合作逐步加深，正好這一次省裡啟動了一個與吉祥省間的省際幹部交流的活動，白雲省和吉祥省要相互交流幹部，省裡詢問了我的意見，我覺得這是一個十分不錯的機會，便報名參加了這次交流，省裡已經同意了，並且在今天下達了調令，這兩天我和孫旭陽同志交接一下，五天之後我就要前往通達市去報到了。」

「和我交接一下？」這一次，輪到孫旭陽大眼瞪小眼了。

柳擎宇說道：「沒錯，就是你！市裡詢問我的意見，問我誰適合接替我的位置來擔任瑞源縣縣委書記這個職務，我向市裡推薦了你，估計今天下午新的任命就也就該下來了。「至於縣長的人選嘛，市裡準備空降一個人下來，我跟市裡說過，這個新任的縣長必須要你配合好工作，否則的話，瑞源縣的大好局勢就危險了。

「市裡也明白我的意思，空降下來的是市委辦副主任欒秀珍同志，這個人是市委辦的老人，離退休還有三四年的時間，我跟戴佳明書記打聽了一下，戴書記對此人亦很認可，說她工作能力強，為官清廉，性格溫和，有為民辦事的理想，所以，我相信你們能夠配合得很好的。」

聽到柳擎宇這樣說，孫旭陽心中突然多了一絲感動。

從柳擎宇臨行前的安排來看，柳擎宇的確是一個真正為民辦事的官員，哪怕是馬上就要離開了，依然不忘為了瑞源縣今後的發展佈局鋪路，這樣的幹部才是真正的好幹部啊！

想想自己前幾年自視甚高，雖然從來不和魏宏林等人同流合汙，卻也缺乏和他們鬥爭到底的勇氣，反而是柳擎宇這個外來戶到來之後，和魏宏林等人展開了針鋒相對的鬥爭，並且最終取得了勝利，他突然感覺到有些汗顏和慚愧。

此時刻，孫旭陽下定了決心，今後一定要像柳擎宇那樣，做一個真真正正為老百姓和國家利益而努力奮鬥的官員，要一直和腐敗分子、腐敗勢力鬥爭到底，堅決維護老百姓和國家的利益！要堅決貫徹柳擎宇所制定下來的發展規劃，帶領瑞源縣老百姓走上富裕的康莊大道！

當天下午，孫旭陽縣委書記的任命便下來了，孫旭陽自然十分高興，卻也感覺到了肩上沉重的壓力。

接下來的兩天，柳擎宇和孫旭陽把所有的工作交接完畢，柳擎宇把自己關於瑞源縣未來發展的規劃詳細解析，以及可能出現的問題及解決方案早就寫成了一份厚厚的參考資料，十分慎重的交給了孫旭陽，孫旭陽則是雙手接過。

兩人誰都沒有說話，但是卻全都明白了對方的意思。

第二天一大早，天剛剛濛濛亮，已經停了一天多的瑞雪再次紛紛揚揚的飄灑了下來。

這天是週六，也是柳擎宇離開瑞源縣的日子。

瑞源縣縣委大院外面，孫旭陽、孟歡等一干瑞源縣的縣委常委們早已經等候在縣委大門口好半天了。

這時，一輛長城哈弗h6汽車緩緩駛出了大門口。

瑞源縣眾人紛紛迎了上來，孫旭陽走在最前面，滿頭全是雪花，但是他卻顧不得去拍打掉，而是走向了汽車。

這時，汽車緩緩停下，車窗打開，柳擎宇英俊卻又略顯瘦削的臉龐露了出來，柳擎宇看到孫旭陽和一干縣委常委們，臉上有些吃驚。因為他今天早晨要離開的消息並沒有通知任何人，他只想靜靜的離開，讓瑞源縣的權力平穩的過渡，這樣對孫旭陽比較好。

但是他萬萬沒有想到，孫旭陽竟然帶著縣委常委們在門口等著自己，柳擎宇有些感動，卻又有些無奈。他清楚，孫旭陽肯定是從昨天自己沒有讓眾人擺宴送行的舉動中推測出了自己的意思，這才故意帶人來送行的。

柳擎宇走下汽車，笑著握住孫旭陽的手說道：「我說老孫啊，你們怎麼這麼多人全都跑這裡來了，難道是要給我送行嗎？」

孫旭陽笑著說道：「柳書記，您也太不夠意思了，您今天要走，昨天我們要擺宴給你送行你都不答應，我們只能採取這種方式，來表達我們這些曾經的下屬對您的敬重和感激之情了。」

柳擎宇拍了拍孫旭陽的肩膀：「老孫啊，你的口才可真是越來越好了。」

說完，柳擎宇一一跟大家握了握手，隨後說道：「各位同志們，這天寒地凍的，大家能夠忍風受凍的來給我送行，大家的心意我柳擎宇領了，非常感謝大家對我的這份情誼，天太冷了，大家都回去吧，我也要走了。」

孫旭陽搖搖頭：「柳書記，說實在的，您今天真的不應該走，您看看，這雪下得這麼大，路上這麼滑，實在是太危險了。」

柳擎宇笑道：「我也不想走啊，不過人在官場，身不由己，我過幾天就要去通達市上任了，不僅有一些手續需要去辦理，還得提前去通達市那邊考察一下，瞭解通達市的實際情況。」

孫旭陽感嘆道：「柳書記，您可真是一心想著工作啊，如果官場上的每個官員都能夠像您一樣的話，國家想要不強都難啊。」

柳擎宇微微一笑，眼底掠過一絲苦澀和無奈。

官場，是一個名利場，也是一個複雜的平臺，這裡並不缺乏心懷遠大抱負，一心為國為民的仁人志士，卻也不乏一心為自己，或者自己所在所組的利益集團謀取利益的蛀蟲；不乏默默無聞幹著工作的普通科員，也不乏敷衍塞責、庸庸碌碌、得過且過、不作為的人員。

如果大家能夠齊心協力，國家的發展將會更加提速，老百姓的生活將會更快的得以改善和提高。

柳擎宇向眾人揮揮手，上了汽車，汽車在冰雪道路上緩慢的向前行駛著。

然而，當汽車剛剛駛出了空空蕩蕩的縣委一條街之後，司機程鐵牛不得不再次減速。因為此刻，在瑞源縣新建設好的這條迎賓大道兩側，風雪之中，站滿了密密麻麻的老百姓。

北風呼嘯，鵝毛大雪肆虐飛舞。但是送別的人群卻猶如蒼松翠柏一般堅定的站在風雪中，所有的目光全都看向了從縣委一條街行駛出來的這輛長城哈弗h6，望著那位依稀可見模糊身影的前瑞源縣縣委書記，望著那位年紀輕輕，卻給瑞源縣帶來巨大變化的縣委書記。

老百姓們不會忘記，就是這位才剛剛年滿廿六歲的縣委書記一年前來到瑞源縣的時候，瑞源縣遍地垃圾，臭氣熏天，老百姓的生活水準極低，而且瑞源縣的交通情況十分糟糕。但是，這位年輕的縣委書記在到任之後不久，硬是靠著親自帶頭幹活，讓瑞源縣的老百姓們有了一個乾淨整潔的生活環境。

隨後，柳擎宇一連串的惠民政策、反腐措施，讓老百姓們得到了極大的實惠，更讓瑞源縣的社會氛圍和老百姓的心裡在一點點的發生著變化。

然而，這僅僅是瑞源縣老百姓生活改變的開端，隨後，這位年輕的縣委書記幾次三番往省裡去跑項目，跑資金，最終確定了瑞岳高速公路項目和三省交通樞紐項目這兩個真正惠民的項目，很多村民僅僅是靠土地賠償金和在建築工地上打工都已經賺到了以前多年都不曾賺過的錢，生活水準眼看著提高。

老百姓的心都是肉長的，老百姓的眼光是雪亮的。柳擎宇在瑞源縣這一年對比之前黃立海等人在瑞源縣的那麼多年，他們可以明顯感受到其中生活水準的不同，可以清楚的感受到自己日常生活氛圍發生的巨大變化。

尤其是老百姓的各種福利，比之以前整整提高了一倍都不止，僅僅是這一點，就是全縣人民都可以看得到的。

不知道是誰走漏了柳擎宇今天早晨要離開瑞源縣的消息，很多村民幾乎一晚上沒有睡覺。

此時此刻，十公里長的迎賓大道上幾乎沒有一點舊雪，因為整條街道上的雪早已經被老百姓們連夜清掃得乾乾淨淨，即便是現在，路邊上依然有不少手中扛著掃帚的老大爺老大媽，甚至是十來歲的小孩時不時的到街上清掃一下剛剛落下的雪花。

老百姓們都有一個心願，那就是要讓這位默默而來的縣委書記可以輕輕鬆鬆的離開，讓這位年輕的縣委書記記住瑞源縣老百姓對他這位縣委書記的感激和眷戀。

雪花依然飛舞著，柳擎宇看著道路兩側黑壓壓的送行人群，心中突然一陣感動，眼角之中多了兩顆晶瑩的淚花，他隨手抹去，卻難以抑制心中的激動。

柳擎宇突然覺得，自己昔日在瑞源縣為了老百姓的利益而與腐敗分子、腐敗勢力進行的殊死搏鬥是非常值得的，並不是因為自己因此而晉級，而是因為**老百姓們看到了自己的努力，認可了自己的行為，老百姓們的眼光是雪亮的**。

柳擎宇打開車門，走了下來，與汽車並排而行，一邊走，一邊向著路邊的老百姓們揮手告別。

此時此刻，每一個老百姓都十分善解人意，沒有一個人走上前去阻塞柳擎宇前進的道路，哪怕是有人特別想走過去和柳擎宇握手，也都忍住了，因為他們知道，柳擎宇既然要冒著大雪離開，肯定是行程很急，在這種情況下，柳擎宇依然願意下車與眾人揮手告別，柳擎宇的心意大家便已經深深的理解了。

就這樣，柳擎宇一路走，一路揮手，等到走出了十公里的迎賓大道，道路上行人稀少之後，柳擎宇這才邁步走上汽車，消失在茫茫的風雪之中。

在柳擎宇的身後，老百姓們還在望著柳擎宇的背影不斷的揮舞著，任憑漫天雪花把人們裝點成了一個個雪人。

柳擎宇的手都已經被風雪給凍僵了，但是他卻並不後悔，因為他的心熱乎乎的。因為他曾經聽說過父親為官的故事，因為他知道，只有老百姓對一名官員是發自內心深處的尊敬和佩服的情況下才會出現送行的場景，更何況是在這種風雪中送行呢？

汽車一路疾馳，直接駛向了白雲省省會遼源市。

原本需要兩三個小時的車程，柳擎宇他們整整走了七個多小時才趕到遼源市。這還是因為程鐵牛的車技高超之故。

柳擎宇和程鐵牛隨便找了一家中式速食店解決了肚子問題，隨後，柳擎宇和程鐵牛一起來到了韓儒超的家中。因為有些事情，柳擎宇需要向韓儒超求解一下。

韓儒超早已在家中等候柳擎宇多時了。

柳擎宇他們進來後，立刻有保姆為柳擎宇他們送上了熱乎乎的茶水，感受著房間內溫暖如春，柳擎宇不由笑道：「韓叔叔，還是你們這些大領導的待遇好啊，房間內溫暖如春啊。」

韓儒超微微一笑：「這話你可說得不對了，我們這裡和普通社區一樣的。說吧，對於這次去吉祥省工作有什麼想法嗎？如果你現在反悔還來得及哦。」

柳擎宇道：「韓叔叔，我倒是沒有什麼想法，只不過有一點我有些想不明白，為什麼別人都是主動報名才能參加本次幹部交流活動，而我卻是省委于秘書長親自給我打電話，詢問我是否要參加本次幹部交流活動呢？這個恐怕沒有表面上看起來的那麼簡單吧？是不是有什麼內幕啊？」

韓儒超打馬虎眼地說道：「一個小小的幹部交流能夠有什麼內幕呢，擎宇啊，你小子是不是想太多了？」

柳擎宇看向韓儒超說道：「韓叔叔，您可別忽悠我，您雖然是老狐狸，但是我這隻小狐狸也不是那麼好糊弄的，我千里迢迢頂風冒雪的跑到您這裡來，您總不能讓我白跑一趟吧？」

韓儒超盯著柳擎宇看了幾眼，這才用手點指了一下柳擎宇說道：「擎宇啊，你猜得沒錯，這次你之所以被交流到吉祥省，的確是有內幕的。」

聽到韓儒超這樣說，柳擎宇頓時瞪大了眼睛，耳朵豎了起來仔細聽著。

韓儒超說：「這次之所以于秘書長親自給你打電話，問你有沒有意願參與這次省級幹部交流，最主要的原因，是這次吉祥省的省委書記楚國材同志親自給譚書記打電話，說希望能夠把你引進到吉祥省去好好的歷練一番。」

柳擎宇不由得一皺眉頭，說道：「我好像根本就不認識楚書記啊，他為什麼要選擇我呢？」

韓儒超笑道：「表面上看的確是有些風馬牛不相及，但是實際上，很多事情都是有因有果的，雖然你不認識楚國材書記，但是楚書記卻對你的大名如雷貫耳啊！」

柳擎宇詫異地道：「這不應該啊。」

「不應該？」聽到柳擎宇這樣說，韓儒超解釋道：「擎宇，你可記得去年你為了三省交通樞紐項目千里迢迢跑到吉祥省省會通達市，玩了一招微博視頻直播的好戲，那次行動不僅驚動了通達市的領導，更驚動了通達省委的主要領導，這件事是楚國材書記親自出面才解決的，而三省樞紐工程也是因為你那次大鬧一番之後，再加上各方輿論的壓力之下，吉祥省方面最終不得不同意全力配合支持這個項目。

「楚國材書記會知道你，就是通過那次事件。十分湊巧的是，楚國材書記和咱們現在的譚正浩書記曾經是黨校同學，兩人關係不錯，在偶爾一次聊天的時候，楚國材書記突然向譚書記提到你，說是想要把你引進到吉祥省。」

柳擎宇焦急道：「韓叔叔，你說了半天還是沒有講到重點，楚書記為什麼要引進我呢？我知道有些領導在評價我的時候，都是用惹禍精來形容我的。」

韓儒超說道：「具體的情形，楚書記倒是沒有提，不過根據我的推斷，他要引進你過去，應該**正是看中了你惹禍的這個本事**。」

柳擎宇瞪大了眼睛：「不會吧，別人對我這樣的幹部躲還來不及呢，楚國材為什麼反而看中了我呢？」

韓儒超道：「據我猜想，楚國材現在在吉祥省的局勢並不樂觀，因為吉祥省的老省長陳志勤在吉祥省紮根多年，根深蒂固，他以前還當過省委組織部部長，門生故吏遍佈全省，而且陳志勤在吉祥省有很多盟友，楚國材到達吉祥省有一段時間了，但是工作卻一直沒有打開。而且陳志勤和北城趙家關係密切，你恰恰前段時間和趙志強發生了激烈的矛盾衝突，所以我猜楚國材把你引進到吉祥省，應該是存了利用你來制衡趙家的心思。

「當然了，你現在級別比較低，根本不可能觸及到陳志勤那個級別，對於省裡的局勢沒有任何影響，但是通達市卻是趙家在吉祥省的大本營，通達市市委書記雷澤林是趙家的人，而且市長馬伯通也是屬於吉祥省，本地派系的人馬，可以這樣說，通達市牢牢地掌握在以陳志勤為首的本地派的手中，因此很多時候楚國材的政令根本就出不了通達市。

「所以，現在楚國材急切需要一個破局之人在通達市打開一點，而你由於與趙家的關係，外加上上次微博視頻直播中與市長馬伯通之間積累下的恩怨，註定了你不可能和這兩個人之間有太多緩和的空間，你又是一個嫉惡如仇眼睛揉不得沙子的性格，所以把你引進通達市，以你的性格，註定要和這些勢力鬥上一鬥，那個時候，沒準就可以為楚國材切入和掌控通達市挖掘出比較好的機會。」

聽到韓儒超的解釋，柳擎宇這才恍然大悟，他就知道這次的吉祥省交換幹部絕對不簡單，卻沒有想到自己還沒過去，便面臨如此艱巨的形勢。

看到柳擎宇的表情，韓儒超說道：「怎麼？你現在是不是有些不想去了呢？」

柳擎宇搖搖頭：「非也，正是因為通達市存在著這麼多的挑戰，我才更加想要過去歷練一下，不過，如果楚書記是打著拿我當槍使這個算盤的話，我恐怕要讓他失望了。我雖然有我的原則，但是我也非常討厭被別人拿來當槍使，所以，即便是我到了通達市，也只會做我職權範圍內應該做的事，不會成為任何人手中的一把槍，我只希望能夠踏踏實實的為老百姓做些實事。」

說到這裡，柳擎宇看向韓儒超道：「韓書記，不知道現在通達市那邊有關我的副市長分工確定了沒有？」

韓儒超點點頭道：「嗯，我也是剛剛得到的消息，說是準備讓你負責工信、藥監、水利等領域，這只是初步的訊息，具體的情形還得等你到了之後才確定。」

韓儒超的臉色突然凝重了起來，沉聲道：「擎宇，不管你到了通達市之後到底要分管什麼，你千萬要記住一點，一定要小心謹慎再小心，因為之所以會空出這個副市長的位置，是因為前任副市長在任期間車禍橫死，而前前任主管這些領域的副市長則是跳樓自殺，可以這樣說，這個副市長位置不是那麼好坐的。」

柳擎宇臉色凜然，雙拳緊握，他知道，這一次自己前往通達市，**將會面臨著一場空前嚴峻的挑戰，但是他無所畏懼！**這是他身上特有的自信和魄力！

走出韓儒超的家，外面的大雪依然紛紛揚揚，柳擎宇揚天看了一眼，便邁開大步向著自己的汽車走去，上了汽車，消失在茫茫雪夜之中，路上，是一溜滾滾向前的車轍……

在官場的道路上，權力追逐是永遠沒有終點的，即便到達巔峰，亦須戰戰兢兢，如履薄冰，因為後面隨時會有更強的後浪取而代之，稍有不慎，就會面臨鎩羽而歸的慘境，然而，只要抱持著一心為民、事事無私的心態，凡事以百姓福祉為第一，即使不幸落馬也沒有遺憾。

在官場上一路顛簸的柳擎宇，不靠驚人的家世背景，憑藉過人的智慧與強勢的手腕，在每個停駐的鄉鎮留下他的政績，與百姓對他的念念不忘，無論他將來會不會進入政權核心，實際上，他已經走上了他自己的人生巔峰。

《權力巔峰》第一輯完

官商鬥法

1-2輯

揭開你不知道的官場文化
探密你不敢看的官商內幕

官與商如何勾結？官與官如何相護？
官商之間又是怎麼鬥法？不能說的潛規則怎麼運作？
人生勝利組必備傳家心法！

何謂為官之道？商路直通官路？
打通政商二脈；經營最高境界！

姜遠方 著

官商鬥法1-2輯　全套共40冊

單書9折 套書85折

權力巔峰 卷15 權力巔峰【第一輯完】

作者：夢入洪荒
發行人：陳曉林
出版所：風雲時代出版股份有限公司
地址：10576台北市民生東路五段178號7樓之3
電話：(02) 2756-0949
傳真：(02) 2765-3799
執行主編：朱墨菲
美術設計：吳宗潔
行銷企劃：林安莉
業務總監：張瑋鳳

初版日期：2020年7月
版權授權：蔡雷平
ISBN：978-986-352-812-8

風雲書網：http://www.eastbooks.com.tw
官方部落格：http://eastbooks.pixnet.net/blog
Facebook：http://www.facebook.com/h7560949
E-mail：h7560949@ms15.hinet.net
劃撥帳號：12043291
戶名：風雲時代出版股份有限公司

風雲發行所：33373桃園市龜山區公西村2鄰復興街304巷96號
電話：(03) 318-1378
傳真：(03) 318-1378
法律顧問：永然法律事務所 李永然律師
北辰著作權事務所 蕭雄淋律師

行政院新聞局局版台業字第3595號 營利事業統一編號22759935
©2020 by Storm & Stress Publishing Co.Printed in Taiwan
◎ 如有缺頁或裝訂錯誤，請退回本社更換

定價：270元
版權所有 翻印必究

國家圖書館出版品預行編目資料

權力巔峰 / 夢入洪荒著. -- 初版. -- 臺北市：風雲時代, 2020.03- 冊； 公分

ISBN 978-986-352-812-8（第15冊：平裝）

857.7 109000686

風雲時代

風雲時代